Die Eigenen täuschen

Szenen eines Kriegsausbruchs
nach wahrer Geschichte

Ole Halding

Covergestaltung: JCNB (2020)

Umschlagbild:
Ausschnitte aus dem Gemälde
„The Return of the Prodigal Son" (1773) von Pompeo Batoni
und dem Gemälde
„Kaiser Wilhelm II." (1890) von Max Koner.

Die Deutsche Nationalbibliothek verzeichnet diese Publikation in der
Deutschen Nationalbibliografie;
detaillierte bibliografische Daten sind im Internet über
http://www.dnb.de

Copyright © 2020 Halding, Ole
Herstellung und Verlag: BoD – Books on Demand, Norderstedt

ISBN: 978-3-7504-6851-1

Nicht alles ist wirklich geschehen,
was uns als Geschichte dargeboten wird,
und was wirklich geschehen,
das ist nicht so geschehen, wie es dargeboten wird,
und was so geschehen ist,
das ist nur ein Geringes von dem,
was überhaupt geschehen ist.

Johann Wolfgang von Goethe
im Gespräch mit Luden.

INHALT

Wann Krieg beginnt, das kann man wissen,
aber wann beginnt der Vorkrieg.
Falls es da Regeln gäbe, müßte man sie weitersagen.
In Ton, in Stein eingraben, überliefern.
Was stünde da?
Da stünde, unter andern Sätzen:
Laßt euch nicht von den Eigenen täuschen.

Christa Wolf, Kassandra

HABEMUS PATRIAM

Die Welt tritt ins Dunkel! – David erschrickt über sich selbst. Woher die trüben Gedanken? Der finstere Himmel über der Kuppel ist kein Grund für Untergangsvisionen. Ein heftiges Sommergewitter, sonst nichts, und ganz und gar harmlos im Vergleich zu den Bedrängnissen der letzten Tage. Jetzt wird alles gut. Wie sagt die Offenbarung: Wer überwindet und sein Werk bis ans Ende hält, dem wird Macht gegeben.

Saaldiener zünden die Lichter. Die Gesichter der Abgeordneten schimmern im Dämmerlicht. Das nahe Unwetter scheint niemanden zu kümmern. Die Mitglieder sind mit ihren Gedanken bei der Abstimmung. Kein Wunder: Nichts Geringeres steht auf dem Spiel als die Zukunft der Nation; die Gesetze, die das Land wehrhaft machen.

Das Präsidium erlässt die Aufforderung, die Regierungsvorlage abzustimmen. Die Abgeordneten der Konservativen, des Zentrums und der Nationalliberalen erheben sich von ihren Bänken. Als sie stehen, unterbricht eine Böe das Prasseln auf der Glaskuppel. Für einen Moment herrscht vollkommene Stille.

Jetzt liegt es an ihnen. Zügig erhebt sich David von seinem Sitz. Ihm folgen weitere, bis alle stehen. – Jubel braust auf. Begeistert rufend und klatschend springen die Zuschauer auf den Tribünen von ihren Sitzen. Sogar auf der sonst reglosen Regierungsbank stehen sie, um Beifall zu spenden. Der Lärm erreicht ohrenbetäubende Stärke.

Die Ovation gilt ihnen. Sie streichen den gerechten Lohn ein für all die Mühen nicht nur der letzten Tage. Die Menschen würdigen ihr öffentliches Bekenntnis zum Staat, sie zollen ihnen Respekt, weil sie in der Stunde der Not das Vaterland nicht im Stich lassen!

David zittern die Nerven. Eine leichte Anwandlung zum Weinen steigt in ihm auf, so, wie er es als kleiner Junge öfters hatte. Warum soll er die Gefühle mäßigen? Die Freude über das Erreichte ist größer als alles, was er jemals empfunden hat: Wir haben ein deutsches Vaterland!

In vorderster Reihe der Zuschauertribüne winkt Sonja. Das Kind ist vom Jubel überwältigt. Ihre Jugendlichkeit kann einem wahrlich Hoffnung verleihen. Es tut so wohl, das Mädchen bei sich zu haben. Wenn sie nur nicht so viele Fragen stellen würde. Sie ist noch so jung und kann das nicht verstehen.

Für sie und all die anderen jungen Menschen hat er gegen den Unverstand und die Borniertheit nicht weniger Genossen in der Partei angekämpft. Immer wieder gegen die national Empfindlosen angeredet, die mit ihrem ungeheuerlichen Fanatismus das Vaterland in Stücke reißen und den Parteiwagen gen Abgrund lenken wollen.

Jetzt, nachdem der Sturm überstanden ist, fühlt es sich an, als sei der Krieg beendet und wieder Frieden eingekehrt. Wenn er jetzt nichts mehr tun könnte, er würde mit der Gewissheit sterben, dem Volk und der Partei einen großen Dienst erwiesen zu haben. Ohne ihn und seine Freunde, das ist vollkommen offensichtlich, wäre nicht nur das deutsche Volk in der schwersten Stunde seines weltgeschichtlichen Daseins innerlich zerrissen, auch die Partei läge zerschellt am Boden.

Zum Schutz von Volk und Partei hätten sie auch dann mit Ja gestimmt, wenn die Fraktion mehrheitlich gegen eine Bewilligung entschieden hätte. Dazu hatten sie sich schriftlich verpflichtet. Nicht wenige hatten unterschrieben, in jedem Fall den Kriegskrediten zuzustimmen, auch wenn das den Bruch der Fraktionsdisziplin bedeutet hätte. Dann hätten sie eben ihre Mandate zurückgeben müssen.

Dem Allmächtigen gebührt ewiger Dank, dass es nicht so weit gekommen ist! Das Ganze ist besser ausgegangen, als sie zu hoffen wagten. Das, woran lange Zeit keiner glaubte, ist in Erfüllung gegangen. Die Partei hat ihre Verantwortung für das Land übernommen.

Licht flutet den Saal. Die Wolkendecke reißt auf. Der Blick aus dem Fenster bietet eine einmalige Aussicht: Draußen mahnt das Ebenbild des Eisernen Kanzlers, umstrahlt wie ein Heiliger von gleißendem Licht. – Kein Zweifel! Sie haben richtig entschieden. Das Schicksal steht auf Seiten der Reformer. Der Lauf der Geschichte wird zeigen, dass sie Recht haben.

Welch' klägliches Bild bieten indes die Radikalen! David kann es auch jetzt kaum fassen. Die bornierten Doktrinäre lassen sich bejubeln, obgleich sie noch nie ein Quäntchen Solidaritätsgefühl mit ihrem Land empfunden haben. Unnaturen sind das! Den Männern fehlt jeglicher Patriotismus. Nicht einmal ihre eigenen Frauen und Kinder wollen sie in der größten Not gegen die zaristische Despotie verteidigen, stattdessen den Zusammenbruch des Vaterlandes begrüßen, um darauf eine neue Gesellschaft aufzubauen. Eine freie Gesellschaft unter der Knute des Zaren – zum Lachen, wenn es nicht so traurig wäre.

Eigentlich kann es sich nur um kranke Hirne handeln. So wie bei Kautsky, der allen Ernstes dem Generalstab die Garantie abverlangen wollte, im Krieg keine Länder zu erobern. Der Mann ist nicht bei Sinnen! Nicht einmal der Reichsregierung würden die Generäle so etwas versprechen, aber ihm, dem Cheftheoretiker des revolutionären Sozialismus, sollen sie bestätigen, ja Herr Kautsky, wenn Sie es wünschen, werden wir mit unseren Truppen selbstredend im eigenen Land bleiben.

Bebel würde sich im Grabe umdrehen, müsste er das mit anhören. Ein Glück, dass Kautskys unsäglicher Passus in allerletzter Minute aus der Erklärung entfernt wurde. Hat keine Ahnung von Weltpolitik der Mann. England hätte er provoziert mit seinen dilettantischen Winkelzügen. Deutschland ins größte Unheil gestürzt seit Menschengedenken.

Nur gut, dass der Reichskanzler die Formulierung beanstandet hat. So musste Kautsky klein beigeben und seine Drohung fallen lassen, im Falle eines Eroberungskrieges entschiedensten Widerstand zu leisten. England hätte nur daraus geschlossen, die Deutschen würden auch Belgien angreifen wollen. Dann hätte Deutschland England auch gleich den Krieg erklären können.

Wäre Kautsky der einzige Irre in der Partei, ließe sich darüber vielleicht noch hinwegsehen. Aber der Wahnsinn hat Methode. Der Oberradikale Liebknecht wollte das Gleiche auch den Österreichern verbieten, die ebenfalls nichts erobern dürften. Zum Glück war es den Vernunftbegabteren schon in der Redaktionssitzung gelungen, diesen Blödsinn abzubügeln. Im Falle Österreichs liegt die Frage viel zu kompliziert, als dass man sie schlechthin verneinen könnte.

Und dann die Erklärung von Hoch! Die schlug dem Fass den Boden aus. Welch' unglaubliches Produkt gehässiger Polemik gegen die herrschenden Klassen, den Kapitalismus, die Junker usw. Wurde zum Glück ebenfalls gleich abgeschmettert. Warum begreifen diese Fanatiker nicht? – Nicht Deutschland greift an, sondern die Deutschen sind die Angegriffenen, und zwar von zwei Seiten zugleich, von Russen und Franzosen. Die Gegner trifft die Verantwortung – nicht das Reich.

Aber der Irrsinn wollte kein Ende nehmen. Nachdem die Erklärung für den Reichstag nach langem Hin und Her endlich fertig war, wollten Haase und die anderen sie nicht en bloc annehmen. Der Vorsitzende begann stattdessen gegen einzelne Formulierungen zu polemisieren: Das könne er nicht verlesen, das sei abgedroschener Primanerstil. Aber David hat dagegengehalten: Es ist einzig und allein die Wahrheit, wenn wir Sozialdemokraten erklären, da machen wir wahr, was wir immer betont haben: In der Stunde der Gefahr lassen wir das Vaterland nicht im Stich!

Wie freundlich der Vorsitzende plötzlich wurde, nur um den Satz wieder herauszubekommen: Man könne das doch auch anders sagen, hat er kokettiert, man könne erklären, wir seien bereit, die Mittel zu bewilligen, um dem Volke in der Not zu helfen. – Ausgerechnet Haase! Dabei hatte Bebel schon vor Jahren im Reichstag erklärt, dass die Partei im Falle eines Verteidigungskrieges bis zum letzten Mann und selbst die Ältesten von uns bereit sein werden, die Flinte zu schultern, um unseren deutschen Boden zu verteidigen. Daran sollte sich Haase ein Beispiel nehmen.

Zum Glück ist es jetzt egal! Soll der Vorsitzende doch bleiben, wo der Pfeffer wächst. David wird ihm keine Zugeständnisse mehr machen. Denn eines ist vollkommen klar: Der letzte Grund für seinen erbitterten Widerstand ist sein gänzlicher Mangel an nationalem Empfinden. Im Stillen scheint Haase noch immer auf eine Niederlage als Weg zur sozialen Revolution zu hoffen.

Das erklärt auch den Aufruhr, den die Linken in der Fraktionssitzung veranstaltet haben, nur weil der Vorsitzende angedeutet hat, er wolle die Erklärung im Reichstag nicht verlesen, weil sie gegen seine Überzeugung sei. Hätte doch auch Scheidemann machen können. Aber Hoch war gleich wieder hysterisch geworden: Wie würde das nach außen aussehen, wenn sich der Vorsitzende in einer solchen Stunde zurücknähme? Dann könne man gleich einpacken und den Bürgerlichen die Mandate überlassen! – Halt die übliche Polemik.

Und dann der heuchlerische Sturm der Entrüstung und das Gejammer auf Seiten der Radikalen, als Haase meinte, er würde aufgrund der Erfahrungen, die er in den letzten Tagen in der Fraktion gemacht habe, seine Konsequenzen ziehen, wenn wieder ruhigere Zeiten eingetreten seien. Nicht auszuhalten diese leeren Drohungen!

Das würden sie ihm nie verzeihen, das mache sie irre an Haase, haben sie gegrölt. Wie Wilde waren sie auf den Vorsitzenden eingestürmt, bis der kleinlaut einräumen musste, seine Aussage beziehe sich nur auf das Amt des Fraktionsvorsitzenden, nicht aber auf den Parteivorsitz. Zu dumm nur, dass der Alte am Ende dem Geschrei seiner Leute nachgegeben hat: Mit einer solchen Reaktion habe er nicht gerechnet, er werde die Erklärung nun doch selbst im Reichstag verlesen.

Das Geschrei war so laut, dass Erzberger das Tohuwabohu beinahe mitbekommen hätte, als der plötzlich vor der Tür stand. Nur gut, dass David ihn schon auf dem Flur abfangen konnte. So blieb dem Mann das erbärmliche Schauspiel der ‚Genossen‘ weitgehend erspart.

Erzberger war im Auftrag des Reichskanzlers unterwegs: die Regierung sei bereit, den Reichstag zu vertagen, so dass dem Parlament auch während des Krieges noch die Möglichkeit bleibe, Gesetze zu verabschieden. Allerdings fürchte sich der Kriegsminister im Falle von Niederlagen vor möglichen Hungerrevolten. Er glaube, die Anführer des radikalen Flügels würden gestützt auf ihre Immunität als Abgeordnete eventuelle Aufstände ausnutzen und versuchen, das Volk gegen die Regierung zu lenken.

In dieser Frage konnte David den Mann beruhigen: Weder die Parteiorganisationen noch einzelne Mitglieder planen irgendwelche Maßnahmen in diese Richtung. Aber Erzberger ist keiner, der sich so leicht abspeisen lässt: Was sei mit den Radikalen, insistierte er, was mit Liebknecht und seinen Gefährten? – Die Antwort lag auf der Hand. Erzberger hätte sie sich selbst ausrechnen können: Auch sie werden bald zu den Waffen berufen und an der Front werden sie wohl kaum mehr Aufstände anzetteln.

Das war eine reine Feststellung, die ohnehin jeder weiß. Kein Grund also für ein schlechtes Gewissen, zumal David auch gleich dem Vorsitzenden über das Gespräch berichtete. Und was Erzberger und die Regierung über Liebknecht denken, ist so abwegig nicht. Den Radikalen ist vieles, wenn nicht alles zuzutrauen.

Die Linken sind eine Gefahr für Partei und Volk. Das zeigt schon der Tumult, den sie in der Sitzungspause veranstaltet haben. Das Beifall Spenden wollten sie ihm und Göhre verbieten, nur weil sie sich bei des Kanzlers Appell an die Einigkeit der Nation erhoben hatten. Welche niederträchtigen Beschimpfungen und Verleumdungen mussten sie sich anhören: Verräter an der Sache der Arbeiterschaft seien sie; alle Prinzipien der Bewegung würden sie über Bord werfen. – Unglaublich, dieser Blödsinn!

Haase meinte, sich das Recht herausnehmen zu dürfen, ihn zu rügen. Alles nur wegen einer Kundgebung für die Einigkeit des Vaterlandes. Würden doch diese selbst berufenen Klassenkämpfer endlich begreifen, wie der Großteil der Arbeiter da draußen wirklich denkt. Aber wie sollen sie das, diese hoffnungslos bornierten Salonrevolutionäre? Den Kontakt zur Wirklichkeit haben die längst verloren. Das weiß jeder Vernünftige in der Partei!

Sogar das Schlusshoch wollten sie ihm verbieten. Dabei ging es überhaupt nicht um ein gewöhnliches Kaiserhoch. Dieses Mal ging es um ein besonderes Hoch auf Volk und Vaterland in der schwersten Stunde seiner bisherigen Existenz! Jeder klardenkende und empfindende Sozialdemokrat kann und muss da mit gutem Gewissen einstimmen. Aber was macht die Fraktion? – Nicht einmal seine Freunde ließen ihn ausreden, als er seinen Standpunkt erläutern wollte.

Doch sollen sie ruhig krakeelen und schimpfen, diese Irren. Die Zeiten sind nicht mehr fern, in denen die Partei auch das Kaiserhoch schlucken wird.

Überhaupt wird sie in den nächsten Jahren noch in vielen Dingen umlernen müssen.

Abermals braust Applaus auf. David sieht den Reichskanzler ans Rednerpult treten. Dem Mann ist die Tiefe seiner Ergriffenheit deutlich anzumerken. Auch er wird in den letzten Tagen Seelenqualen durchlitten haben. Und heute dieser grandiose Auftritt! Er ist nicht nur ein exzellenter Politiker, sondern auch menschlich groß. Bethmann Hollweg ist dem Ernst der Stunde in jeder Hinsicht gewachsen:

Unsere Armee steht im Felde, unsere Flotte ist kampfbereit – hinter ihr das ganze deutsche Volk! – Das ganze deutsche Volk einig bis auf den letzten Mann!

Die Worte treffen ins Mark. Erneute Begeisterungsstürme brechen los. Die Menschen im Saal jubeln, manche weinen, andere beginnen zu tanzen.

GLÜCKLICHE HAND

Im Kriegsministerium ist die Stimmung ausgelassen wie selten. Mantey kann sich nicht erinnern, den Generalstab jemals so gut gelaunt erlebt zu haben. Selbst sein Chef wirkt zufrieden – ein ungewöhnlicher Zustand für den sonst so ernsten Moltke. Der Generaloberst lacht ausnahmsweise über Witze, die seine Generäle über Franzosen und Russen machen. Er will kein Spielverderber sein, diesmal nicht. Auch er erhebt sein Glas, um auf das große Gelingen anzustoßen.

Als die Versammelten Beifall klatschen, ist Mantey zunächst nicht im Bilde. Erst als die Herrschaften einen Kreis bilden, sieht er den Grund: Der Reichskanzler, der Innenminister und der Außenamtsleiter sind eingetroffen. Diesmal ist der Achtungserweis der Generäle aufrichtig. Bethmann Hollweg und seine Minister sind sichtlich gerührt. Mit abwehrenden Handbewegungen versuchen sie die Applaudierenden zu beschwichtigen. Der Kanzler spricht Worte des Dankes, die wieder mit Applaus belohnt werden. Als die letzte Woge abebbt, räuspert sich Moltke. Der Generaloberst will ebenfalls eine Rede halten. Die werten Herren bittet er um ihre geschätzte Aufmerksamkeit.

Es ist ihm eine Ehre, dem Reichskanzler und seinem Stab seinen Dank auszusprechen. Den anwesenden Exzellenzen gebührt höchste Anerkennung! Das Kanzleramt hat in den letzten Tagen Unglaubliches geleistet. Das Gleiche gilt selbstverständlich auch für Innenminister Delbrück und Außenamtsleiter Jagow.

Den Herren des Zivilkabinetts ist ein strategisches Meisterstück gelungen. Sie haben eine glückliche Hand bewiesen, die Deutschen als die Angegriffenen hinzustellen. Es grenzt beinahe an ein Wunder, dass die Sozialdemokraten mit im Boot sitzen. Wie oft haben wir erleben müssen, dass diese vaterlandslosen Gesellen mit ihrem unsäglichen Internationalismus und Pazifismus dem Land Schaden zufügen.

Moltkes Generosität gegenüber den Zivilisten irritiert Mantey. Es scheint beinahe, als meint der Generaloberst, was er sagt. Hat er am Ende seine Einstellung geändert? Auch das käme einem Wunder gleich.

Doch Moltke ist noch nicht fertig: Es ist ihm ein ehrliches Bedürfnis, hier und heute und vor dem gesamten Generalstab zu bekennen, dass die von ihm vorgeschlagene frühere Mobilisierung ein Fehler gewesen wäre. Er bittet jedoch anzuerkennen, dass die Generalität gute Gründe für die Skepsis hatte; schließlich hätte die Geschichte auch anders ausgehen können.

Mantey traut seinen Ohren nicht. Noch am Morgen hat sein Chef ganz anders über die Regierung geredet. – Und jetzt das! Der alte Moltke gesteht dem Kanzler einen Fehler, als wäre es das Normalste von der Welt. Irgendetwas muss vorgefallen sein?!

Moltkes Tonfall deutet an, dass er zum Ende kommen will: Nun, wo der Krieg begonnen hat, liegt die Verantwortung für das Wohl der Nation in den Händen seines Stabes. Alle können uneingeschränkt versichert sein, dass sie den Kampf gegen Deutschlands Feinde mit allen zur Verfügung stehenden Mitteln führen werden. Die Generalität weiß das Land zu schützen. Dafür stehe er persönlich mit seinem Wort ein.

Die Exzellenzen mögen sich bitte erheben, um mit einzustimmen in ein dreifaches Hoch auf Vaterland, Kaiser, Volk und Nation – Hoch, hoch, sie leben hoch!

Gläserklirren und laute Hochrufe erfüllen den Raum. Die Zivilisten lassen sich von der ungewöhnlichen Begeisterung der Generäle anstecken. Vergessen scheint jede Geringschätzung, mit der man sich sonst begegnet. Das eine oder andere Mal kommt es zu Verbrüderungen. Dinge werden ausgesprochen, die sonst nur hinter vorgehaltener Hand gesagt werden. Ein angetrunkener Hauptmann lässt seiner Laune freien Lauf: Und wenn wir auch am Kriege zugrunde gehen, schön war's doch. – Die Umstehenden quittieren das mit Gelächter. Dann wollen die Offiziere dem Kanzler ein Ständchen darbieten. Über den Text ist man sich schnell einig. Man verlangt nach der dritten Strophe:

Heilige Flamme, glüh',
Glüh' und erlösche nie
Fürs Vaterland!
Wir alle stehen dann
Mutig für einen Mann
Kämpfen und bluten gern
Für Thron und Reich!

Während die Generäle singen, winkt Moltke Mantey zu sich. Er will zurück ins Große Hauptquartier. Mantey soll den Wagen rufen. Dann zeigt Moltke mit dem Finger auf sein Ohr. Der Adjutant begreift erst nicht, was gemeint ist. Dann versteht er, der General will ihm etwas zuflüstern:

Es ist besser zu gehen. Die Reverenz an die Adresse der Reichsregierung muss genügen. Ansonsten sage er womöglich noch Dinge, die besser nicht gesagt werden sollten. Dem Reichskanzler jedenfalls würde das nicht gefallen.

Mantey nickt verständnisvoll. Er weiß, die verdeckten Spiele der Politiker sind Moltkes Sache nicht. Zu oft schon hat der Generaloberst über die Intriganten geklagt, die sich überall in der Diplomatie ausbreiten. Diese Herren, die stets mehr wissen, als sie sagen und nie sagen, was sie denken. Moltke pflegt diese Spezies gemeinhin mit den Wucherungen an seiner Leber zu vergleichen.

Heimtückisch wie die Geschwüre in seinem Inneren würden diese Leute langsam, aber unaufhaltsam die Aktionsfähigkeit des Staates gefährden. Ureigene deutsche Tugenden wie Aufrichtigkeit, Ehre und Pflichtgefühl bedeuten diesen Herren wenig. Dafür achten sie umso mehr auf jeden kleinen Vorteil, den sie für sich und ihre Karriere erheischen können.

Ein Diener meldet, dass der Wagen bereitsteht. Schnellen Schrittes nähert sich Mantey Moltke, um ihn nach draußen zu begleiten. Im Innenhof des Palais kann der Generaloberst nicht mehr an sich halten. Noch während er ins Fahrzeug steigt, wettert er bereits gegen den Kanzler.

Bethmanns ganze ausgeklügelte Taktik tauge letztlich zu Nichts. Besser wäre es gewesen, gleich die üblichen Maßnahmen gegen die Sozialdemokraten zu ergreifen! Keiner in der Regierung kann wissen, was diese Gesellen noch alles aushecken werden, wenn die ersten kriegsbedingten Schwierigkeiten auftreten. Der eine oder andere Linksradikale muss ohnehin unschädlich gemacht werden. Andernfalls wäre die Gefahr viel zu groß, dass im Gefolge möglicher Niederlagen Revolten ausbrechen und irgendein verwirrter Parlamentsrevolutionär das ausnutzt, um das Volk gegen die Regierung aufzuhetzen.

Mantey möchte seinen Chef gern aufmuntern: Es sei doch günstig, dass sich die meisten Verhaftungen mit der Mobilmachung erübrigen. In Kürze werden die wehrfähigen Sozialdemokraten ihre Gestellungsbefehle erhalten. Wenn die unsicheren Kantonisten erst einmal an der Front dienen, werden auch sie begreifen, was es heißt, für das Vaterland einzustehen und womöglich auch zu sterben.

Aber Moltke lässt sich nicht so leicht beschwichtigen. Die Dummheiten der Zivilisten regen ihn viel zu sehr auf. Schließlich waren seine Leute auf die Abwehr möglicher vaterlandsfeindlicher Agitatoren gut vorbereitet. Schon seit Jahren führen sie Listen mit den Führern der antinationalen Bewegungen.

Die meisten darauf sind Sozialdemokraten. Es wäre ein Leichtes, alle verdächtigen Subjekte schnell und gezielt aus dem Verkehr zu ziehen. Das Recht dazu hätten sie. Der Kriegszustand bringt ein verschärftes Strafrecht und eine verschärfte Strafjustiz mit sich. Was hat es für einen Sinn, die Grundrechte auszusetzen und die Immunitäten der Abgeordneten aufzuheben, wenn man sie dann laufen lässt?

Widersprechen wäre in Moltkes jetzigem Zustand zwecklos. Mantey kennt seinen General. In solchen Situationen neigt er zum Schwarzsehen. Das muss man hinnehmen. Besser ist abzuwarten, bis er sich wieder beruhigt. Ab und zu mit dem Kopf nicken genügt. Moltke scheint es ohnehin egal zu sein, ob jemand zuhört. Er ist mit sich selbst beschäftigt, vermutlich braucht er das Wehklagen.

Würde es nach ihm gehen, wären längst alle auf der Liste Verzeichneten im Gefängnis. Es war ein Fehler gewesen, Bethmann Hollweg zu versprechen, die Verhaftungen trotz Belagerungszustandes auszusetzen. Der Verzicht ist nicht nur gleichbedeutend mit der Preisgabe der schärfsten Waffe gegen Subversion, sondern betrügt die Sicherheitsbehörden um die Früchte ihrer jahrelangen Aufklärungsarbeit. Wenn die vaterlandslosen Gesellen irgendetwas im Schilde führen, kommt es auf schnelles Handeln an. Sollte es diesen Verbrechern jedoch gelingen, in den Untergrund abzutauchen, wäre die ganze Mühe umsonst gewesen. Der Aufwand, sie wieder aufzuspüren und unschädlich zu machen, käme einer Herkulesaufgabe gleich.

Mantey erinnert nur zu gut, mit welcher Heftigkeit der Reichskanzler und der Innenminister seinerzeit auf Moltke eingeredet haben: Um keinen Preis dürfe man die Sozialdemokraten bei Kriegsausbruch einsperren, haben sie verlangt. Ein angeblich zuverlässiger Informant habe versichert, dass niemand irgendwelche staatsfeindlichen Maßnahmen plane, weder Streiks noch Sabotageakte. Das Gegenteil sei der Fall. Bethmann verstieg sich zu der Behauptung, er könne dafür Sorge tragen, dass die Sozialdemokraten das Land im Verteidigungsfall aktiv unterstützen.

Moltke kann sich bis heute nicht verzeihen, eingewilligt zu haben. Das war deutlich mehr, als ein verantwortungsbewusster General je hätte erlauben dürfen. Doch die Impertinenz des Kanzlers ging noch weiter. Der Generalstab sollte den Belagerungszustand aussetzen, hatte er gefordert, damit die Zivilbehörden auch nach der russischen Mobilmachung ihre Befugnisse behalten können.

Mantey kann die Verbitterung seines Chefs gut nachfühlen. Kein normaler Mensch kann auf eine solche Idee kommen. Ein Krieg ohne Kriegsrecht! Das ist unvorstellbar!

Jeder im Stab weiß um die Seelenqualen, die der Dilettantismus der Zivilregierung Moltke bereitet. Aber nicht nur das Unvermögen des Kanzlers ist es, das ihm zu schaffen macht. Auch die allerhöchste Ebene gibt Anlass zur Sorge.

Der Fisch stinkt vom Koppe her, heißt es nicht grundlos. Die Schwäche und Eitelkeit Wilhelms sind mit schuld daran, dass nicht die Ehrbarsten und Besten das Reich regieren, sondern Opportunisten und Karrieristen. Unzählige Male hat Moltke sich beschwert, dass der Kaiser sein Personal nach Gunst und seine Minister wie Geliebte aussuche. Jetzt ist er nur noch von Jasagern umgeben, nur um selber größer zu wirken, als er in Wirklichkeit ist.

Kein Wunder, dass mancher Offizier bereits darüber nachdenkt, selbstständig Maßnahmen zu ergreifen. Einer meinte vor gar nicht langer Zeit, Moltke sollte mal darüber nachdenken, die Staatsgeschäfte in Gänze zu übernehmen. Die meisten Generäle hätten dafür jedenfalls Verständnis. Der Kaiser könnte dann weiterhin auf Jagd und Kreuzfahrt gehen oder mit seiner Flotte spielen, während Moltke und Ludendorff das Land wehrtüchtig machen.

Aber Moltke befand das für keine gute Lösung. Die Unwägbarkeiten eines Staatsstreiches wären zu zahlreich, zumal dann nicht nur die Sozialdemokraten zu revoltieren drohten. Der Ausbruch des Krieges bietet einen viel einfacheren Ausweg. Nicht nur muss das Parlament endlich die dringend benötigte Heeresvermehrung bewilligen, auch die vollziehende Gewalt fällt mit der Verhängung des Kriegsrechts von ganz allein in die Hände der Generalität, und zwar auf völlig legalem Wege.

Mit Erleichterung beobachtet Mantey, wie sich Moltkes Gemüt mit jedem Kilometer aufhellt, den der Wagen dem Hauptquartier näherkommt. – Endlich kommen die Dinge ins Laufen! Deutschland wird Frankreich mit einem kurzen, aber kräftigen Schwertstreich zu Boden strecken. Dann werden die Russen niedergeworfen. Mit etwas Glück sind an Weihnachten Deutschlands Ansehen in der Welt wiederhergestellt und die dem Reich zustehenden Kolonien errungen.

DER EISERNE RING

Moltke spürt seine Kräfte schwinden. Schuld daran ist nicht allein die kranke Leber. Die Besprechung im Großen Hauptquartier war reine Strapaze. Wenn er nicht selbst dabei gewesen wäre, würde er nicht glauben, wie begriffsstutzig selbst hohe Offiziere sein können. Den Mund hat er sich trocken reden müssen, bis endlich alle verstanden haben, wie der Aufmarschplan wirklich funktioniert.

Jetzt braucht es Zeit für ein kurzes Nickerchen. Mantey soll alle abweisen, die stören. Nur in ganz dringenden Fällen darf man ihn wecken. Es ist schwer, in solchen Zeiten Ruhe zu finden, das gilt auch und gerade für die Seele. Je mehr von der äußeren Hast abfällt, umso schneller kreisen die Gedanken im Innern. Moltke weiß warum. Es ist wegen der Verantwortung. Keiner trägt davon so viel wie er.

Das liegt auch an dem Gespräch, das er vor Wochen mit Jagow geführt hat. Es musste sein! Die Situation im Reich war bedrückend. Die trüben Aussichten in die Zukunft lasteten wie ein Alp auf Deutschland. So konnte es nicht weitergehen. Die Regierung erwies sich zunehmend als unfähig, die dringend benötigten Rüstungsfinanzierungen im Reichstag durchzusetzen. Die Politiker jeglicher Couleur achteten nur auf ihre eigenen Vorteile, ihre Pflichten gegenüber dem Vaterland schienen sie zu vergessen.

Es war nicht ohne Risiko, offen mit einem von der Regierung zu sprechen. Den Zivilisten ist nicht zu trauen. Jagow schien noch am wenigsten befallen vom Virus des Opportunismus und am ehesten in der Lage, die anstehenden Notwendigkeiten ins Auge zu fassen. Für einen Zivilisten ist er über die existenziellen Fragen des Landes außergewöhnlich gut informiert. Er ist nicht so ein idealistischer Schwärmer wie der Kanzler.

Die Gelegenheit war günstig. Es war nach einem gemeinsamen Vortrag beim Kaiser. Jagow begleitete ihn im Wagen von Potsdam zurück nach Berlin. Genügend Zeit also, um ihm die Sache einmal ausführlich darzulegen.

Die Regierung musste endlich entscheiden, ob sie handeln will. Wenn nicht bald etwas Grundlegendes geschieht, wird das Reich sowohl hinter den anderen europäischen Mächten als auch hinter Russland gänzlich und uneinholbar zurückfallen – das war so sicher, wie das Amen in der Kirche.

Jagow ist nicht dumm. Er hatte wohl geahnt, in welche Richtung sich das Gespräch entwickeln würde. Gleichwohl gab er sich anfangs überrascht und vermied alles, was nach einer Festlegung hätte aussehen können. Da war er wie die anderen Politiker.

Doch ihm konnte er nichts vormachen. Im Generalstab kannte man längst Jagows Überzeugung. Früher oder später wird alles auf eine militärische Auseinandersetzung zwischen den Mächten hinauslaufen – vielleicht sogar auf eine große Entscheidung. Russlands Wirtschaft und Militärkraft gewannen zusehends an Stärke und je weiter die Zeit voranschritt, umso schwieriger wurde es für Deutschland, zwischen Frankreich und Russland zu bestehen.

Die Einkreisung des Reiches war beinahe besiegelt und England drauf und dran, das auszunutzen. London besaß die Dreistigkeit, öffentlich mit den Russen über eine Marinekonvention zu verhandeln. Im Falle eines Krieges würden britische Flottenverbände russischen Expeditionskorps bei ihrer Landung in Pommern Schutz bieten. Das ist ungeheuerlich! Engländer und Russen machen gemeinsame Sache gegen Deutschland. Dem Treiben konnte kein vernünftiger Deutscher tatenlos zusehen.

Die Offenheit seiner Worte beeindruckte Jagow. Auch der wurde bald direkt. Der eiserne Ring der Feinde schließt immer enger um Deutschland. Das zeigt auch der Fall Sanders. Den General hatten sie auf Druck der Russen wieder aus der Türkei abziehen müssen, obwohl der nur das türkische Heer beraten hatte.

Die Erinnerung an die Demütigung genügte, um Jagow gänzlich aus der Reserve zu locken: So etwas dürfe nicht noch einmal passieren! Das müsse ein für alle Mal der Vergangenheit angehören, brüllte er in einer Lautstärke, die den Chauffeur erschrocken zusammenzucken ließ.

Moltke hatte also richtig gelegen. Wenn es um Deutschlands Stellung in der Welt geht, vertritt Jagow eine klare Linie. Es stand tatsächlich mehr dahinter als nur Großmäuligkeit, als er bei Amtsantritt in Gegenwart des Kaisers erklärt hat, der Erste zu sein, der Seiner Majestät den Krieg empfehle, wenn man versuchen sollte, Deutschlands Rechte auf dem Balkan und Kleinasien anzutasten.

Jagow versteht die Sorgen des Generalstabs. Das Heer wird bald nicht mehr stark genug sein für eine vorbeugende Maßnahme. In zwei bis drei Jahren wird Russland seine Rüstungen beendet haben. Dann wäre das russische Heer in allem neuzeitlich ausgerüstet: Kraftwagen, Panzerautos, Maschinengewehre, Eisenbahnen durch Polen, ein von Grund auf verbessertes Heerwesen. Das militärische Übergewicht der Feinde wäre dann so groß, dass keiner mehr wüsste, wie Deutschland ihrer Herr werden könnte. Jetzt jedoch sind Deutschlands Truppen den Feinden noch einigermaßen gewachsen.

Kaum ein Politiker kann das verstehen. Doch Jagow weiß, was auf dem Spiel steht: Wenn Russland Deutschland in Bedrängnis bringt, wird auch Frankreich nicht zögern, sich für 1871 zu revanchieren. Dann wären das Elsass und Lothringen in größter Gefahr. Nicht ohne Grund haben die Franzosen ihren Militärdienst von zwei auf drei Jahre verlängert. In der Schule unterrichten sie ihre Kinder schon längst, Deutschland zu hassen.

Am Ende war es Jagow, der die Vorzüge präventiver Maßnahmen pries, als wäre es das Normalste auf der Welt! Seine Männer im Auswärtigen Amt denken ganz ähnlich, hat er gesagt. Vor allem Zimmermann und Stumm hätten sich bereits wiederholt in diese Richtung geäußert. Der Kriegsminister vertritt ebenfalls die Ansicht, dass mit Defensive nach allen Seiten nichts mehr zu machen sei. Für die Zukunft sieht auch er nur im Angriff Heil.

Dann ist da noch Tschirschky, der nicht müde wird zu betonen, dass die Frage mit Russland von überaus ernster Natur sei. Der Chef des österreichischen Generalstabs hat ihn erst vor kurzem gefragt, ob nicht ein früherer Austrag mit Russland von Vorteil wäre. Tschirschky hat darauf geantwortet, dass sei zwar richtig, jedoch mit Franz Ferdinand und Friedrich Wilhelm sprächen zwei Große dagegen. Leider hatte er damit Recht. Beide Monarchen gefielen sich in der Rolle der Friedensstifter. Vom Ausmaß der Probleme hatten beide keine rechte Vorstellung.

Schließlich gibt es noch diesen Romantiker …. wie heißt er doch gleich? – Dietrich Bethmann, ein Vetter des Reichskanzlers. Als Tschirschkys Sekretär in Wien tätig, erklärt er jedem, der es hören will, dass es so mit Deutschland nicht weiter gehen könne. Seit der letzten Marokkokrise ist es nahezu Allgemeingut in der öffentlichen Meinung, dass nur ein großer europäischer Krieg Deutschland die Freiheit zur weltpolitischen Betätigung bringen könne.

Die nächste Gelegenheit muss beim Schopfe gepackt werden, das war als Gefühl bei allen Einsichtigen längst vorhanden. Schließlich ist es die geschichtliche Aufgabe der teutonischen Völker, der immer weiter vordringenden Slawenmacht mit aller Entschiedenheit entgegen zu treten. Die Slawen sind nicht zum Herrschen, sondern zum Dienen geboren. Auch Bismarcks

Kriege waren vorbeugende Feldzüge gewesen. Und zwar überaus erfolgreiche! Deutschland muss sich endlich entscheiden, ob es Hammer oder Amboss sein will.

Der Krieg hing so oder so über Europa. Er war nur noch eine Frage der Zeit. Und in ein oder zwei Jahren wäre er nur noch gefährlicher und unentrinnbarer auf das Reich zu gekommen. Jetzt aber ist der Kampf noch möglich, ohne zu unterliegen. Egal, ob Tirpitz seine Hochseeflotte fertig hat oder nicht. Sie wird daran nichts ändern. Den Kampf entscheidet am Ende das Heer und nicht die Marine.

Moltkes Gedanken kreisen langsamer. Es gibt keinen Zweifel! Er hat seine Pflicht getan. Als Generalstabschef musste er die Regierung über die Zustände informieren. Niemand kann ihm vorwerfen, er habe nicht alles für den Erhalt des Deutschen Reiches und der deutschen Rasse getan.

FÜNF WOCHEN FRÜHER

DIE GELEGENHEIT

Friedlich dümpelt die Meteor in der Morgensonne. Von offener See weht ein laues Lüftchen die Förde herunter. Die Meldung, die von Müller machen muss, will nicht so recht in das idyllische Bild passen. Nur allzu gern würde er auf die Ehre verzichten, die kaiserliche Yacht entern zu dürfen. Dem Befehlshaber wird der Rapport nicht gefallen. Womöglich wird er sich wieder aufregen und Dinge befehlen, die später alle bereuen.

Der wachhabende Offizier bedeutet per Handzeichen, dass Müller ihm unter Deck folgen soll. Dann darf er die Kabine des Kaisers betreten. Das Beste wird sein, unverzüglich zur Sache zu kommen. Ein langes Drumherum-Reden würde Seine Majestät nur noch ungehaltener stimmen.

Welch' absurder Anblick! Wilhelm trägt vollen kaiserlichen Ornat. Warum diese übertriebene Aufmachung? Dann sieht er den Grund: Hofmaler Schneider weilt ebenfalls in der Kabine. Dem Herrgott sei gedankt, es ist nur für ein neues Gemälde; diesmal stört er kein diplomatisches Tête-à-tête! Hoffentlich will Wilhelm nicht über das Bild reden. Besser alles schnell hinter sich bringen. Untertänigst bittet Müller um Erlaubnis, eine schreckliche Mitteilung machen zu dürfen.

Der Kaiser macht eine flüchtige Handbewegung, ohne sich dabei umzusehen. Das soll vermutlich bedeuten, dass er sprechen darf. Dann ermutigt Wilhelm ihn sogar: So schlimm werde es schon nicht sein.

Der Monarch scheint guter Laune. Müller verneigt sich flüchtig, um gleich wieder Haltung anzunehmen. Er will keine Umschweife machen. Vielleicht hat er diesmal Glück:

Die Serben haben Franz Ferdinand ermordet. So meldet es jedenfalls ein Telegramm aus Sarajevo.

Für einen Moment scheint es, als verstehe Wilhelm nicht, was ihm gerade mitgeteilt wurde. Jedenfalls zeigt er keine sichtbare Reaktion. Doch dann besinnt er sich.

Von Müller soll sich was schämen. Es verbiete sich von selbst, in Gegenwart einer Majestät Scherze zu machen. Mit solchen Dingen darf man keinen Unsinn treiben! Er weiß sonst Mittel und Wege, es ihm auszutreiben …

Dann hält er inne. Wilhelm wirkt verunsichert, vermutlich weil sein Gegenüber keine Anstalten macht, den Scherz zuzugeben. – Er will selbst sehen! Ohne Vorwarnung springt er in Richtung von Müllers und reißt ihm das Telegramm aus den Händen. Während er liest, fällt er in den Sessel neben dem Kartentisch. Je länger er auf das Papier starrt, umso tiefer versinkt er im Polster.

Von Müller wartet eine gefühlte Ewigkeit, während der Kaiser so dasitzt. Schneider nutzt die Gelegenheit und verlässt ohne jedes Geräusch die Kabine.

Von Müller weiß, was jetzt kommen wird. Wilhelms Mimik kündet bereits vom Herannahen eines jener gefürchteten Monologe, mit denen er sich für gewöhnlich in Rage zu reden pflegt. Der Theaterdonner lässt nicht lange auf sich warten:

Das ist eine Katastrophe! Was ist mit der Regatta?! Sollen wir die jetzt absagen? Der Tag wird als der schwärzeste des Jahrhunderts in die Annalen eingehen.

Der Kaiser scheint tatsächlich zu leiden, fast wirkt er weinerlich. Fragt sich nur, wem die Trauer gilt: dem Kronprinzen oder dem Bootsrennen?

Als hätte Wilhelm die Gedanken Müllers hören können, beantwortet er die Frage umgehend. Es ist wegen der Balkanpolitik.

Man betrügt ihn schändlich um die Früchte seiner Diplomatie! Wenn das Telegramm die Wahrheit sagt, ist das ein gemeiner Schlag gegen die gesamte bisherige Friedensarbeit auf dem Balkan. Dann muss er wieder ganz von vorn anfangen! Dabei hat es ihn so viel Mühe gekostet, eine Verständigung mit dem Erzherzog über die österreichisch-ungarischen Beziehungen herzustellen, ohne dass Rumänien vom Dreibund abfällt. Und nun steht er vor dem Nichts: Mit einem Schlag die gesamte Arbeit von Monaten vernichtet.

Von Müller will Haltung bewahren, während sich der Kaiser im Selbstmitleid ergeht. In solchen Momenten darf man ihn nicht unterbrechen. Wilhelm würde sich dann nur noch mehr aufregen. Seine Stimme klingt kurz vorm Überschlag. Er schreit mehr als er spricht:

Das feige Attentat ist ein Schlag direkt ins Gesicht der geheiligten Monarchie! Wieso haben es diese halbbarbarischen Balkanstämme zugelassen, dass die serbischen Nationalisten den Erzherzog und dessen liebreizende Gattin einfach auf offener Straße meucheln konnten? Das darf man den Slawen nicht durchgehen lassen. Die Verantwortlichen müssen zur Rechenschaft gezogen werden! Wien muss den hinterhältigen Serben Mores lehren. Wenn sich diese Unzivilisierten nicht zu benehmen wissen, sollen sie das strafende Schwert zwischen ihren Schulterblättern zu spüren bekommen. Er wird den Österreichern jedenfalls nicht in den Arm fallen, wenn sich der Bundesgenosse für die Schandtat rächen will. Serbien ist nicht mehr als eine Räuberbande, die für ihre Verbrechen bestraft gehört!

Der Wortschwall endet jäh. Der glasige Blick des Kaisers verrät tiefe Melancholie. Es scheint allein, ihm fehlt die Kraft weiterzureden. Das ist die Gelegenheit. Von Müller darf sie sich nicht entgehen lassen. So schnell wie möglich will er raus aus der Schusslinie der kaiserlichen Tiraden. Vorsichtig bittet er, sich zurückziehen zu dürfen, um Seiner Majestät Befehle auszuführen. – Welch' unerwartetes Glück! Wilhelm nickt. Von Müller macht eine kurze Verneigung. Gesenkten Hauptes verlässt er die Kabine.

Am Abend muss von Müller erneut zum Kaiser. Er soll zur aktuellen Lage auf dem Balkan Bericht erstatten. Der Botschafter in Wien hat ein Dossier gesendet. Zum Glück vertritt der Mann gemäßigte Ansichten und rät zur Besonnenheit. Vielleicht besänftigt das den Monarchen?

Doch von Müller hätte es besser wissen müssen. Die Launenhaftigkeit des Kaisers kennt keine Grenzen. Der gemäßigte Ton der Depesche empört den Monarchen, und zwar mehr als die Meldung vom Tode des Prinzen. Von Müller bleibt nichts anderes übrig, als ein weiteres kaiserliches Lamento über sich ergehen zu lassen.

Was soll diese Anmaßung? Wie kann Tschirschky es wagen, ihm so etwas vorzulegen? Was sich der Botschafter da herausnimmt, ist eine ungeheuerliche Frechheit! Wieso warnt der vor übereilten Schritten und rät dem alten Franz Joseph zur Mäßigung? Das schulmeisterliche Gehabe dieses Judenfreundes verstehe wer wolle, er jedenfalls nicht. Wer überhaupt hat Tschirschky dazu ermächtigt?!

Die Fragen des Kaisers sind wie so oft rhetorischer Natur. Man darf darauf nicht antworten, schon gar nicht mit irgendwelchen Erklärungen. Denn nichts hasst Wilhelm mehr, als belehrt zu werden. Von Müllers Rolle bleibt die des bejahenden Zuhörers, während sein Gegenüber mehr und mehr im Selbstgespräch versinkt.

Selbstredend wird Österreich Rücksicht auf seine Bundesgenossen nehmen und die europäische Gesamtlage sowie die Haltungen Italiens und Rumäniens in der Serbenfrage in Rechnung stellen. Solche Binsenweisheiten verstehen sich von selbst! Außerdem ist das alles sehr dumm und geht von

Tschirschky gar nichts an, da es lediglich Österreichs Sache ist, was es auf diesen Affront zu tun gedenkt! Nachher heißt es nur wieder, wenn etwas schief geht: Deutschland habe nicht gewollt!

Tschirschky soll gefälligst mit dem Unsinn aufhören. – Jetzt oder nie! Mit den Serben muss aufgeräumt werden, und zwar bald!

Im Vergleich zum Morgen ist der Kaiser wie ausgewechselt. Womöglich hat er nachgedacht. Dieses Mal will er hart sein. Die Menschen sollen sehen, dass er ebenso entschieden handeln kann, wie einst Bismarck. Deshalb gibt er sich jetzt fest entschlossen. Der Befehl, den er von Müller erteilt, lässt keinen Raum für Zweifel.

Dem Ballhausplatz ist zu melden, dass der Deutsche Kaiser ein energisches und entschiedenes Vorgehen Österreich-Ungarns gegen Serbien für völlig nachvollziehbar hält. Auf Österreichs Seite liegen die allgemeinen Sympathien der gesamten gesitteten Welt. Keine Monarchie darf sich so etwas gefallen lassen. Wien kann sofort seine ihm zustehende Satisfaktion einfordern. Noch klebt das Blut für alle sichtbar an den Händen der Meuchelmörder. Das österreichische Volk hat ein Recht auf eine rasche Vergeltung für die schändliche Bluttat.

Die Depesche soll noch heute auf den Weg gehen. Ganz egal, was das Zivilkabinett dazu sagt. Keinesfalls darf Bethmann den Text abschwächen. Schließlich haben die Österreicher nicht nur das Recht, sondern die Pflicht, die Verbrecher zu bestrafen. Würden die Morde hingegen ungesühnt bleiben, dann kann nur der Allmächtige den drohenden Zerfall abwenden. Die zersetzende Wühlarbeit der großserbisch-russischen Nationalisten würde die Doppelmonarchie in tausend Stücke reißen und Deutschland mit in den Abgrund ziehen.

Von Müller bleibt keine andere Wahl, als gute Miene zum bösen Spiel zu machen. Er bittet untertänigst, gehen zu dürfen, um die Botschaft Seiner Majestät zur Ausführung an das Zivilkabinett zu übermitteln.

Jedoch er kommt nicht weit. An der Kabinentür stößt er gegen den Bootsmann, der im ungehörigen Tempo den kaiserlichen Salon entern will.

Dem Mann ist seine Verfehlung sichtlich peinlich. Seine Exzellenz bittet er vielmals um Entschuldigung, doch er müsse dringend den Eingang eines Telegramms melden. Es ist vom Generalkonsul in Sarajevo.

Von Müller überlegt, ob er das unbotmäßige Verhalten des Mannes bestrafen soll. Doch vielleicht bringt der Tölpel einen Anlass zur Hoffnung. Vermutlich haben sie die Hintermänner des Attentats verhaftet! Wenn man die Mörder ihrer gerechten Strafe zuführt, muss Österreich die Serben nicht angreifen. Dann genügt vielleicht …

Des Kaisers Reaktion lässt indes nichts Gutes vermuten. Mit dem Papier wedelnd schnappt er nach Luft. Sein hochroter Kopf lässt keinen Raum für

Zweifel. So schnell wie von Müller Hoffnung schöpfte, zerstäubt diese auch wieder. Wilhelm ringt erkennbar um Haltung:

Das Telegramm ist eine Ungeheuerlichkeit. Der Konsul rät davon ab, zur feierlichen Beisetzung des ermordeten Erzherzogs zu fahren. Zehn bis zwölf Mordgesellen sind von Belgrad ausgeschickt, um einen Anschlag auf den Kaiser der Deutschen zu verüben. Dieser Gefahr dürfe sich Seine Majestät angesichts seiner Unersetzlichkeit keinesfalls aussetzen. Stattdessen empfehle man, es bei einem einfachen Kondolenzschreiben bewenden zu lassen.

Wilhelm scheint innerlich über die Frage zu zerreißen, ob er sich in unbändige Wut oder tiefste Verzweiflung stürzen soll. Wie meistens obsiegt am Ende die Wut.

Das bringt das Fass zum überlaufen! Eine solche Unverschämtheit hat er noch nicht erlebt. Wenn ein Souverän seine bereits nach Wien gemeldete Reise zu den Trauerfeierlichkeiten absagen muss, nur weil man dieser Verbrecher auf dem Balkan nicht Herr wird, muss Preußen eingreifen und diesen Augiasstall endlich ausmisten. Das Beste wird sein, das Problem bei der Wurzel zu packen: Serbien muss sterbien! Und der Zar soll sich genau überlegen, ob er sich einmischen will. Ein Deutscher Kaiser kann sich diese Frechheiten nicht länger gefallen lassen.

Von Müller soll alles vorbereiten. Morgen geht es zurück nach Berlin. Es ist Zeit für Tacheles.

Anders als beim Kaiser hält sich im Außenamt die Empörung nicht nur in Grenzen, vielmehr amüsieren Zimmermann die kaiserlichen Randbemerkungen in Tschirschkys Bericht sogar. Doch Vorsicht ist geboten. Die anderen sollten besser nichts mitbekommen. Der eine oder andere könnte die Heiterkeit missverstehen – immerhin geht es hier um Fürstenmord.

Was Wilhelm schreibt, ist allzu köstlich! Die österreichische Nation dränge auf Rache. Das Volk verlange nach Sühne für die Ermordung seines geliebten Herrschers.

Genau so denkt der Imperator Rex. Jeder anständige Untertan muss seinen König lieben, egal was der auch anstellt. Dass das österreichische Volk seinen Prinzen eventuell gar nicht gemocht haben könnte, darauf würde Wilhelm niemals kommen. Ist er doch fest von der Liebe eines jeden Untertanen zu seinem Herrscher überzeugt.

Diesmal geht es jedoch um mehr, als um Wilhelms Eitelkeit. Wenn Seine Majestät Blutrache wünscht, soll er sie bekommen, und zwar so, dass auch Deutschland endlich wieder frei wird. Die kaiserlichen Randnoten werden auf Jagow genügend Eindruck machen. Wenn er das Papier zu sehen bekommt, wird er die richtige Entscheidung fällen!

Als Zimmermann den Korridor zu Jagows Büro betritt, sieht er Moltke eilig aus dessen Zimmer treten. – Sonderbar! Hat Jagow neuerdings Geheimnisse vor ihm; was soll dieses Geheimtreffen mit dem Generaloberst?! Warum hat er ihm nicht davon erzählt?

Der Leiter des Außenamtes macht indes keinerlei Anstalten, Zimmermann irgendwelche Erklärungen zu geben. Wie so oft verschanzt er sich lieber hinter seinem riesigen Eichenholzschreibtisch.

Zimmermann möge berichten, sich aber nicht in langer Rede ergehen, sondern zum Punkt kommen. Wie hat der Kaiser reagiert?

Zimmermann missfällt Jagows Tonfall. Erst verheimlicht er ihm das Gespräch mit Moltke und jetzt behandelt er ihn wie einen einfachen Untergebenen. Der Mann bedarf einer Lektion, damit das nicht überhandnimmt. Gemächlich zieht Zimmermann sein Zigarrenetui aus der Innentasche seines Jacketts und hält es Jagow vor die Nase.

Er empfiehlt Seiner Exzellenz eine dieser besonders exquisiten Partagas! Sie sind vorzüglich. Erst gestern sind sie frisch beim Importeur eingetroffen. Im Übrigen präferiert auch Seine Exzellenz der Generaloberst diese Sorte.

Enerviert schüttelt Jagow den Kopf. Für derlei Späße hat er nun wirklich keine Zeit. Zimmermann soll endlich reden!

Der Untergebene weiß, dass er das Spiel nicht auf die Spitze treiben darf. Vorerst gibt er sich geschlagen.

Erwartungsgemäß! Seine Majestät verhalten sich so, wie zu erwarten war. Das bestätigt sowohl Wilhelms Ahnungslosigkeit als auch die Richtigkeit der Vorgehensweise. Der Kaiser hat sich quasi augenblicklich vom Serbenbeschützer zum Serbenhasser gewandelt.

Jagow will es mit eigenen Augen sehen. Ungestüm reißt er Zimmermann das Schriftstück aus der Hand. Die kaiserlichen Randnoten elektrisieren ihn.

Nicht auszudenken, was Wilhelm machen würde, hätte Tschirschky statt zur Mäßigung auf eine feste Linie gegenüber den Serben gedrängt. Dann hätte der Kaiser womöglich nicht auf Rache bestanden, sondern zur Zurückhaltung geraten, nur um zu widersprechen.

Zimmermann nickt verständnisvoll. Der Kaiser ist nun mal, wie er ist. Es lohnt nicht, sich über die Gründe für seine Launenhaftigkeit den Kopf zu zerbrechen. Entscheidend ist, dass diesmal die Rechnung aufgeht.

Die Zeit der Entscheidung ist gekommen! Und wenn es schief gehen sollte, was kaum anzunehmen ist, dann soll doch dieses in allen Fugen krachende Staatengebilde endlich in sich zusammenbrechen. Dann wird sich eben das Reich um die heimatlos gewordenen deutschen Provinzen an der Donau kümmern und in einem einzigen großen Reich aller Deutschen vereinen.

Zimmermann blickt versonnen aus dem Fenster. In der Wilhelmstraße herrscht für gewöhnlich mehr Treiben. Doch der Sommer ist außergewöhnlich warm. Kein Wunder, dass die Berliner schattigere Plätze bevorzugen. Der Himmel strahlt im reinsten Blau. Kein Wölkchen weit und breit. Welche Macht dort oben auch immer sein mag, sie ist mit den Deutschen. Diesmal läuft alles wie bestellt. Jagow muss Farbe bekennen. Eine solche Gelegenheit darf er nicht ungenutzt lassen.

Einverstanden. Jagow hat entschieden. Zimmermann fällt ein Stein vom Herzen. Endlich ist es soweit. Sie werden das Land aus seiner Umklammerung befreien, die es schon so lange lähmt.

Jagow verlangt von Zimmermann, alle notwendigen Maßnahmen in die Wege zu leiten. Als erstes muss der neue kaiserliche Standpunkt nach Wien gemeldet werden. Die Hofburg und der Ballhausplatz sind darüber in Kenntnis zu setzen, dass der Deutsche Kaiser jedweder Vergeltungsaktion zustimmt.

Zimmermann hat das schon oft in Gedanken durchgespielt. Bei allem, was sie jetzt machen, ist Vorsicht geboten. Keinesfalls darf der offizielle Telegrafendienst die Nachricht nach Wien übermitteln. Niemand im In- oder Ausland darf jemals ein Schriftstück zu sehen bekommen, aus dem hervorgeht, Deutschland würde seine Bundesgenossen zu kriegerischen Schritten raten. Die Öffentlichkeit würde das nur missverstehen.

Zimmermann weiß schon einen Vertrauensmann, der die Nachricht an die österreichische Regierung übermitteln wird. Hugo Ganz wird das erledigen. Der Journalist verfügt über ausgezeichnete Kontakte zur Wiener Pressestelle. Seine Zuverlässigkeit hat er bereits öfters unter Beweis gestellt. Er soll dem Ballhausplatz die neue kaiserliche Haltung in einem vertraulichen Gespräch mitteilen, ohne dabei allzu offiziell zu werden.

Jagow ist einverstanden. Ganz ist ein fähiger Mann. Er wird den Österreichern glaubhaft versichern, dass Deutschland die Habsburgische Monarchie durch Dick und Dünn unterstützen wird, was immer auch dieselbe gegen Serbien beschließen mag. Nur beeilen müssen sie sich. Je früher Österreich losschlägt, desto besser. Besser gestern als heute, besser aber heute als morgen. Das gilt selbst dann, wenn die deutsche Presse, die sich heute ganz antiserbisch gebärdet, wieder zum Frieden blasen sollte. In Wien braucht man sich nicht irremachen zu lassen. Der Deutsche Kaiser und das Reich halten unbedingt zu Österreich-Ungarn. Offener könne eine Großmacht zu einer anderen nicht sprechen.

Jetzt wünscht er eine Partagas! Mit gekünstelter Geste nimmt Jagow sich eine von Zimmermanns Zigarren und streicht sie genüsslich unter seiner Nase entlang. Zimmermann muss ihm Feuer geben. Kurz darauf umhüllt ihn eine

Rauchwolke. Doch die Selbstgefälligkeit seines Vorgesetzten stört ihn nicht; diesmal nicht. Wichtig ist allein, dass er entschieden hat.

Wütend wischt Zimmermann den Aktenfaszikel vom Schreibtisch. Er hasst das Warten. Warum passiert nichts? Eine Woche weilt Ganz schon in Wien und was ist geschehen? – Nichts!

Hoffentlich hat er nichts vermasselt! Oder sind die Österreicher mal wieder zu behäbig!? Wäre nicht das erste Mal. Was glauben die eigentlich, wer sie sind? Wenn sie Serbien schlagen wollen, müssen sie sich gefälligst beeilen. Diese ganze Kaffeehausgemütlichkeit treibt einen noch in den Wahnsinn!

Man müsste die Sache auch ohne die Österreicher ins Rollen bringen können. Fragt sich nur wie. Ohne Wien würde Bethmann Hollweg nicht mitmachen. Der Mann ist das personifizierte Bedenken.

Ein Diener bittet um Erlaubnis, eine Mitteilung Seiner Exzellenz, dem Herrn Staatssekretär, überbringen zu dürfen. Zimmermann winkt ihn zu sich. Vielleicht ist das die ersehnte Nachricht?! Worauf wartet der Mann, er soll endlich reden! – Heute ist ein österreichischer Gesandter in Berlin eingetroffen. Er hat den Auftrag, den Botschafter mit neuen Instruktionen auszustatten. Anschließend ist Szögyény zur Audienz beim Kaiser geladen. Auf der Tagesordnung steht die Frage, wie die Mittelmächte auf die Sarajevoer Morde reagieren sollen.

Es geht los! – Zimmermann spürt das angenehme Gefühl des Aufbruchs in sich aufsteigen. Heute wird sich zeigen, ob Wilhelm es ernst meint mit seiner harten Haltung gegenüber Serbien und Russland. Der Diener soll einen Boten schicken, um dem Botschafter mitzuteilen, dass Szögyény noch vor der Audienz beim Kaiser zum Gespräch ins Außenamt kommen möge. Der Botschafter weiß bereits warum.

Szögyény trägt Galauniform mit Schärpe, Orden und weiterem Zierrat. Er hat sich bereits für das Gespräch beim Kaiser präpariert. Auf Zimmermann wirkt die Aufmachung operettenhaft. Der alte Mann sieht aus, wie ein Fossil aus vergangenen Zeiten. Das alles gehört ins Museum, nicht aber auf ein neuzeitliches Schlachtfeld.

Der Botschafter wirkt angespannt, was Zimmermann nicht weiter verwundert. Schließlich weiß er um die Gefährlichkeit des doppelten Spiels. Nachher beim Kaiser muss er vorsichtig sein. Wilhelm darf nicht alles erfahren, was die neue Haltung Wiens betrifft.

Zimmermann möchte offen mit Szögyény sprechen. Der beteuert umgehend, man könne ihm voll und ganz vertrauen. Tatsächlich bleibt Zimmermann auch kaum etwas anderes übrig, wenn die Sache vorangebracht werden soll. Dem Botschafter will er auf den Zahn fühlen:

Ob Seine Exzellenz weiß, dass der Kaiser niemanden als Berater zu dem Gespräch hinzuziehen möchte. Vermutlich fühlt sich Seine Majestät wieder einmal zu Stolz, um einen aus der Regierung um Unterstützung zu bitten. Seine Exzellenz wird also allein mit Seiner Majestät verhandeln …

Der Botschafter winkt gelangweilt ab. Mit den ausgezogenen Handschuhen zwischen seinen Fingern wirkt die Geste noch arroganter als sie ehedem schon ist.

Zimmermann braucht nicht weiter zu reden. Szögyénys weiß Bescheid. Er möchte nicht überheblich erscheinen, aber er hat die feste Überzeugung, das Kind auch alleine schaukeln zu können. Zimmermann soll das nicht als Großsprecherei auffassen, aber aufgrund seiner jahrelangen Erfahrungen mit dem Kaiser sieht er beste Chancen, es auch allein hinzubekommen.

Der Enthusiasmus Szögyénys gefällt Zimmermann. Es müsse schon mit dem Teufel zugehen, wenn der im politischen Denken schwerfällige Wilhelm von allein auf die Idee kommen sollte, nachzufragen, was denn eigentlich die ungarische Hälfte von einer energischen Strafaktion gegen Serbien hält. Und was Österreich längerfristig mit den Serben vorhat, wird Wilhelm ebenfalls nicht interessieren. Er will vor allem nur eins, und das ist Stärke zeigen wie einst Bismarck.

Szögyény weiß selbst, dass ihn solche Fragen in Verlegenheit bringen könnten. Immerhin lehnt der ungarische Ministerpräsident die österreichische Serbenpolitik rundherum ab. Was den Grafen Tisza stattdessen interessiert, ist allein die Erhaltung des ungarischen Zentralismus in Trans-Leithanien.

Die Angelegenheit ist überaus delikat, bestätigt Zimmermann. Wilhelm ahnt nicht, dass er mit seinem Votum am Ende den Streit entscheidet, den Österreich mit Ungarn über Krieg und Frieden führt.

Der Botschafter lächelt zufrieden. Man muss bedenken, dass die Frage nach Österreichs weiterreichenden politischen Zielen nicht leicht zu beantworten ist. Niemand verfolgt die Absicht, sich Serbien einzuverleiben; nur zerstückeln und an die Nachbarstaaten aufteilen sollte man es: ein Teil an Bulgarien, eins an Albanien; dann können auch die österreichischen Kriegshäfen an der Adria wieder frei verkehren.

Jetzt muss er aufbrechen, entschuldigt sich Szögyény. Die kaiserliche Audienz duldet keine Verspätung. Zimmermann lässt einen Wagen rufen. Er wünscht ihm gutes Gelingen! Alle hier vertrauen fest auf das diplomatische Geschick des Botschafters.

Warum dauert das so lange? Der Botschafter ist seit geschlagenen drei Stunden beim Kaiser. Er wird doch keinen Fehler machen. Den würde Zimmermann ihm nie verzeihen, die Gelegenheit ist einfach zu günstig.

Um Mitternacht lässt Seine Majestät einen Boten nach einem Mitglied der Zivilregierung rufen. Weder Staatssekretär von Jagow noch der Reichskanzler weilen in Berlin. Also soll Zimmermann zum Kaiser.

Im Stadtschloss ist alles ruhig. Die meisten Höflinge scheinen bereits zu schlafen. Der Kammerdiener bedeutet Zimmermann, das kaiserliche Gemach betreten zu dürfen. Wilhelm scheint ihn erst nicht zu bemerken. Er ist in die Betrachtung eines Schiffsmodells versunken. Den genauen Typus kann Zimmermann nicht erkennen. Aber vermutlich ist es eine Nachbildung des neuen Großschlachtschiffs. Die SMS Bayern ist Tirpitz' neuster Coup.

Der Kaiser erfreut sich bester Laune. Als er Zimmermann bemerkt, schwadroniert er sogleich über die Vorzüge der neuen Zwillingsgeschütze. Die Österreicher und Italiener würden ihre Schiffe zwar neuerdings mit Drillingstürmen ausrüsten. Dafür haben die deutschen Ingenieure aber eine enorme Kalibervergrößerung hinbekommen. Die Durchschlagskraft ist doch letztlich das Entscheidende.

Zimmermann will eigentlich nicht über Schiffe reden. Doch es ist besser, dem Kaiser tunlichst zuzustimmen. Wie Recht Eure Majestät doch haben. Die Geschütze Ihrer Majestät würden die Panzerungen der britischen Dreadnoughts spielend knacken.

Wilhelm lächelt. Die Antwort scheint ausreichend gefällig. Seine Stimmung lässt hoffen. Der Kaiser wäre nicht so guter Dinge, wenn das Gespräch mit dem Botschafter unbefriedigend verlaufen wäre. Und tatsächlich, Wilhelm lobt Szögyény in höchsten Tönen.

Der Mann habe nicht nur gute Manieren, sondern wisse auch um die komplizierten Zusammenhänge in der Weltpolitik. Der Botschafter hat ein Schreiben und ein Memorandum Franz Josephs überbracht. Beide Schriften zeugen von großer politischer Weitsicht.

Eine kaiserliche Handbewegung bedeutet Zimmermann, dass er Platz nehmen soll. Es mache ihn nervös, wenn einer im Raum herumsteht. Zimmermann bedankt sich mit einer Verbeugung, während Wilhelm weiter monologisiert.

Franz Joseph bittet um Unterstützung für energische politische Schritte gegen Belgrad. Die Habsburger meinen, das Vordringen der panslawistischen Hochflut nur abwehren zu können, wenn Serbien als Machtfaktor am Balkan ausgeschaltet wird. Außerdem wünscht Österreich den Abschluss eines Vertrages mit Bulgarien, um die Serben noch weiter in die Enge zu treiben.

Der Kaiser gefällt sich in der Rolle des klugen Diplomaten. Zimmermann weiß, es wäre ein Fehler, ihn jetzt zu unterbrechen. Es genügt vollkommen, ihm zuzuhören. Allerdings fällt das diesmal auch nicht besonders schwer. Das Gerede des Kaisers erfüllt sämtliche Hoffnungen.

Aber noch ist Wilhelm nicht am Ende: Eine ernste Aktion Österreich-Ungarns gegen Serbien hat er selbstverständlich erwartet. Das ist auch nur recht und billig. Doch angesichts der im Handschreiben von Franz Joseph auseinander gesetzten Sachverhalte muss man eine ernste europäische Komplikation im Auge behalten.

Wie bitte? Zimmermann traut seinen Ohren nicht. Was soll das Gerede von einer Komplikation? Das ist nicht, was er hören wollte.

Wilhelm unterbricht seine Rede. Fragend blickt er zu Zimmermann. Der darf sich seinen Unmut keinesfalls anmerken lassen. Zum Glück scheint der Monarch die Blicke seines Gegenübers als Ausdruck der Bewunderung zu interpretieren. Jedenfalls klingt er jetzt noch selbstgefälliger als er es zuvor schon tat.

Noch hat er keine definitive Antwort erteilt, erklärt er gebieterisch. Das sei keineswegs eine endgültige Ablehnung der österreichischen Anfrage. Als Kaiser wünscht er nur, sich vorher mit dem Kanzler zu beraten. Solange müssen sich die Österreicher in Geduld üben.

Zimmermann weiß nicht, ob er lachen oder weinen soll. Nichts ist entschieden! Jetzt liegt es am Reichskanzler. Der Kaiser verlangt dessen umgehende Rückkehr nach Berlin. Morgen nach dem Lunch will Wilhelm die Unterhaltung mit dem Botschafter fortsetzen. Danach erwartet er den Zivilkanzler zum Rapport. Zimmermann trägt die Verantwortung für Bethmanns pünktliche Anwesenheit im königlichen Schloss.

Der Kaiser gestattet Zimmermann sich zu entfernen, will ihm aber noch eine Ermahnung mit auf dem Weg geben:

Über eines sollen sich die Herren in der Wilhelmstraße im Klaren sein. Sollte sich die Zivilregierung als unfähig erweisen, die richtigen Maßnahmen zu ergreifen, wird er als Deutscher Kaiser das Regiment selbst und persönlich in die Hand nehmen. Denn eines ist so Gewiss, wie das Amen in der Kirche – er ist Herr im Reich.

NICHT AMT DES DEUTSCHEN KAISERS

Bethmann Hollweg ist im Schloss eingetroffen. Der Kanzler ist bereits am frühen Morgen von seinem Gut in Hohenfinow nach Berlin zurückgekehrt. Vom Torbogen her nähert sich ein Mann. Wenn Zimmermann nicht wüsste, dass Jagow zur Erholung in der Schweiz weilt, würde er ihn für seinen Vorgesetzten halten. Doch der Mann ist gänzlich ungepflegt. Nein, niemals würde sich sein Chef in einem solchen Zustand bei Hofe blicken lassen.

Sein desolates Aussehen ist Jagow spürbar peinlich. Man möge ihn für sein Äußeres entschuldigen. Nach Erhalt der Depesche habe er sich auf der Stelle auf den Weg nach Berlin begeben. Der Nachtexpress ist gerade erst eingetroffen. Ihm war noch keine Zeit gegeben, sich zu arrangieren. Ein Diener möge ihn deshalb alsbald zu einem Raum führen, um das nachzuholen.

Die Strapazen der nächtlichen Reise sind Jagow auch nervlich anzumerken. Sein Gemüt scheint ähnlich derangiert wie sein Äußeres. Zimmermann bekommt das in Form von Vorwürfen zu spüren.

Warum habe der Herr Unterstaatssekretär ihn nicht eher benachrichtigt? Wenn er vom Ersuchen der österreichischen Regierung und dem Gespräch des Kaisers mit Szögyény gewusst hätte, wäre er schon gestern nach Berlin zurückgekehrt. Er verlange eine Erklärung, warum man ihn nicht früher über die Absichten der Österreicher informiert habe.

Mit einem Schlag ist Zimmermanns gute Laune dahin. Die Anwürfe seines Chefs kränken ihn. Dabei gibt es keinen Grund, ihm irgendeinen Vorwurf zu machen. Das, was Jagow verlangt, wäre überhaupt nicht möglich gewesen. Er selbst hat erst letzte Nacht vom Schreiben Franz Josephs an den Kaiser erfahren. Zuvor hatte es nichts zu beraten gegeben, weshalb er Seine Exzellenz durchaus loyal in seinem Urlaub hat belassen können. Außerdem ist gestern noch nichts entschieden worden. Jetzt sitzt der Botschafter gemütlich beim Kaiser zu Tisch. Erst danach wollen sich Wilhelm und

Szögyény in den Kleinen Garten verlegen, um ihr Gespräch vom Vortag fortzusetzen. Alles ist also zum Besten geregelt. Von Jagow kann ganz und gar beruhigt sein.

Der Vorgesetzte lässt sich jedoch nicht so einfach besänftigen. Wie so oft will er auch dieses Mal Recht behalten. Zimmermann bleibt nichts anderes übrig, als sich zu entschuldigen.

Am Abend ist erneut Beratung beim Kaiser, diesmal ohne Zimmermann. Der Monarch will ausschließlich Bethmann Hollweg und von Jagow sprechen. Zimmermann lässt sich seine Enttäuschung nicht anmerken. Sollen sie ruhig allein zum Kaiser. Er wird inzwischen mit Szögyény sprechen. Der Botschafter ist mindestens ebenso gut vom Ausgang der Audienz informiert wie der Kaiser. Den Grafen wird die Einladung auf ein Gläschen Portwein bestimmt erfreuen.

Der Botschafter ist guter Dinge. Die Offerte des Unterstaatssekretärs habe er gern angenommen, zumal das Gespräch beim Kaiser ganz ausgezeichnet verlaufen sei.

Zimmermann hat richtig vermutet. Der Mann freut sich, jemanden über seine Heldentat berichten zu können. Jedenfalls finden sich in seinem Verhalten keinerlei Anzeichen, seinen Stolz in irgendeiner Weise verbergen zu wollen.

Sämtliche Register habe er gezogen. Wilhelm auf die ehrliche und tiefe persönliche Beziehung hingewiesen, die ihn und Kaiser Franz Joseph schon seit langem verbindet. Der erhabene Monarch befinde sich nunmehr in existenzieller Gefahr und benötige dringend Hilfe, die nur Deutschland ihm bieten kann. Diese darf und kann ein Deutscher Kaiser dem ehrwürdigen Habsburger nicht verweigern.

Die Worte haben größten Eindruck auf Wilhelm gemacht, ist der Botschafter überzeugt. Zimmermann könne ihm ruhig glauben, dass der Kaiser sichtlich ergriffen gewesen sei. Vor allem hat ihn die Bemerkung beeindruckt, es gehe letztlich um eine Frage der Ehre und der geheiligten Monarchie, die keinen Souverän unberührt lassen könne. Auch der Appell an die tiefsten Gefühle habe dem Kaiser imponiert. Die Antwort fiel jedenfalls eindeutig aus.

Für Wilhelm ist es eine Frage von Ritterlichkeit und Treue, seinem Bundesgenossen in einer solchen Ehrensache beizustehen. Zudem hegt er größtes Verständnis für die Befürchtung Franz Josephs, dass der Einfluss der Mittelmächte auf dem Balkan auf dem Spiel steht, wenn jetzt nicht energisch gehandelt wird.

Zimmermann möchte laut loslachen, aber er darf nicht. Der Botschafter ist zu sehr von sich eingenommen, als dass ihm irgendetwas auffällt. Soll Szögyény ruhig glauben, dass allein er den Kaiser überzeugt hat. Warum dem alten Mann seinen Triumph kleinreden? Nur eine kleine Bemerkung möchte Zimmermann sich gestatten.

Man möge ihn bitte nicht falsch verstehen. Die Worte Seiner Exzellenz werden mit Sicherheit größte Wirkung auf den Kaiser gemacht haben. Allerdings könnte es auch sein, dass Wilhelm bereits in der Nacht über eine Antwort nachgedacht habe. Andernfalls wäre sie wohl kaum so deutlich ausgefallen.

Szögyény ist nicht nur ein erfahrener Diplomat, er ist auch ein geschickter Redner. Die Bemerkung übergeht er höflich, indem er die Worte des Kaisers mit dessen einzigartiger Theatralik rezitiert:

An ihm solle es diesmal nicht liegen, wenn Österreich seine Probleme nicht in den Griff bekommt! – Szögyény gestikuliert beim Reden heftig mit seinem rechten Arm, so wie es für Wilhelm typisch ist – seinetwegen braucht Franz Joseph mit seiner Aktion gegen Serbien nicht mehr auf eine andere Gelegenheit zu warten. Russlands Haltung werde zwar feindselig sein, doch darauf ist Deutschland schon seit Jahren vorbereitet, und sollte es wider Erwarten zu einem Krieg zwischen Österreich-Ungarn und Russland kommen, so kann Österreich davon überzeugt sein, dass Deutschland in gewohnter Bundestreue an seiner Seite stehen wird.

Zimmermann spürt, dass er seinen Drang laut loszulachen nicht mehr lange unterdrücken kann. Das schauspielerische Talent des Grafen ist bemerkenswert. Kein Wunder, dass er es fertigbringt, Wilhelm zu überzeugen.

Der Botschafter fängt nun ebenfalls an zu lachen. Im Vergleich zum Vortag wirkt er viel gelöster. Die Anspannung scheint wie weggeblasen. Er erscheint geradezu euphorisiert.

Dieses Mal gebe es kein Entweichen. Jetzt gehe es den Serben an den Kragen!

Doch kaum, dass Szögyény das ausspricht, bricht sein Gelächter abrupt ab. Seine Miene wirkt auf einmal besorgt. Zimmermann ist irritiert. Was soll dieses Wechselbad der Gefühle? Was in aller Welt hat das zu bedeuten?

Szögyény fällt wie ein Stein zurück in seinen Ledersessel. Nachdenklich betrachtet er das Glas in seiner Hand, um schließlich mit leiser, aber fester Stimme festzustellen, dass Wilhelm noch etwas ganz und gar Ungewöhnliches gesagt habe. Etwas, das er nicht für möglich gehalten habe.

Zimmermann weiß nicht, worauf sein Gast hinauswill. Hat der Kaiser am Ende doch alles verdorben, oder Szögyény einen Fehler gemacht?!

Der Botschafter scheint Zimmermanns Gedanken zu ahnen und spielt den Gekränkten: kein Grund zur Besorgnis. Nur wundern müsse er sich schon über das, was der Kaiser am Ende des Gesprächs gesagt hat.

Zimmermann entschwindet ob seiner Ungeduld jegliche Förmlichkeit: Szögyény möge endlich erzählen, was der Kaiser gesagt hat!

Er selbst erschrickt über die Schärfe seines Tonfalls. Keinesfalls möchte er den Botschafter kränken. Der bleibt zum Glück gelassen, wenngleich wieder dieser selbstgefällige Ton mitschwingt. Zimmermann möge ihm doch bitte in Ruhe zuhören:

Wilhelm vertritt die Ansicht, es sei letztlich allein Wiens Sache zu entscheiden, welche Maßnahmen es ergreifen will, und nicht Amtes des Deutschen Kaisers oder der deutschen Diplomatie. Er will sich nicht in die Balkanvorgänge einmischen, wenn Österreich die Serben bestraft.

Zimmermann fällt ein Stein vom Herzen. Das ist mehr, als er sich erhofft hatte! Doch warum wundert sich Szögyény? Der Kaiser erteilt den Österreichern eine Blankovollmacht und der Botschafter zieht ein Gesicht wie dreißig Tage Regen? Er soll ihm endlich sagen, was los ist!

Vielleicht hilft der Portwein seine Zunge zu lösen. Zimmermann hebt sein Glas. Darauf müssen wir anstoßen! Der Botschafter stimmt ein. Als Zimmermann nachschenken möchte, winkt Szögyény ab. Es ist schon spät, er müsse sich jetzt entschuldigen. Die Anstrengungen der letzten Tage haben ihn mehr mitgenommen, als er selbst gedacht habe. Er brauche jetzt Ruhe. Schließlich sei er nicht mehr der Jüngste.

Es ist weit nach Mitternacht, als Jagow ins Außenamt zurückkehrt. Er wirkt müde, aber nicht übellaunig. Übermütig schleudert er seinen Zylinder mitsamt Handschuhen auf Zimmermanns Schreibtisch. Der Untergebene weiß nicht, was er davon halten soll? Ist das ein Ausdruck von Geringschätzung oder Vertrautheit, oder von beidem etwas?

Zimmermann beschließt, das impertinente Verhalten seines Vorgesetzten zu ignorieren. Er weiß andere Mittel, es ihm heimzuzahlen. Erst einmal will er sich dumm stellen. – Wie ist es beim Kaiser gelaufen?

Mit gespielter Lässigkeit lässt sich Jagow in den Sessel vor Zimmermanns Schreibtisch fallen. Ohne Hast durchsucht er seine Manteltaschen. Er will Feuer.

Zimmermann möchte ihm doch bitte noch eine von diesen vorzüglichen Zigarren anbieten, die sie neulich zusammen geraucht haben.

Jagow will spielen. Also gönnt Zimmermann ihm das Vergnügen. Lächelnd offeriert er sein Zigarrenetui. Während von Jagow zugreift, bittet er höflich, erfahren zu dürfen, was der Kaiser und der Botschafter miteinander besprochen haben.

Jagow scheint tatsächlich zu glauben, er könnte ihn durch Hinhalten ärgern. Zimmermann mimt den Ungeduldigen. Doch am Ende ist es Jagow, dem der Geduldsfaden reißt. Schneller als gedacht, kommt er zur Sache.

Der Kaiser hat gesagt, Österreich kann mit den Serben machen, …

… was es will, fällt Zimmermann Jagow ins Wort.

Jagow schaut erstaunt zu Zimmermann. Der Unterstaatssekretär möchte ihm wohl den Spaß verderben. Zimmermann weiß, dass er besser geschwiegen hätte, doch nun ist es zu spät. Er will Jagows Gedanken wieder zurück auf die Sache lenken, indem er Szögyény zitiert:

Einen Ratschlag hat Wilhelm den Österreichern dann aber doch mit auf den Weg gegeben. Wien muss unbedingt rasch handeln. Wenn erst einmal ein fait accompli herbeigeführt sei, dann lassen sich womöglich die westlichen Mächte durch diplomatische Zugeständnisse von einem Eingreifen abhalten und vielleicht würden dann sogar die Russen – obwohl Freunde Serbiens – nicht mitmachen.

Jagow schießt Zornesröte ins Gesicht. Er hasst es, wenn man ihn zum Narren hält! Seine Stimme klingt fast so schrill wie die des Kaisers.

Woher in aller Welt weiß Zimmermann das?!

Zimmermann muss Vorsicht walten lassen. Keinesfalls will er seinen Chef noch mehr reizen. Besser er sagt die Wahrheit – von Szögyény.

Jagow ist außer sich. Eine Frechheit ist das, ihn berichten zu lassen, obgleich Zimmermann längst Bescheid weiß. Er verlangt umgehend eine Entschuldigung!

Zimmermann will keinen Streit. Er bittet vielmals, sein ungebührliches Benehmen zu entschuldigen. Jagow quittiert das mit einem Nicken.

Die Aufregung seines Chefs kann Zimmermann nicht nachvollziehen. Mit ein bisschen Verstand hätte er von selbst darauf kommen können. Wahrscheinlich ärgert er sich vor allem über sich selbst.

Hat der Botschafter noch mehr gesagt? – Jagows Nachfrage klingt wie ein Befehl und nicht wie eine Frage. – Es wäre schließlich nicht das erste Mal, dass der Kaiser sein Wissen hinterm Berg hält.

Zimmermann verspürt Genugtuung. Jetzt hat er einen Wissensvorsprung. Doch er will das nicht ausreizen. Besser ist es, Jagow versöhnlich zu stimmen.

Der Botschafter hat seinen Erfolg kaum fassen können. Vertraulich hat er gemeint, dass er niemals zu fordern gewagt hätte, dass Österreich allein Entscheidungen über Diplomatie und Krieg treffen dürfe. Doch der Kaiser hat Wien eine Art Blankovollmacht erteilt. Wilhelm hat überhaupt nicht begriffen, dass Ungarn gar keine harte Linie gegen Serbien fahren will und er mit seiner Haltung erst die Auseinandersetzung innerhalb der Doppelmonarchie entscheidet.

Jagow nickt nachsichtig. Er kann Szögyény verstehen. Der Mann ist nicht dumm.

Zimmermann kann dem nur zustimmen. Er ist sogar klug, vielleicht ein wenig zu klug. Jedenfalls scheint er den Braten zu riechen. Nach ein paar Gläsern Portwein hat er einige Verdächtigungen ausgesprochen.

Jagow blickt erstaunt. Wen hat Szögyény verdächtigt? Zimmermann soll das sofort aufklären!

Es waren nur Andeutungen. Wenn man es genau nimmt, hat Szögyény nur mit seinem Alter kokettiert. Er meinte, man möge ihn ruhig für einen alten, müden Mann halten, und so manch jüngerer Diplomat glaube wohl, ihn nicht mehr für voll nehmen zu müssen. Aber seine Erfahrungen lassen ihn merken, wann etwas faul ist im Staate Dänemark.

Jagow versucht den Überlegenen zu spielen. Das spürt Zimmermann. Er ahnt, dass sein Chef nur so tut, als wüsste er längst Bescheid. Stoisch lässt er den Wortschwall über sich ergehen.

Der Kaiser hat Österreichs Wünsche viel zu schnell erfüllt, mäkelt Jagow. Bedenkt man die weit reichenden Konsequenzen, die Wilhelms Zusage nach sich ziehen wird, ist es nur allzu verständlich, wenn der Botschafter sich fragt, warum wir so viel Wert auf die Feststellung legen, alles sei allein die Sache Österreichs und so viel daran setzen, um nicht den Eindruck zu erwecken, Deutschland würde Österreich zu einer harten Gangart gegen Serbien drängen.

Der Einwand ist durchaus berechtigt, muss Zimmermann zugeben. Vielleicht hätte er nicht so offen mit dem Botschafter reden dürfen. Nun verdächtigt Szögyény die Deutschen, sie würden Österreich zu einer möglicherweise sogar kriegerischen Aktion gegen Serbien drängen, und zwar selbst auf die Gefahr hin, dass dies zum Konflikt mit Russland, vielleicht auch mit Frankreich führen könnte.

Noch einmal wird Zimmermann das nicht passieren. Szögyény darf man nicht unterschätzen. Warum sollte der alte Graf auch glauben, allein Ehrgefühl und Nibelungentreue sind hier die treibenden Kräfte. Er ahnt längst, dass diesmal eine grundsätzliche Entscheidung ansteht, und zwar gegen Russland und Frankreich.

DAS ULTIMATUM

Krieg? – Die Nachricht schlägt ein wie ein Donnerschlag. Kautsky kann nicht glauben, was im Vorwärts steht. Eine solch heftige Reaktion auf das österreichische Ultimatum war nicht zu erwarten. Wenn der Krieg bereits so nah vor der Tür steht, wie Ströbel schreibt, ist es höchste Eisenbahn, etwas dagegen zu unternehmen.

Kautsky ist sicher, im Falle des Falles hilft nur eins: Die Mobilisierung der Massen. Den Gewalthabern muss millionenfach im Ohr klingen, dass das Proletariat keinen Krieg will und sich nicht als Kanonenfutter missbrauchen lässt. Dem Machtkitzel österreichischer Despoten und imperialistischer Profitinteressen darf kein einziger Tropfen Blut geopfert werden. Die Losung heißt: Nieder mit dem Krieg und hoch die internationale Völkerverbrüderung!

Kautsky will sofort mit jemanden vom Vorstand sprechen. Die Zeit drängt. Nicht dass am Ende die Rechten das Ruder übernehmen und die Partei mit in den Kriegstaumel reißen!

Er hat Glück. Am anderen Ende der Strippe meldet sich Haase. So erschöpft hat er den Vorsitzenden noch nicht erlebt.

Seit er vom Ultimatum weiß, hat er kein Auge mehr zugetan. Die ganze Nacht hat er gearbeitet. Das Telefon steht nicht mehr still. Es stimmt, dass Deutschland der Gefahr eines Krieges sehr nahesteht, auch wenn das bis gestern keiner in der Partei hat ahnen können. Die österreichische Note an Serbien wird der Fidibus sein, um Europa an allen vier Ecken in Brand zu stecken. Deshalb hat Ströbel in seinem Artikel so deutliche Worte dafür gefunden, was von der österreichischen Politik zu halten ist.

Kautsky bestätigt dem Vorsitzenden die Angemessenheit seiner Haltung. Die drastischen Worte sind gut gewählt. Das österreichische Ultimatum an Serbien und die darin aufgestellten Forderungen sind eine Ungeheuerlichkeit!

Jeder klardenkende Mensch kann erkennen, dass Österreich den Krieg will. Keine Regierung auch nur irgendeines Staates auf der Welt würde es sich leisten können, ein solches Ultimatum zu akzeptieren, ohne sich selbst aufzugeben. Die Note ist darauf berechnet, einen Krieg zu provozieren.

Kautsky hört Haase am anderen Ende der Leitung seufzen. Der Vorsitzende klagt, keine Zeit zu haben, um alles zu wiederholen. Er hat sich bereits mit den anderen Vorstandsangehörigen beraten. Die Mehrheit denkt wie Kautsky. Die Parteiführung hält es für ihre oberste Pflicht, den Kriegstreibern in Wien Einhalt zu gebieten! Vor allem aber ist es Aufgabe der Reichsleitung. Sie muss ihren Verbündeten aufhalten! Und sollte der Regierung das nicht gelingen, muss der Reichskanzler zumindest dafür Sorge tragen, den Konflikt auf den Balkan zu lokalisieren.

Diese Einschätzung mag Kautsky nicht in Gänze teilen. Der Regierung ist nicht zu trauen. Selbstverständlich steht sie in der Pflicht. Aber mit einem Appell allein wird es nicht getan sein, Österreich zur Raison zu bringen. Was jetzt zu tun ist, ist die Mobilisierung der Massen. Es bedarf eines deutlichen Warnschusses des Volkes an die Adresse der Regierenden. Die Arbeitermassen müssen sofort auf die Straße, um gegen die frivole Kriegsprovokation zu protestieren, ganz egal, wie verurteilenswert das Treiben der großserbischen Nationalisten auch sein mag.

Die Ansichten Kautskys will Haase nicht teilen. Das wäre der falsche Ansatz. Die Genossen vom rechten Flügel würden nicht mitmachen. Die wissen zwar auch, dass die Forderungen der österreichischen Regierung so brutal sind, wie sie in der Weltgeschichte noch nie an einen selbstständigen Staat gestellt wurden. Doch sie spielen Patrioten, weil sie Deutschlands Interessen bedroht sehen.

Kautsky hat das befürchtet! Er kennt die Revisionisten vom rechten Rand. Ihr nationales Gefühl vernebelt ihnen die Hirne. Für ein bisschen Vaterland verraten sie die Arbeiterklasse. Sie ahnen nicht einmal, was auf dem Spiel steht. Niemals darf die Parteiführung eine solche Haltung zulassen! Es gibt keinen Krieg, der nicht im schroffsten Widerspruch zum Patriotismus des Proletariats, zu all seinen Interessen und Zielen steht.

Haase reagiert vollends enerviert. Kautsky könne sich seine Agitationen für die Arbeiterschule aufsparen. Aber wenn er schon darauf besteht, kann er gern einen Aufruf gegen die Kriegsgefahr schreiben, um die Massen auf mögliche Aktionen vorzubereiten. Am Nachmittag soll er zum Vorstand kommen, damit sie gemeinsam einen Text verfassen können. Wenn die Mehrheit des Vorstands zustimmt, kann der Aufruf schon morgen im Vorwärts stehen.

Kautsky muss nicht lange überlegen. Um einen Krieg zu verhindern, würde er alles tun. Wie damals beim Wahlrechtsstreit, als sie die Arbeiter zu Hunderttausenden auf die Straße geschickt haben.

Das überspannt Haases Geduldsfaden. Kautsky solle ihn jetzt in Ruhe weiterarbeiten lassen. Nachher können sie alles Weitere besprechen. Ohne dass Haase sich verabschiedet, unterbricht die Leitung.

Nachdenklich hängt Kautsky den Hörer ein. Was ist davon zu halten? Ob der Vorsitzende wirklich eine feste Position vertritt? Hoffentlich fällt er nicht um, wenn die Rechten ihn bearbeiten. Denn eines ist sicher: Nur ein geschlossenes Auftreten der Partei kann die Regierung überzeugen, dass die Arbeiter nicht zum Krieg bereit sind. Wenn David und Göhre patriotisch sein wollen, müssen sie eben ihre Vorstandsplätze freigeben. Krieg ist das Schlimmste, was über die Menschheit und die Partei hereinbrechen kann.

Die Mittagshitze hat Kautskys Wohnung fest im Griff. Das Nachdenken fällt ihm schwer. Irgendetwas stimmt nicht an den Einschätzungen der Presse und Parteiführung …

Er will hinunter in die Küche, um sich zu erfrischen. Alles geht so schnell. Wenn sie jetzt einen Fehler machen, wird das fürchterliche Folgen haben – nicht nur für die Partei.

Der Wasserkrug steht nicht im Schatten. Er gießt dennoch Wasser in einen Becher. Es schmeckt schal. Der fade Geschmack schüttelt ihn.

Eines ist sicher: Die organisierte Arbeiterschaft hat die Pflicht, der Obrigkeit laut und deutlich ihren Friedenswillen einzubläuen. Niemand, aber auch wirklich niemand darf auch nur im Mindesten an der Entschlossenheit des Proletariats zweifeln, alle erdenklichen Mittel gegen das verbrecherische Treiben der Kriegshetzer einzusetzen. Keinesfalls dürfen sie den Chauvinisten von den Alldeutschen die Straße überlassen.

Er kippt das Wasser in die Waschschüssel. Er muss sich frisch machen. – An sich sind die Fronten klar! Nur eines scheint sonderbar: Im Vorstand zweifelt keiner am Friedenswillen der Regierung. Haase gibt sich überzeugt, dass die Reichsleitung die Österreicher vom Krieg abhalten wird.

Doch wie wahrscheinlich ist das? Was will die Regierung? Ihre Rolle scheint merkwürdig. Überhaupt, wie ist es zu dieser gefährlichen Situation gekommen? An eine Zufälligkeit der Ereignisse kann im Ernst keiner glauben.

Sicher, wenn man die Situation im großen welthistorischen Maßstab betrachtet, dann handelt es sich um ein Übergangsphänomen. Mit ihrer Kriegsprovokation versuchen die alten absterbenden Klassen noch einmal mit letzter Gewalt gegen den geschichtlichen Fortschritt anzukämpfen. Gegen sie, gegen die organisierten Arbeitermassen Europas und der Welt, die immer mächtiger auf ihre politische Selbstbestimmung hinarbeiten.

Kautsky schüttet das restliche Wasser aus dem Krug in die Waschschüssel. Die Hitze ist unerträglich. – Die Adelsherren und Junker an der Donau fühlen sich in die Enge getrieben. Nun reagieren sie auf die zunehmende Stärke der österreichischen Sozialisten und holen zum vermeintlich großen Befreiungsschlag aus. Ein kurzer Krieg, ein schneller Sieg, dann würde das Volk wieder hinter ihnen stehen; so denken sie, die feinen Herren. Letzten Endes handelt es sich um die Verzweiflungstat einer zum Untergang verdammten Klasse.

Mit beiden Händen schöpft Kautsky Wasser ins Gesicht und auf den Oberkörper. Die Erfrischung ist nur von kurzer Dauer. Die Mittagshitze erledigt das Abtrocknen beinahe von selbst.

Doch so richtig überzeugend ist die Erklärung nicht. Wenn man genau überlegt, ist es unwahrscheinlich, dass Wien ohne jede Absprache mit seinem stärkeren Bündnispartner sein Vorgehen auf eigene Faust plant, obwohl die Gefahr eines Eingreifens Russlands allgemein bekannt ist.

Die Frage lautet also: Was weiß die Reichsleitung und weiß sie womöglich mehr als sie zugibt? Geheimdiplomatie ist in diesen überkommenen Monarchien schließlich nicht die Ausnahme, sondern die Regel. Was haben der Reichskanzler und sein Kabinett vor? Womit beschäftigen die sich gerade?

Obwohl frisch aus dem Schrank genommen, klebt das Oberhemd nach kurzer Zeit an der Haut. Kautsky schlägt den Kragen um, um auch den letzten Knopf zu schließen. – In Berlin ist an sich nichts Verdächtiges festzustellen. Nirgends sind Maßnahmen zur Vorbereitung eines Krieges zu bemerken. Im Gegenteil: Sämtliche Regierungsleute sind auf Urlaub. Selbst der Kaiser segelt wie jedes Jahr um diese Zeit auf seiner Yacht durchs Nordmeer. Nichts deutet auf eine gezielte Kriegspolitik.

Kautsky greift sich Stock und Hut. Auf der Straße schlägt ihn die Hitze wie eine Wand entgegen. Schnell setzt er den Hut auf. Es sind nur wenige Menschen unterwegs. Keiner will bei diesen Temperaturen draußen sein.

Das ist es: Der Volkswille! – Wenn es auf den Willen des Volkes ankommt, muss er herausfinden, was das Volk denkt! Wie ist die Stimmung bei den einfachen Menschen? Was fühlen Arbeiter und Kleinbürger im Angesicht des drohenden Krieges? Glauben sie der Propaganda der Nationalisten, oder haben sie Angst vor dem Krieg und vor dessen Ausweitung auf ganz Europa?

Er muss es herausfinden. Am Abend wird er sich unters Volk mischen, um die Stimmung zu erkunden. Morgen ist dann Ströbel zu unterrichten und der kann die Meinungen im nächsten Artikel berücksichtigen.

Die Abendluft ist kaum weniger drückend als am Nachmittag. Kein Lüftchen weht durch die Straßen. Wie Kachelöfen speichern die Häuser die Hitze des

Tages. Über den Dächern der Weststadt glimmt die untergehende Sonne. Die langgezogenen Schatten der Gebäude verschwimmen im Dämmerlicht.

Etwas ist anders als sonst. Normalerweise ist zu dieser Tageszeit mehr Verkehr. In den Straßen herrscht ungewöhnliche Ruhe und Friedlichkeit. Wo sind die heimkehrenden Angestellten, die Handwerker und fliegenden Händler? Wo die Zeitungsjungen und wo die sonst üblichen Flaneure und feinen Damen?

Des Rätsels Lösung findet Kautsky in der Kochstraße bei den Zeitungsplantagen. Hier stehen die Menschen in schier endlosen Schlangen wie aus Erz gegossen. Sie warten ruhig in langen Zügen von Neugierigen auf die Extrablätter mit der serbischen Antwort auf das österreichische Ultimatum, die jeden Moment erfolgen muss.

Das gemeinsame Anstehen verbindet die Wartenden. Menschen, die sich noch nie gesehen haben, kommen ins Gespräch. Hier und da kann man einige Worte verstehen, die die Leute miteinander wechseln. Sie fragen einander nach den letzten Meldungen. Sie sprechen über das Ob und Wann und malen sich aus, was dann sein werde.

Offenbar kommen die Menschen auch deshalb hier zusammen, weil sie zu aufgewühlt sind, um allein zu Hause bleiben zu können. Nicht zuletzt die Furcht, mit sich und den Sorgen allein zu sein, treibt sie auf die Straße. Hier draußen in der allgemeinen Sorge hoffen sie dem eigenen Sorgengespenst zu entfliehen.

Ein Verlagsgebäude öffnet das Tor. Die Menge gerät in Bewegung. Rufe durchbrechen die ruhige Gesprächigkeit. Mehrere Verlagsautos nähern sich mit dem Abendblatt. Wer laufen kann, rennt den vollgepackten Fahrzeugen entgegen. Es dauert nicht lange, dann halten alle ein Blatt in Händen. Alle lesen, die Blumenfrau auf dem Gehsteig ebenso wie die elegante Dame im Café Kranzler. Ein ungewöhnlicher Anblick, so viele Menschen gleichzeitig lesen zu sehen.

Serbien will die österreichischen Forderungen erfüllen – der gefürchtete Krieg ist unwahrscheinlich!

Die Anspannung des Wartens entlädt sich in aufgeregte Wortwechsel. Die Menschen sind erleichtert. Manche zweifeln jedoch, ob den Meldungen zu trauen ist. Auch Kautsky weiß nicht, was er von der Nachricht halten soll. Zu unsicher ist die allein auf Berichte der Wiener Zeitungen gestützte Nachricht. Die Anderen denken scheinbar das Gleiche. Nur wenige verlassen den Platz. Sie wollen Gewissheit.

Der Mond steht bereits über dem Gebäude des Berliner Tageblatt', als neue Extrablätter kommen. Nun heißt es auf einmal, Serbien hat das österreichische Ultimatum zurückgewiesen. Also gibt es doch Krieg! Österreich-Ungarn will Serbien schlagen.

Kautsky ist entsetzt. Nicht weit entfernt von ihm durchbrechen vereinzelte Hurra-Rufe die gespannte Ruhe. Die meisten Menschen aber gehen nach Hause.

Diejenigen, die bleiben, rotten sich zu Haufen zusammen und bilden kleine Züge. Was haben die vor? Wo marschieren die hin? Auf eine Antwort muss Kautsky nicht lange warten. Ein aufgebrachter Mann ruft, es ist ihrer aller Pflicht, den Verbündeten die Aufwartung zu machen. Die Menge will vor die Botschaften Österreichs und Italiens ziehen.

Als sie die Moltkestraße erreichen, beginnen Einzelne erste patriotische Losungen zu brüllen: „Hurra Österreich!", „Hurra Italien!", „Nieder mit Serbien!". Zig mal wiederholen sie die Rufe. Schließlich schallt erst leise, dann immer lauter vaterländischer Gesang aus der Menge, bis alle laut grölen:

Gott erhalte Franz den Kaiser.
Unsern guten Kaiser Franz!
Lange lebe Franz, der Kaiser,
In des Glückes hellstem Glanz!
Ihm erblühen Lorbeerreiser,
Wo er geht, zum Ehrenkranz!

Der Mob brüllt das Lied mehrmals nacheinander. Dann folgen weitere Gesänge. Das Repertoire ist reichhaltig: „Heil Dir im Siegerkranz" und „Ich hatt' einen Kameraden". Und was bei solchen Anlässen nie fehlt: „Der Gott, der Eisen wachsen ließ, der wollte keine Knechte …".

Kautsky geht das patriotische Geschrei auf die Nerven. Er will auf kürzestem Weg zurück zu Unter den Linden. Aber auch hier wird er Zeuge grotesker Szenen.

In einem Café der gehobenen Gesellschaft steht ein Mann auf dem Tisch, der aufgeregt mit den Armen gestikulierend Politik predigt. Keiner lacht, keiner holt ihn vom Tisch herunter. Als wäre es das normalste von der Welt.

In einem anderen Lokal bedrohen Gäste das Orchester. Der Kapellmeister wollte wohl zur Abwechslung zwischen all den Märschen und Kriegsliedern einen modischen Walzer einschieben. Doch kaum sind die ersten Takte erklungen, begann das Publikum zu pfeifen und zu brüllen. Der Dirigent muss abklopfen und ein dutzend Stimmen intoniert a capella, was er spielen soll.

„Deutschland, Deutschland über alles". Der Chor schwillt gewaltig an, nach kurzer Zeit stimmen die Instrumente mit ein. Und während die Hymne empor steigt, erheben sich die Menschen feierlich von den Sitzen, ein jeder die Hand am Herzen.

Die Wenigen, die meinen, sie können ihre Gleichgültigkeit gegenüber der allgemeinen Begeisterung durch Sitzenbleiben bekunden, werden eines Besseren belehrt. Ein Sturm der Entrüstung trifft sie. Sie werden zum Aufstehen gezwungen. Einer, der dennoch sitzen bleibt, bekommt das schmerzhaft zu spüren. Zwei robuste Kerle packen ihn. Kurz danach findet sich der Mann draußen vor der Tür wieder. Weder Stock noch Hut zu greifen, haben sie ihm Zeit gelassen.

Für ein Dutzend Leute, die das Lokal verlassen, rücken zwei Dutzend neue nach. Ein Trupp trägt eine Fahne, schwarzgelb. Der Enthusiasmus der Menschen scheint unerschöpflich. Aufbrausende Hochrufe, leuchtende Augen, ein Überschwang, der die Herzen zum Überfließen bringt. Und wieder Musik und wieder Chorgesang: „Gott erhalte Franz den Kaiser".

Allmählich wird Kautsky Angst und Bange. Nicht auszudenken, was der aufgewühlte Mob veranstaltet, wenn herauskommen sollte, dass er ein Roter ist. Es ist dringend an der Zeit zu gehen.

Doch das ist gar nicht so einfach. Unter den Linden drängen sich Studenten in auf- und abziehenden Zügen. Lautstark grölen auch sie vaterländische Lieder und rufen patriotische Parolen. Immer mehr Passanten schließen sich ihnen an. In Reihen von zwanzig bis dreißig Personen ziehen sie Arm in Arm den Boulevard entlang, beseelt von dem einen dumpfen Gefühl: Krieg!

Ströbel staunt nicht schlecht, als Kautsky von seinen nächtlichen Erlebnissen berichtet. Wie ging es weiter, was ist noch passiert? Jede Kleinigkeit ist wichtig!

Kautsky lässt sich nicht lange bitten. Studenten bildeten die Spitze des Zuges. Sie trugen Fahnen Deutschlands, Preußens und Österreichs und sangen militaristische und vaterländische Lieder, dazwischen brüllten sie immer wieder „Lang lebe der Kaiser!", „Hurra Österreich!" und manchmal war auch ein „Nieder mit der SPD!" zu hören.

Frenetisch beklatschten Zuschauer das Spektakel, die auf beiden Seiten der Straße standen. Die Männer winkten den Vorbeiziehenden mit ihren Hüten zu. Frauen, selbst feine Damen, kreischten hysterisch. Die Szenerie war völlig absurd.

Ströbel schüttelt den Kopf. So etwas hat er bisher für unmöglich gehalten.

Doch Kautsky ist noch nicht zu Ende. Die Paraden marschierten mehrmals durch das Brandenburger Tor, immer hin und her zwischen Stadtschloss und Reichstag. Das taktmäßige Schreiten der Menschenketten erzeugte ein ersticktes Brausen. Vor dem Bismarckdenkmal gab es improvisierte Reden und Gesänge. Schließlich liefen alle zur österreichischen Botschaft, wo sie sich dem Chor anschlossen, der dort schon länger vaterländische Lieder schmetterte.

Einige hielten sich für berufen, Reden zu halten. Ein untersetzter Mann kletterte auf die Schultern eines anderen, um von höherer Warte aus seine verqueren Ansichten zu verkünden.

Wenn Österreich gegen Serbien schlagen muss, werde der Dreibund zusammenhalten. Deutschland sei ein treuer Bundesgenosse, niemals würde der Kaiser Österreich im Stich lassen.

Der Botschafter ließ nicht lange auf sich warten. Als er auf dem Balkon erschien, wirkte er ernsthaft ergriffen. Er dankte den Menschen für ihre Anteilnahme und Unterstützung. Sein Land benötige Nichts dringender in dieser schweren Stunde, als die Bundestreue des deutschen Volkes.

Der Mob quittierte das geschwollene Gerede mit Jubelgeschrei. Dann marschierten die Leute zurück durch das Brandenburger Tor in die Wilhelmstraße zum Palais des Reichskanzlers. Dort hielt ein zu kurz geratener Seminarlehrer die wohl wichtigste Rede seines Lebens.

Er dröhnte, vor dem historischen Haus zu stehen, in dem der Mann gewohnt habe, der des Deutschen Reiches und des Dreibundes Schmied gewesen sei. Heute würde der Dreibund seine stärkste Belastungsprobe erfahren, und er erwarte, dass Bethmann Hollweg sich Bismarcks würdig erweise.

Er war nicht der letzte selbst berufene Redner an diesem Abend. Einer schwärmte von der wiederhergestellten Einheit des sonst durch Klassenentfremdung, Parteierklüftung und dem Streben nach Genuss zersplitterten deutschen Volkes. Der Mann verlangte allen Ernstes nach einem Ende des ewigen Geschreis nach Rechten. Stattdessen wollte er das Gefühl des eigenen Wertes im Einzelnen wie in den Klassen und Ständen zum Leben erwecken. Zum Schluss verstieg er sich zu der Behauptung, der Krieg gebe den Deutschen die Chance zur reinigenden Wiedergeburt.

Die Leute waren besoffen von der Aussicht auf das bevorstehende Blutbad. Nicht wenige beschworen das deutsche Wesen, an dem die Welt genesen werde. Manch einer schwadronierte über eine noch immer lebendige altgermanische Waffen- und Kampfesfreude. Ein anderer meinte allen Ernstes, es gehe um nicht weniger als das Germanentum und dessen Kampf gegen die Slawen.

Der Spuk wollte nicht enden. Erst gegen zwei Uhr lösten sich die mittlerweile ausgedünnten Züge in viele kleine Trupps auf. Wann genau Schluss war, kann Kautsky nicht sagen.

Ströbel steht das Entsetzen ins Gesicht geschrieben. Das ist schlimmer, als alles, was er bisher erlebt hat. Dagegen muss etwas unternommen werden. Die Sache ist ins richtige Verhältnis zu setzen. Andernfalls denken die Genossen im Ausland, das deutsche Volk sei nationalistisch und kriegerisch gesinnt. Aber das stimmt nicht, die Arbeiter – und das ist die Mehrheit im Volke – machen nicht mit!

Kautsky nickt zustimmend. Man darf die Geschehnisse nicht überbewerten. Es waren höchstens einige Tausend Menschen! Im Vergleich zu den Hunderttausenden, die damals für die Wahlrechtsreform auf die Straßen gegangen sind, war die Ansammlung ein verschwindend kleines Häuflein und keinesfalls ein Abbild aller Bevölkerungsschichten.

Ströbel beruhigt sich wieder. Kautsky soll aufklären, wer genau gestern auf den Straßen gewütet hat.

Den Hauptanteil bildeten Studenten, halbwüchsige Burschen und Handlungsgesellen mit ihren gut gekleideten Frauen. Bisweilen konnte man sich nicht des Eindrucks erwehren, dass die Burschen und Mädchen nur ihren Spaß haben und sich amüsieren wollten. Es waren Jünglinge, nach der neuesten und allerneuesten Mode gekleidet: Deutschnationale Studenten, Heimateroberer und Wandervögel, Jungdeutschlandbündler und Lebejünglinge, die vor allem ihre Abenteuerlust, ihr Vergnügen an Provokation, ihr chauvinistischer und ihr Bierrausch auf die Straße getrieben hat. Mit dem eigentlichen Volk haben diese jugendlichen Schreier nicht viel gemein.

Was ist mit den Alldeutschen, will Ströbel wissen. Es würde ihn wundern, wenn nicht auch deren notorische Schreier auf den Straßen gewesen wären.

Natürlich waren auch sie an den Zügen beteiligt. Doch die wenigen Älteren gehörten allesamt zu den besseren und besten Gesellschaftsklassen. Keinesfalls waren es ärmliche Arbeiter, die ihre Not und ihre Qual, die Entrüstung über die blutige Verhöhnung ihrer Rechte und Interessen auf die Straße getrieben hätte.

Jemand klopft an die Bürotür. Der Vorstandssekretär berichtet vom Eingang mehrerer Telegramme. Diese melden, was in anderen Städten los war. Ströbel und Kautsky können kaum glauben, was sie lesen. Überall im Reich wurden letzte Nacht Leute gezwungen, Hochrufe mitzumachen, patriotische Lieder zu singen und den Hut abzunehmen. An manchen Orten ist es zu gemeingefährlichen Aktionen gekommen, bei denen eigentlich gebildete Sprösslinge ruhige und anständige Bürger beschimpft und blutig geschlagen haben.

Die Parteizentrale in Duisburg berichtet von einem Mann, den der Mob gewaltsam die Treppe hinab geworfen hat, so dass er sich mehrere Rippen brach, nur weil er beim Erklingen der Nationalhymne nicht aufstehen wollte.

Eine ähnliche Tat meldet auch Kiel. An der Förde haben Studenten alle verprügelt, die bei der Hymne nicht aufstehen wollten. Und in Hamburg bedrohten Vaterlandsfreunde einen in der Nähe des österreichischen Konsulats wohnenden Mann, weil dieser in der Nacht mit den Worten, er brauche seinen Schlaf, Wasser auf die stündlich wiederkehrende johlende Menge hinuntergekippt hatte.

Ströbel ringt um Fassung. Dass Leute verprügelt und aus Restaurants geworfen werden, nur weil sie sich ruhig und gesittet betragen, ist an sich schon ein Skandal. Aber zu allem Überfluss scheinen diese Raufbolde auch noch aus den vorgeblich ‚guten Kinderstuben' der gebildeten Leute zu stammen. Die Gepflogenheiten des Abschaums der Menschheit haben die gut studiert. Er hätte niemals geglaubt, dass es einmal so weit kommen könnte.

Kautsky überrascht das weniger. Was jetzt passiert, ist doch genau das, was die Partei immer gesagt hat. Das Alles sind Anzeichen fortgeschrittener Dekadenz in den bürgerlichen Kreisen. Darüber müssen wir die rechtschaffenden Menschen im Volk aufklären. Die Kundgebungen sind keinesfalls Ausdruck der tatsächlichen Stimmung des Volkes. Weder die Arbeiter noch die Bauern wurden von den patriotischen Gefühlsausbrüchen erfasst. Die jungen Menschen jedoch, die jetzt ihre Begeisterung für den Krieg so ungezügelt zur Schau stellen, haben noch kein Verantwortungsgefühl und tragen auch keine Verantwortung. Andernfalls würden sie sich in ihrer Überschwänglichkeit von selbst mäßigen.

Der Unverstand der Jugend empört Ströbel. Selbst wenn man die jetzige Situation für unvermeidlich hält, kann man ihr doch nur kalten Blutes entgegengehen. Zu wahnwitzig kriegsbegeisterten Jubelausbrüchen gibt es keinerlei Veranlassung. Und die Scharen, die mit dem Maul jetzt so übertapfer sind, werden es am Ende nicht sein, die im Ernstfall das Vaterland verteidigen werden.

Für Kautsky ist eins sonnenklar: Es gibt nur eine Antwort der Partei: Ein machtvoller Friedensappell gegen die chauvinistische Erregung auf den Straßen und in der bürgerlichen Presse! Die Partei hat die Pflicht, die Weltgemeinschaft darüber aufzuklären, dass die Volksmassen in Österreich und Deutschland den Krieg ablehnen. Beide Völker wollen den Frieden in der Welt – egal was die Chauvinisten behaupten.

Das ist gut! Ströbel will das schreiben. Und auch, dass allein Österreich die Verantwortung für die außenpolitischen Schwierigkeiten trägt. Der Überfall auf Serbien hätte mit ein wenig Verstand vermieden werden können. Er ist ein scheußliches Verbrechen an Europa und der Menschheit. Deutschland hat die Pflicht sich herauszuhalten. Das deutsche Volk verlangt von der Regierung, alles zu tun, um den Krieg zu verhindern.

So ist es, stimmt Kautsky zu. Die Arbeiter durchschauen das böse Treiben der Journaille. Es ist doch so: Die bürgerliche Presse hetzt zum Krieg und schafft überhaupt erst eine kriegsfreundliche Atmosphäre. Wenn die Zeitungen jetzt für Österreich Partei ergreifen und behaupten, die Teilnehmer an den ‚begeisterten' Zügen stehen für Deutschland, ist das eine kalkulierte Kampagne. Das Proletariat ist grundsätzlich gegen jeden Krieg!

Aber etwas fehlt noch im Text, was Kautsky wichtig ist: Die Beschlüsse der Internationale. Ströbel soll schreiben, das Proletariat aller Länder erachtet es als seine dringlichste Aufgabe, die Katastrophe mit aller Kraft zu verhindern. So wie die russischen und österreichischen Arbeiter Widerstand gegen die Gewaltpolitik ihrer Länder leisten, so wird auch das deutsche und französische Proletariat seinen flammenden Protest gegen das Treiben der Kriegshetzer zum Ausdruck bringen.

Der Artikel muss mit einer Warnung an die Adresse der Mächtigen enden. Ströbel weiß auch schon wie: Die Herrschenden sollen sich in Acht nehmen. Das Völkerschlachten wird die Entwicklung der kapitalistischen Gesellschaftsordnung zum Sozialismus mächtig beschleunigen. Das liegt zwar im Interesse der Arbeiter, gleichwohl stellt sich das deutsche Proletariat seiner Verantwortung für den Frieden. Es wird seine besondere Aufgabe erfüllen und Mittel und Wege finden, gemeinsam mit seinen französischen Brüdern auf die Regierungen einzuwirken. Niemals werden die Arbeiter es zulassen, die Völker dieser Länder österreichischer oder russischer Prestige- und Eroberungspolitik zu opfern.

Das Ergebnis kann sich sehen lassen. Kautsky ist mit dem Text zufrieden. Sobald der Vorsitzende sein Einverständnis gegeben hat, ist die Erklärung an sämtliche Parteibüros zu versenden. Geschulte Leute werden Veranstaltungen in den Arbeitervierteln abhalten und den einfachen Menschen die Sachlage darlegen. Dabei ist die Resolution zur Abstimmung zu bringen. Anschließend sollen die Arbeiter in ruhigen und geordneten Zügen in die Innenstadt marschieren, um dort machtvoll ihren Standpunkt zu demonstrieren. Von provozierenden Parolen ist allerdings Abstand zu nehmen. Der Polizei darf kein Vorwand zum Eingreifen gegeben werden.

SPRUNG INS DUNKLE

Verstört lässt Riezler den Hörer in die Gabel fallen. Das ist ungewöhnlich. So erregt hat er den Kanzler noch nicht erlebt. Der Mann ist ganz durcheinander wegen der Nationalen. Er hält es für einen Skandal, wie die sich in der gestrigen Nacht aufgeführt haben! Sie wissen nicht, was sie anrichten mit ihren patriotischen Kundgebungen. Bethmann fürchtet, das Ganze könnte in antirussische Demonstrationen umschlagen. Dagegen muss etwas unternommen werden. Riezler hat Order, sofort im Kanzleramt zu erscheinen.

Der Fußmarsch in die Wilhelmstraße hilft die Gedanken zu ordnen. Weshalb regen den Kanzler die Kundgebungen der Vaterlandsfreunde so auf? Die Umtriebe der Sozialisten sind viel gefährlicher als die der Patrioten. Wer die gestrigen Aufmärsche gesehen hat, kann doch nur stolz sein auf das tapfere deutsche Volk! Die Menschen verlangen nach großer Bewegung, sie wollen aufstehen für die große Sache und ihre Tüchtigkeit unter Beweis stellen. Das muss der Kanzler doch verstehen!

Der Wachmann führt Riezler zum Büro des Kanzlers. Seine Exzellenz erwartet ihn bereits. Als ihm die Tür geöffnet wird, sieht er Bethmann unruhig auf- und abschreiten. Der Mann scheint in keiner guten Verfassung. Seine Haltung ist noch gekrümmter als sonst. Die schwere Last des Amtes drückt auch körperlich auf ihn. Ein trauriger Anblick im Vergleich zu früher.

Die Begrüßung fällt denkbar knapp aus. Ohne seinen Lauf zu unterbrechen, nickt Bethmann den Kopf in Richtung seines Gastes. Für einen Moment sieht Riezler ihm in die Augen. Er muss sich korrigieren. Es gibt keinen Anlass, an des Kanzlers Entschlossenheit zu zweifeln.

Unvermittelt beginnt Bethmann zu schimpfen: Die nationale Opposition und die von ihr aufgepeitschten Menschen auf den Straßen wissen nicht, dass sie das Wohl des Landes gefährden! Die Nationalisten sind egoistisch wie immer. Mit dem Radau wollen sie nur ihre Stellung halten und festigen.

Riezler überlegt, ob er seinen Chef jemals in einem solchen Zustand erlebt hat. Dass er für die Nationalen mehr Wut empfindet als für die Sozialisten, hätte er nie für möglich gehalten. Die Zeiten werden immer verrückter.

Dem Kanzler bleibt Riezlers Verwunderung nicht verborgen. Mit einem Seufzer verschafft er sich Luft. Muss er denn alles erklären?! Gibt es denn niemanden, der selber denken kann?

Also gut! Riezler soll sich setzen. Die Umstände sind diesmal anders. Die Friedenskundgebungen der Sozialisten sind viel nützlicher, um dem In- und Ausland vorzuführen, dass Deutschland den Frieden will. Bis jetzt sind die Sozialdemokraten noch nicht erwacht aus ihrem Friedenstraum, der ihnen wie selbstverständlich erscheint.

Bethmann strengt das Reden erkennbar an. Müde versinkt er in den Klubsessel vor dem Kamin. Sein Tonfall bleibt dennoch eindringlich: Niemand, wirklich niemand im In- und Ausland darf den Eindruck bekommen, Deutschland würde einen Krieg vom Zaun brechen wollen. Wäre das der Fall, würde England sofort Position beziehen; aber, was noch schlimmer ist, im Innern des Landes würde ein Streit losbrechen, der den ganzen bisherigen Staat in seinen Grundfesten erschüttert. – Kann Riezler noch folgen?

Die Frage war rhetorisch gemeint. Bethmann erwartet keine Antwort. Umgehend folgt der Kern seines Gedankens:

Es muss zwingend und unter allen Umständen so aussehen, dass Serbien und Russland angreifen. Niemand darf auch nur einen winzigen Hauch eines Vorwands finden, Deutschland die Schuld an einem möglichen Krieg zuzuschieben.

Riezler ist unsicher. Was soll das bedeuten? Dass Deutschland keine Schuld an einem Krieg treffen darf, kann er verstehen; aber warum die Aufregung über die Nationalen? Er hat die gestrigen Menschen beobachtet. Auf den Straßen waren brave Deutsche und gute Patrioten. Dass die nationalen Parteien keine rechte Vorstellung von den tatsächlichen Verhältnissen haben, kann niemanden verwundern. Wie könnten sie auch? Die Politik der Militärs ist nicht auf Aufhellung angelegt. Insofern ist es nur verständlich, wenn die Leute die Kriegsmacht der Entente unterschätzen und das bündnispolitische Erbe Bismarcks überschätzen. Die einfachen Menschen glauben nun mal, alles sei noch so, wie damals bei der Reichsgründung.

Riezler will ehrlich sein. Er muss offen zugeben, sich bisher mehr um den Verbündeten als um die Schuldfrage Sorgen gemacht zu haben. Bethmann Hollweg hat doch bisher selbst jedem erklärt, dass die Österreicher das Hauptproblem seien. Zu Bismarcks Zeiten mag es noch statthaft gewesen sein, uneingeschränkt auf Österreich-Ungarn und den Zweibund zu setzen.

Aber heute sehen die Verhältnisse anders aus. Die Österreicher werden zusehends schwächer und unbeweglicher. Auch Moltke erklärt jedem, der es hören will, dass das Land kaum mehr fähig sei, für die deutsche Sache als Verbündeter in den Krieg zu ziehen; der Zweibund sei inzwischen lahmgelegt. Das wüssten selbst die Feinde.

Der Kanzler reagiert ungehalten. Riezler kann sich seine Erklärungen sparen. Er weiß selbst, was er über die Österreicher gesagt hat. Aber es gibt ein größeres Übel: Würde Deutschland jetzt nicht Österreich-Ungarn den Rücken freihalten, dann würde sich die Donaumonarchie über kurz oder lang den Westmächten annähern. Deren Arme stehen weit offen. Dann hätte Deutschland auch seinen letzten, wenn auch mäßigen Bundesgenossen verloren.

Riezler ahnt Ungeheuerliches. Etwas ist anders als sonst. Bethmann führt etwas im Schilde. Er hat längst entschieden und sucht nur noch nach Bestätigung. Er will hören, dass er Recht hat, damit er wieder ruhig schlafen kann.

Den Gefallen will Riezler ihm gerne tun: Die Entscheidung ist sicher richtig! Der Tag musste kommen. Seine Exzellenz kann sich voll und ganz auf ihn verlassen. Er wird alles in seiner Macht Stehende tun, um die Patrioten zu zügeln.

Das ist das Mindeste! – Bethmanns Worte klingen wie eine Drohung. Wenn die Nationalkonservativen sich nicht mäßigen, werden sie alles verderben.

Er wisse die antirussische Propaganda der nationalen Opposition abzustellen, beruhigt Riezler den Kanzler. Wenn es zur Entscheidung kommt, wird das deutsche Volk einig sein.

Bethmann entlockt das ein kurzes Lächeln. Er will die Österreicher nicht zur Zurückhaltung drängen. Andernfalls besteht die Gefahr einer zunehmenden außenpolitischen Isolation. Wenn es Wien gelingt, Serbien mit einem schnellen Waffengang zu bezwingen, ohne dass Russland oder eine andere Macht einschreiten, wird alles gut. Dann ist Deutschlands wichtigste bündnispolitische Stütze stabilisiert und der drohenden russischen Übermacht im Balkanraum ein Riegel vorgeschoben.

Riezler muss innerlich schlucken. Daran kann Bethmann nicht im Ernst glauben. Warum dieses Schauspiel? Die Wahrscheinlichkeit, dass Russland stillhält, während ihm seine wichtigste Stellung im Balkan geraubt wird, tendiert gen Null. Das käme einem Wunder gleich.

Vorsichtig versucht Riezler einzuwenden, dass ein russisches Eingreifen in den Serbenkonflikt nicht gerade unwahrscheinlich sei.

Der Kanzler will jedoch keine weitere Diskussion, das ist deutlich zu spüren. Seine Erwiderung ist schroff: Dann ist das eben der Auftakt für eine große Entscheidung.

Riezler fühlt Aufregung in sich aufsteigen. Er hat so etwas geahnt, aber noch nie hatte es Bethmann ausgesprochen. Das Ganze ist hoch gefährlich. Der Schlieffenplan ist veraltet und sein Funktionieren keinesfalls sicher. Zuerst muss das österreichisch-ungarische Heer Russland mehrere Wochen in Schach halten, bis Moltkes Truppen die französischen Armeen ausgeschaltet haben. Dann müssen beide gemeinsam Russland schlagen.

Der Kanzler scheint die Skepsis seines Gegenübers zu riechen. Zumindest macht er Andeutungen: Riezler brauche sich nicht zu fürchten. Die Chancen stehen nicht schlecht. Wenn Moltke und Ludendorff auch nichts von Politik verstehen, zumindest ihre Aufmarschpläne werden sie wohl umsetzen können. Außerdem kenne er die große Anziehungskraft, die von einem Krieg ausgeht. Riezler und Seinesgleichen sind noch zu jung, um nicht den Reiz des Ungewissen zu unterliegen, des Neuen, der großen Bewegung.

Riezler ärgert sich über sich selbst. Er hat seinen Chef unterschätzt. Vielleicht ist das wirklich die große Chance!? Wenn alles gut geht, wird das Land endlich befreit. Dann geht es wieder aufwärts mit Deutschland.

Auf dem Weg ins Außenamt muss Riezler immerzu an die Worte des Kanzlers denken. Allzu gern würde er seine Zuversicht teilen. Bethmann scheint bereits alles durchdacht zu haben. Er gibt sich überzeugt, dass die Österreicher ihre Pflicht erfüllen. Wien glaubt, es gehe um ihre Interessen, um die Bereinigung der Serbenfrage. Und falls der Zar eingreift, würde Deutschland als Beschützer Österreichs auf den Plan treten, ohne als Aggressor dazustehen.

Womöglich hat er Recht. Auf Österreich kommt es militärisch gar nicht an. Seine Rolle bleibt auf das Auslösen beschränkt. Eigentlich ist doch heute Österreich-Ungarn der kranke Mann in Europa. Mit seinen altertümlichen Ausrüstungen und borniertem Offizierskorps wäre Kamerad Schnürschuh bestenfalls für einen Kabinettskrieg des vorletzten Jahrhunderts gerüstet, kaum aber für einen neuzeitlichen Volkskrieg. Der nächste Krieg wird aber ganz anders ablaufen, als all die bisher da gewesen. Heute entscheiden nicht Garderegimenter die Schlacht, sondern neuzeitliche Waffentechnik, Wirtschaftskraft und vor allem der Zusammenhalt im Volke. Darin liegen Deutschlands Stärken.

Als Riezler das Gebäude verlässt, rennt er beinahe gegen einen Passanten. Er muss besser aufpassen, wenn er die Straße überquert. Der Autoverkehr in der Wilhelmstraße nimmt allmählich überhand. Irgendwann kann man sich als Fußläufer gar nicht mehr auf Berlins Straßen trauen.

Die Gedanken Riezlers kehren zurück zum Thema: Ein Leiden hat Deutschland allerdings mit den Österreichern gemein. Die Borniertheit der Militärs! Klagt Bethmann doch selbst regelmäßig über die Misere: Wo nur sind all die gebildeten Offiziere geblieben, die Preußen einst groß gemacht haben? Schenkt man den chronisch pessimistischen Berichten der Geheimdienste Glauben, dann müsse man schon einen guten Teil Gottvertrauen aufbringen und zusätzlich noch auf die russische Revolution als Bundesgenossen hoffen, um in diesem Land überhaupt noch einigermaßen ruhig schlafen zu können.

Den Gruß des Wachmanns quittiert Riezler mit Kopfnicken. Das Foyer des Außenamts ist noch angenehm kühl. Er weiß, die Leute halten ihn wegen seiner Nachdenklichkeit für eingebildet; die einfachen Leute wissen nicht von den schwierigen Dingen, die ihn beschäftigen. Und wüssten sie es, dann würden sie es nicht verstehen, oder aber daran verrückt werden.

Eins ist jedoch klar: In Wirklichkeit gibt es keine Alternative. Die Doppelmonarchie hat keine Zukunft. Deutschland kann nicht ewig hinter diesem schwachen Staat hinterherhinken und seine jugendliche Kraft an die Verzögerung seines Verfalls verschwenden.

Im Büro ist es zum Glück ebenfalls noch nicht so warm wie draußen auf der Straße. Riezler legt sein Jackett beiseite. Das Kanapee ist jetzt der richtige Ort, um es sich bequem zu machen. Ein Diener möchte ihm bitte Tee bringen. Riezlers Gedanken sind schon wieder beim Kanzler.

Jeder in der Regierung weiß, wie sehr Bethmann darunter leidet, nicht auf den eingereichten, aber abgelehnten Rücktritt bestanden zu haben, als der Kaiser gegen ihn und für Tirpitz Panzerkreuzer entschieden hat. Wäre er damals demissioniert, führte heute der Großadmiral die Regierung an. Viele sagen, Tirpitz verhindert nur deshalb eine Verständigung mit England, um sie später als Kanzler selber machen zu können. Aber er wird sie niemals machen können, weil niemand ihm traut.

Die seelischen Verletzungen sitzen tief, die Bethmann durch Tirpitz erdulden muss. Dabei werden es die Panzerkreuzer nicht sein, die das Reich retten könnten. Im Gegenteil! Der Großadmiral weiß selbst ganz genau, dass seine Dreadnought-Schiffe das Kräfteverhältnis zu England nicht verschieben können, da die Engländer stets das Doppelte bauen und immer bauen können. An den englischen Mannschaftsmangel, mit dem die Marine die Zeitungen füllt, glaubt Tirpitz selber nicht. Er ist ein großes Organisationstalent, doch politisch ein Kind, allerdings ein gerissenes und tief unwahrhaftiges Kind.

Jeder hier kennt die Tricks, mit denen Tirpitz auf Kosten Bethmanns beim Kaiser Eindruck schindet. Nicht zuletzt mit seinem teutonischen Bart. Der Großadmiral weiß genau, wann der gestrichen, gezogen, gezupft werden

muss, um Wilhelm zu beeindrucken. Das eigentliche Problem ist die Neben-
politik der Marine. Sie verhindert jede vernünftige auswärtige Politik. Doch
beim Kaiser ist gegen den Admiral nichts durchzusetzen. Für den Monarchen
ist die Flotte heilig. Kein Wunder, dass Bethmann daran verzweifelt.

Das Volk macht sich Illusionen über die militärischen und außenpolitischen Möglichkeiten des Reichs. Niemand kann sie ihm nehmen. Nicht einmal der Kanzler! – Derjenige Politiker, der als erster die schreckliche Wahrheit über die begrenzten Machtmittel öffentlich ausspricht, würde umgehend
sein politisches Todesurteil in Händen halten.

Als erste würden die rheinischen Schwerindustriellen laut aufschreien. Die
Stahlbarone streiten schon jetzt um das Fell des Bären, den zu erlegen erst
noch bevorsteht. Moltke hat ihnen die Kohlen- und Erzbecken von Briey
und Longwy versprochen. Einzig Stinnes verfügt über genügend Verstand zu
erahnen, dass die Forderung den Beginn einer neuen Revancheepoche einleiten würde.

Und die Nationalen werden nicht müde, die Wiederkehr der alten patri-
archalischen Zustände zu fordern, die das alte Preußen angeblich groß gemacht hätten. Dabei ist es eine Verrücktheit zu glauben, man könnte den
siegreich aus dem Feld heimkehrenden preußischen Truppen eine Änderung
des Wahlrechts vorenthalten.

Wenn Bethmann könnte, wie er wollte, würde er eine ganz andere Au-
ßenpolitik machen, als diesen dumpfen Annektionismus. Einen mitteleuro-
päischen Staatenbund unter der Führung Deutschlands schaffen. Frankreich
und Belgien könnten ihre Souveränität formal behalten, würden jedoch im
Rahmen einer Zollunion mit den Mittelmächten einen Block bilden. Dieser
würde eine solch gewaltige Gravitationskraft entwickeln, dass auch die neut-
ralen Länder angezogen werden.

Je länger Riezler darüber nachdenkt, umso mehr bewundert er den Kanzler. Die Weite und Unabhängigkeit seines Geistes machen ihn groß. Bethmann ist frei von Vorurteilen und Engheiten und unabhängig von all dem,
was allgemeine Meinung und Suggestion ist. Nur leider ist das Schicksal
dumm und unbewusst, es verheddert sich in lauter Zufällen. Der Kanzler
aber weiß es zu packen, auch in diesen wirren Zeiten. Er kennt das deutsche
Volk genau, sein Schicksal, seine Tugenden und Schwächen.

Ein Adjutant reicht Riezler Tee. Ob er noch etwas für seine Exzellenz tun
könne? Riezler verneint mit freundlicher Geste. Ihn irritiert der Gedanke,
dass der Mann nicht ahnt, bald für Deutschland kämpfen zu können. Bestimmt wäre er stolz darauf, endlich seinen Kampfesmut unter Beweis stellen
zu können.

Für den Kanzler wäre das Leben um ein Vielfaches einfacher, wenn die
Politiker aufrichtig wären. Das politische Gewerbe verdirbt die Menschen.
Wenn man einen um Auskunft über einen anderen bittet, so bleibt kein gutes

Haar an ihm, und wenn es der beste Freund ist. Dabei werden die Individuen als solche immer kleiner und unbedeutender, nirgends werde mehr etwas Großes und Gerades gesagt. Am Ende gehört die Zukunft Russland, das wächst und wächst und sich als immer schwererer Alb auf Deutschland legt.

Der Krieg ist ein Sprung ins Dunkle, hat Bethmann gesagt. Er birgt große Gefahren und Ungewissheiten. Doch wie immer er auch ausgehen mag, er wird die Umwälzung alles Bestehenden bringen. Das Bestehende hat längst überlebt, alles ist ideenlos und alt geworden. Um den geistigen Zustand Deutschlands muss man sich sorgen. Die politische Oberfläche befindet sich in einem elenden Niedergang, die Intelligenz versagt auf breiter Linie. Das alles macht ein Regieren unmöglich. Auf der einen Seite schreien die Industriellen nach Rohstoffen und Exportmärkten und auf der anderen die Agrarier nach Schutzzöllen. Die Militärs wollen immer mehr Geld, aber die Unternehmen immer weniger Steuern zahlen. Zugleich wollen die Sozialisten das ganze Land auf den Kopf stellen. Es sind einfach zu viele Dinge auf einmal, die man weder berechnen noch greifen kann.

Mit oder ohne Krieg – die Verhältnisse müssen sich grundlegend ändern. Vielleicht macht der Krieg das Land modern. Er wird das Überkommene schneller hinwegfegen als alle politischen Reformen der letzten vierzig Jahre zusammen.

Riezler ist kurz davor einzuschlafen, als der Fernsprechapparat klingelt. Er steigt vom Kanapee und greift zum Hörer. Es ist der Kanzler. Er ist außer sich vor Wut. Ein Telegramm aus Kiel meldet die Rückkehr des Kaisers von seiner Nordlandreise nach Berlin. Seine Ankunft kann größte Komplikationen auslösen. Bei den momentanen Zuständen in der Hauptstadt könnten die traditionellen Begrüßungsdemonstrationen schnell in patriotische Massenkundgebungen gegen Russland umschlagen.

Riezler kann die Sorgen gut nachvollziehen. Nach allen bisherigen Erfahrungen würde sich Wilhelm nur all zu leicht von der aufgeheizten Stimmung anstecken lassen und etwas gegen Russland sagen, nur um vor der Menge als kraftvoll und entschlossen dazustehen. Am besten wäre es, der Kaiser kommt erst gar nicht nach Berlin.

Bethmann will die kaiserliche Yacht anfunken lassen, um Seiner Majestät nahe zu legen, nach Beendigung seiner Nordlandreise nicht nach Berlin, sondern nach Potsdam zurückzukehren. Wilhelm wird das zwar nicht gefallen, aber es ist nun mal sicherer.

Von Riezler verlangt Bethmann, einige Aufgaben zu übernehmen: Nicht nur der Kaiser, auch die Militärs müssen gezügelt, die Handelsflotte gewarnt und die finanzielle Mobilmachung eingeleitet werden. Und was das Dringendste ist: Es muss schleunigst eine Antwort gefunden werden, wie

Deutschland den anderen Mächten gegenübertreten soll. Das ist zwar von Jagows Aufgabe, auf den ist aber kein Verlass.

Riezler kennt Bethmanns Vorbehalte gegen von Jagow. Der Außenamtsleiter war dem Kanzler noch nie eine Stütze. Der Mann hat keine rechte Vorstellung über das wahre Volksempfinden. Außer markigen Phrasen und oberflächlichen Wertungen ist von ihm nichts zu erwarten.

Riezler bittet Bethmann, einen Vorschlag machen zu dürfen: Vielleicht ist es das Beste, London, Paris und Petersburg ganz offiziell über die deutsche Position in Kenntnis zu setzen. Die anderen Regierungen können ruhig wissen, dass Deutschland einen defensiven, aber festen Standpunkt vertritt. Man muss ihnen erklären, dass die Deutschen den Frieden wollen, aber wenn man sie zwingen sollte, zum Schwert zu greifen, werden sie das in dem ruhigen Bewusstsein tun, dass sie an dem namenlosen Unheil keine Schuld tragen, das der Krieg über Europas Völker bringen wird.

Dafür ist es noch zu früh! – Bethmann reagiert ungehalten. Die anderen Mächte könnten die Botschaft dahingehend missverstehen, Deutschland hätte es bereits auf einen großen Krieg angelegt. Jetzt sollen sie aber glauben, das Reich würde alle erdenklichen Maßnahmen ergreifen, um das drohende Unheil abzuwenden.

Verstanden! – Riezler muss den Kanzler beruhigen. Vielleicht können sie es so machen: Es genügt eine einzige Demarche, und zwar an Russland. Der Zar ist nachdrücklich über die schrecklichen Konsequenzen aufzuklären, die ein Eingreifen in die österreichisch-serbische Auseinandersetzung nach sich ziehen würde. So kann hinterher niemand behaupten, die Russen wären nicht gewarnt worden.

Das klingt besser! Bethmanns Stimmung hellt auf. Der Zar muss vor der Durchführung militärischer Maßnahmen gewarnt werden, die irgendwie eine Spitze gegen Deutschland haben könnten. Falls er aber doch Maßnahmen ergreift, wird sich Deutschland zur Mobilisierung seiner Armeen gezwungen sehen, was schließlich Krieg bedeuten würde, und zwar auch gegen Frankreich, da dessen Verpflichtungen gegenüber Russland allgemein bekannt sind. Die Russen müssen sich also gut überlegen, ob sie den Krieg gegen Österreich und Deutschland um jeden Preis wollen. Wenn nicht, müssen sie einfach nur stillhalten und nicht mobilisieren.

Riezler ist erleichtert. Bethmann scheint im Innern noch einen Hoffnungsschimmer für den Frieden zu tragen. Den will er bestärken: Mit etwas Glück hält Nikolaus still. Dann wissen wir, dass er sich für einen großen Kampf noch nicht genügend gerüstet fühlt. Im besten Fall würden Frankreich und England die Russen von einem Eingreifen abhalten. Die Zurückhaltung der Westmächte würde den Zaren wiederum so sehr enttäuschen, dass dieser sich zukünftig um eine Verständigung mit Deutschland über seine Interessen auf dem Balkan bemühen würde.

Das ist zwar wünschenswert, aber unwahrscheinlich. Bethmann klingt resigniert. Wie immer die Sache auch ausgehen mag, eines ist sicher: Die Russen können sich nach Erhalt einer solchen Warnung nicht mehr der Illusion hingeben, Deutschland würde untätig zusehen, wie sie den Serben zur Hilfe eilen. Sobald Russland beginnt, sich offen auf den Krieg vorzubereiten, wird dieser mit der Gewissheit eines Naturgesetzes auf Europa einstürzen. Russland allein trägt dann die Verantwortung für das massenhaft über die Menschheit hereinbrechende Unheil.

DIREKTE GESPRÄCHE

Delbrück war bereits zu Bett, als der Bote des Kanzlers am Tor schellt. Der Mann wirkt sichtlich betroffen. Er sei untröstlich, Delbrück zu dieser nachtschlafenden Zeit stören zu müssen, aber er habe den Auftrag, die besondere Dringlichkeit zu betonen, die keinen Aufschub mehr dulde. Seine Exzellenz bittet den Herrn Minister höflichst noch heute Nacht zur Besprechung ins Amt.

Eine solche Bitte kann man dem Kanzler nicht abschlagen. Delbrück kann ohnehin nicht schlafen. Bethmann wird seine Gründe haben. Der Diener soll einen Wagen rufen, der ihn in die Wilhelmstraße fährt.

Der Anblick des Kanzlers bestürzt Delbrück. Bethmann ähnelt mehr einem Gespenst, denn einem Lebenden. Seine Gesichtszüge sind starr wie eine Totenmaske. Der Mann ist völlig übernächtigt. Delbrück überlegt, ob er etwas in diese Richtung sagen soll. Doch Bethmann kommt ihm zuvor.

Seit drei Tagen hat er nicht mehr geschlafen. Er ist beinahe immer am Telefon, jede Menge Besprechungen mit den Militärs und Wirtschaftsführern. Jetzt muss er sich dringend um die Sozialdemokraten kümmern. Das ist auch der Grund, weshalb er ihn hergebeten hat.

Delbrück soll es sich bequem machen. Die Dinge bedürfen einer ausführlichen Aussprache. Es geht um die Lage im Innern. Als Innenminister weiß er besser als jeder andere, von welch entscheidender Kriegswichtigkeit die Stimmung im Volke ist. Nur wenn die Nation einmütig und begeistert zu den Waffen greift, wird Deutschland im Kampf gegen die anderen Mächte bestehen.

Das sieht Delbrück genauso. Er versteht die Sorgen des Kanzlers. Die innere Geschlossenheit ist in einem neuzeitlichen Krieg unabdingbar. Allerdings wird sie sich nur herstellen lassen, wenn das Volk die Überzeugung gewinnt, es wird ungerechtfertigt angegriffen, und zwar von den Slawen. Das Entscheidende ist aber: Selbst bei einer Auseinandersetzung mit Frankreich ist es dringend geboten, durch die Presse besser die Volkstümlichkeit eines Krieges gegen Russland vorzubereiten. Dieselbe Ansicht vertritt im Übrigen auch der Generalstab.

Bethmanns zufriedenes Mienenspiel deutet auf Zustimmung. Der Kanzler dankt Delbrück für seine Worte. Verständige Gesprächspartner sind eine seltene Wohltat in diesen wirren Zeiten. Im Unterschied zum Außenamtsleiter versteht das Innenministerium sein Geschäft. Niemals würde das Volk einen bewusst vom Zaun gebrochenen Eroberungskrieg mitmachen. Dann würden weder das Zentrum noch die Liberalen und schon gar nicht die Sozialdemokraten mit ins Feld ziehen. Bei Letzteren kann man selbst dann nicht sicher sein, wenn Deutschland erkennbar angegriffen wird.

Das ist zu befürchten. Delbrück kennt die kruden Anschauungen der Sozialisten. Auch jetzt geben sie sich wieder pazifistisch und international. Das ist bei denen eine Art Reflex. Aus persönlichen Gesprächen weiß er jedoch, dass es in deren Reihen auch vernünftige Männer gibt, die ihr Vaterland verteidigen würden.

Für einen Augenblick scheinen des Kanzlers Pupillen in den tiefdunklen Augenhöhlen zu leuchten. Das ist es, was Bethmann hören will. Wenn die Sozialdemokraten mitmachen, besteht Hoffnung, noch einmal heil aus der Sache herauszukommen. Wenn nicht, wird eine Katastrophe über das Land hereinbrechen. Man darf den Lauf der Dinge nicht dem Schicksal überlassen, sondern muss sich der Sozialisten versichern, indem man menschlich mit ihnen verhandelt.

Delbrück ahnt längst, was Bethmann ihm auftragen wird. Er soll Fühlung aufnehmen mit der SPD. Delbrück möchte das gern tun, aber was ist mit den Militärs? Die wollen die Roten am liebsten sofort hinter Schloss und Riegel sperren. Und gegen die Dummheiten uniformierter Sozialistenfresser ist nur schwerlich anzukommen.

Bethmanns Gesichtszüge versteinern augenblicklich. Das Problem darf Delbrück getrost ihm überlassen. Als Innenminister braucht er sich nur um die Sozialdemokraten zu kümmern. Wie er gehört hat, verfügt Delbrück über gute Kontakte zu deren Fraktion. Er soll vorfühlen, ob Vertreter der Partei bei der Regierung erscheinen würden, und wer von ihnen einzuladen ist.

Delbrück nimmt dem Kanzler die Schroffheit des Tonfalls nicht übel. Der Mann ist überanstrengt. Und wenn Bethmann glaubt, er kann Moltke ohne seine Hilfe vor Dummheiten bewahren, dann soll er es allein versuchen.

Delbrück weiß schon jemanden, mit dem er sprechen kann. Der Mann heißt Südekum. Im Reichstag fällt er durch seine akkurate Kleidung auf. Für einen Sozialdemokraten gibt er sich überaus patriotisch. Bei ihm kann man am ehesten auf Verständnis für die schwierige Lage hoffen.

Bethmann ist einverstanden. Delbrück soll bitte in Erfahrung bringen, inwieweit damit gerechnet werden kann, dass die Sozialdemokraten ihrer vaterländischen Pflicht nachkommen und die Kriegskredite bewilligen werden.

Der Kanzler kann sich voll und ganz auf ihn verlassen. Delbrück will gleich morgen in der Früh den Kontakt herstellen. Seiner Exzellenz wünscht er eine erholsame Nacht.

Bethmann schüttelt den Kopf. Zum Ausruhen hat er keine Zeit. Doch die Wünsche erwidert er gern.

In der Reichskanzlei herrscht Hochbetrieb. Das Sekretariat, die Pressestelle und das Telegrafenamt sind vollständig besetzt. Auch auf höchster Ebene ist mehr als genug zu tun. Bethmanns Müdigkeit ist wie weggeblasen. Ungeduldig erwartet er den Bericht von Delbrück und seinem Mitarbeiter. Die Herren haben bereits im Kaminzimmer platzgenommen. Ein Diener reicht Kaffee.

Der ranghöhere Gast ergreift zuerst das Wort. Seine Exzellenz hat sich nicht getäuscht, die Sozialdemokraten sind viel patriotischer, als die Militärs es sich jemals vorstellen können. Es besteht die begründete Hoffnung, dass sie rechtzeitig zur Vernunft kommen.

Für Bethmann ist das eine Genugtuung. Die Herren können sich gar nicht vorstellen, wie wichtig ihm diese Information ist. Was er jetzt noch benötige, sind stichhaltige Beweise. Morgen muss er Moltke und seine Leute von der Ungefährlichkeit der Sozialdemokraten überzeugen.

Delbrück bittet um ein wenig Geduld. Alles läuft in die gewünschte Richtung. Am Morgen hat er Südekum gesprochen. Der Mann zeigte größtes Verständnis für die schwierige Lage Deutschlands. Die Möglichkeit zu beiderseitigen Gesprächen begrüßt er außerordentlich. Auf die Frage, wer aus der Sozialdemokratie am ehesten geeignet ist, mit der Regierung über die anstehenden Notwendigkeiten zu sprechen, hat er Haase genannt.

Haase!? – Bethmann kann seine Überraschung nicht verhehlen. Der Mann ist doch ein Radikaler, so wie er sich gewöhnlich im Reichstag aufführt!

Das Gleiche hat Delbrück zu Südekum gesagt. Aber der meint, in einer so wichtigen Angelegenheit darf man den Vorsitzenden nicht übergehen. Seine Haltung und Persönlichkeit mögen zwar auf den ersten Blick wenig geeignet erscheinen, die notwendige Fühlung herzustellen. In Wirklichkeit ist er aber durchaus zur Realpolitik fähig. Man muss ihn nur mit den richtigen Informationen füttern. Außerdem bietet er den nicht gering zu schätzenden Vorteil, dass ihm auch der linke Flügel der SPD vertraut.

Bethmann mag nicht sogleich an einen Gesinnungswechsel Haases glauben. Aber wenn Südekum das sagt, wird es wohl stimmen. Hat der Mann sonst noch jemanden empfohlen, mit dem wir sprechen können?

Delbrück antwortet ohne Umschweife: Ebert! Für einen Sozialdemokraten ist der Mann nicht die schlechteste Wahl. Gerade wenn es um die außenpolitischen Belange des Reiches geht, zeigt er ein hohes Maß an Verständnis.

Bethmann übt sich in Zweckoptimismus. Also gut, sollen sie mit Haase und Ebert sprechen. Auch wenn es schwerfällt, Haase zu vertrauen.

Drews stolziert durchs Zimmer wie ein junger Pfau. Wieder so ein junger Streber, denkt Delbrück, aber er will nicht ungerecht sein. Man kann es ihm nicht übelnehmen. Schließlich ist Drews noch jung und unbedarft.

Seine Rolle als Vortragender bereitet Drews erkennbare Freude. Er plappert mehr als er redet:

Haase erschien nicht nur pünktlich auf die Minute in seinem Büro, er war auch gebügelt und geschniegelt. Handzahm wie ein Lamm sei er gewesen. Allerdings war es nicht Ebert, der ihn begleitete, sondern ein Mann namens Braun. Der saß zwar mal vor Jahren wegen Majestätsbeleidigung im Gefängnis, doch heute gehört er zu den gemäßigteren Individuen im Vorstand der Roten. Ebert würde noch im Urlaub weilen, hat Haase behauptet.

Diese Philister, schimpft Delbrück. Von wegen Urlaub! Die Geheimdienste sind besser informiert: Ebert ist gerade dabei, die Kasse seiner Partei in die Schweiz zu verbringen. Die heutigen Genossen sind doch allesamt Angsthasen. Der alte Liebknecht und der olle Bebel waren da aus anderem Holz geschnitzt. Die hätten sich nicht so leicht ins Bockshorn jagen lassen. Doch ihm soll's recht sein, wichtig ist, dass sie kooperieren.

Drews nickt heftig. Es kommt noch besser. Als er den beiden Herren erklärt hat, dass die Regierung nicht die Absicht hegt, die sozialdemokratischen Protestveranstaltungen zu unterdrücken, haben sie ziemlich dümmlich aus der Wäsche geguckt.

Delbrück missfällt Drews überhebliches Getue, aber er lässt ihn gewähren. Allerdings kann er auch Haase verstehen. Nicht ohne Grund rechnet der mit Repressionen. Unter normalen Umständen hätten die Dienste sie längst verhaftet. Verdient hätten es diese vaterlandlosen Gesellen allemal.

Drews macht keinerlei Anstalten, seinen selbstgefälligen Tonfall zu mäßigen. Dank seiner besonderen Redegabe ist es ihm gelungen, Haase und Braun im gewünschten Sinne zu beeinflussen. Beide konnte er überzeugen, dass alles vermieden werden muss, was irgendwie der panslawistischen Strömung in

Russland Nahrung geben könnte. Daraufhin haben die beiden Sozen bereitwillig versprochen, keine böswilligen Unterstellungen mehr gegen die Regierung verbreiten zu wollen. Die Behauptung, die Regierung hätte die Absicht, einen Krieg mit Russland oder sonst irgendeinem Land anzuzetteln, werden sie in Zukunft unterlassen.

Die Überheblichkeit Drews geht Delbrück auf die Nerven. Er hat gute Lust, ihm eine Lektion zu erteilen. Doch was würde es nützen?! Er soll weiterreden. Vielleicht mäßigt er sich von allein.

Wenn er darf, würde er Seiner Exzellenz gern berichten, wie er die beiden Sozialdemokraten am Ende überzeugt hat?! Die Frage erweist sich als rhetorisch gemeint. Drews ist zu ungeduldig, um auf Delbrücks Erlaubnis zu warten. – Mit der Urlaubstaktik! Die Saat ist aufgegangen. Die Sozialdemokraten glauben, dass die Regierung von den Entwicklungen überrascht wurde, weil der Kaiser und wichtige Regierungsleute im Urlaub weilen.

Drews ist von seiner eigenen Genialität verzückt. Delbrück muss aufpassen, ihn nicht über Gebühr zu maßregeln. Er weiß, wie diese jungen Karrieristen ticken. Jetzt erhofft er sich Bestätigung, wie ein treuer Hund, der ein Kunststück vollbracht hat. Na gut, er tut ihm den Gefallen. Soll er sie haben, seine Belohnung.

Das Geschick, mit dem der Herr Unterstaatssekretär vorgegangen ist, ist außerordentlich. Delbrück wählt seine Worte mit Bedacht. Ein solch brillantes Talent ist ihm seit langem nicht mehr untergekommen. Wenn der Krieg in ein oder zwei Monaten auf seinem Höhepunkt angelangt ist, wird er Drews für einen Wechsel ins Kriegsministerium vorschlagen. Für derart begabte und tüchtige Männer wie ihn gibt es dort wichtige Aufgaben zu erledigen.

Die Worte verfehlen ihre Wirkung nicht. Drews schießt Schamesröte ins Gesicht. Niemals würde er freiwillig ins Kriegsministerium wechseln. Seine Überheblichkeit ist wie weggeblasen.

Mit einem solchen Angebot hat er nicht gerechnet. Die Worte klingen verlegen. Er fühlt sich geschmeichelt. Die Offerte ist eine Auszeichnung, die er jederzeit gern annimmt, sobald Seine Exzellenz dies wünschen. Doch nun möchte er zu Ende erzählen, wenn Seine Exzellenz gestatten.

Delbrück muss lächeln. Selbstverständlich ist er einverstanden. Drews kann gern zu Ende berichten.

Drews dankt ihm. Mit gesenktem Haupt fährt er fort: Haase hat er noch die Schritte erläutert, die die Regierung bereits zur Erhaltung des Friedens unternommen hat. Der Kanzler lässt nichts unversucht, den drohenden Konflikt abzuwenden. Wenn allerdings Russland den Serben zur Hilfe kommen sollte – was ganz und gar unwahrscheinlich ist –, dann hat Deutschland die Pflicht, sich an die Seite des österreichischen Verbündeten zu stellen.

Delbrück nickt zufrieden: So ist es! Das muss selbst ein Sozialdemokrat einsehen.

In dieser Hinsicht muss Drews allerdings widersprechen: Haase meint, Deutschlands Bündnis mit Österreich hätte einen ausschließlich defensiven Charakter. Im Dreibundvertrag wäre der Bündnisfall nur im Verteidigungs-, nicht aber im Angriffsfall vorgesehen. Und da Österreich angeblich Serbien angreife, würde es keine Verpflichtung für eine Beteiligung Deutschlands geben.

Delbrück kann das nicht verstehen. Dieser Neunmalkluge glaubt allen Ernstes, Serbien würde nicht Österreich, sondern Österreich Serbien angreifen?

So scheint es, bestätigt Drews. Der Mann behauptet, es sei die dringende Pflicht der Regierung, mäßigend auf die vermeintlichen Provokateure in Wien einzuwirken.

Das ist typisch für die Roten. Delbrück kann darüber nur den Kopf schütteln. Die messen mal wieder mit zweierlei Maß. Österreich ist Opfer der Panslawisten und nicht Täter! Aber das hinterhältige Attentat der Serben scheint die nicht im Mindesten zu interessieren.

Der Unterstaatsekretär nickt ergeben. Mit allen Mitteln hat er Haase begreiflich zu machen versucht, dass die Sache in Wirklichkeit viel komplizierter ist, als er sich vorstellen kann. Die Interpretation solcher Abkommen birgt die vielfältigsten Schwierigkeiten. Die Verhältnisse sind heute nicht mehr so, wie noch bei Abschluss des Dreibundvertrages. Außerdem sind Inhalt und Zielrichtung des Textes durch Zusatzklauseln verändert worden. Statt also über gedruckte Worte zu streiten, muss vielmehr alles vermieden werden, was Russland dazu verleiten könnte, in eine Auseinandersetzung auf dem Balkan einzugreifen.

Ob die Sozialdemokraten das jemals begreifen werden, will Delbrück wissen. Schließlich verstehen die Herren nicht viel von Diplomatie.

Drews hält die Sozen auch für uneinsichtig. Immerhin hat Haase am Ende, wenn auch widerwillig, zugestimmt. An den grundsätzlichen Friedenswillen der Regierung will er nicht mehr zweifeln. Allerdings würde er fühlen, dass Deutschland bei einem Angriff Russlands auf Österreich in jedem Fall in den Krieg eingreifen werde. Er glaube aber auch, dass alle Beteiligten mit etwas gutem Willen das Richtige unternehmen werden, um die Katastrophe abzuwenden. Auch seine Partei und die Schwesterparteien der anderen Länder werden sich mit aller Kraft für den Frieden einsetzen.

Delbrück lächelt müde. Drews hat die Aufgabe zufriedenstellend erledigt. Einen Rat möchte er ihm aber mit auf dem Weg geben: In der Politik haben persönliche Empfindungen nichts zu suchen. Die schaden auf Dauer nur.

Nun muss er Drews bitten, ihn zu entschuldigen. Er muss sich auf den morgigen Tag vorbereiten. Drews verbeugt sich und verlässt ohne ein Wort zu sagen den Raum.

DIPLOMATIE

Das darf nicht wahr sein! Bethmann kann das nicht glauben. Aufgeregt gestikulierend läuft er im Zimmer auf und ab. Das ist ungeheuerlich! Die Österreicher kommen mit ihren Vorbereitungen für den Feldzug nicht voran. Das war so nicht abgesprochen!

Jagow ist wie betäubt. Der Außenamtschef stiert fassungslos auf die Wiener Note. Er versteht das nicht! Hötzendorf hat Moltke doch versprochen, sofort loszuschlagen. Jetzt heißt es auf einem Mal, der Generalstab in Wien könnte frühestens am 12. August mit seinen Operationen beginnen; vorher wollen sie noch die Ernte einfahren.

Wenn die Lage nicht so ernst wäre, würde er darüber lachen. Bethmann hätte es besser wissen müssen. Es war ein Irrtum! Niemals hätten Jagow und Zimmermann ihm glauben machen dürfen, dass Österreich dieses Mal schneller machen würde. Es ist schließlich nicht das erste Mal, dass Wien so gelassen operiert.

Er kann nichts dafür, verteidigt sich der Gescholtene. Der Aufschub erfolgt gegen den ausdrücklichen Rat des Kaisers. Graf Berchtold scheint nicht zu begreifen, was auf dem Spiel steht.

Bethmann kann das nicht gelten lassen. Tschirschky hätte die Österreicher früher fragen müssen, wann die mit ihren Aktionen beginnen wollen. Jetzt ist es zu spät!

Bethmann verspürt den Drang hinzuschmeißen. Wenn jeder macht, was er will, warum soll er seinen Kopf hinhalten? Mit einem derart schwerfälligen Verbündeten lässt sich kein Staat machen. Jetzt gehört etwas ganz anderes auf die Tagesordnung: Ein auf die Stunde genau berechneter, schnell und messerscharf durchgeführter Plan, und nicht dieser Phlegmatismus, wie ihn die Kabinettsstrategen am Ballhausplatz an den Tag legen.

Am meisten enttäuscht jedoch das Unvermögen des eigenen Außenamtes. Nicht einmal auf die eigenen Leute kann man sich verlassen. Die einfachsten Absprachen mit den Verbündeten scheinen das Amt bereits zu überfordern.

Das geht gegen die Ehre! Jagow weist das weit von sich. Doch er muss sich zurückhalten, weil er Bethmann noch braucht. Außerdem weiß er, dass der Kanzler nicht ganz Unrecht hat. Jagow hat die österreichische Trägheit sträflich unterschätzt.

Statt sich zu wehren, spielt Jagow den Beleidigten. Er hat geglaubt, er könnte sich auf Berchtold verlassen. Außerdem ist es doch sein Amt, das die Folgen des Aufschubs am härtesten zu spüren bekommt. Jetzt muss er zwei lange Wochen die Vermittlungsvorschläge der anderen Mächte abwehren. Zimmermann und Tschirschky werden sich bedanken.

In der Tat werden sie das. Bethmanns Tonfall klingt scharf. Lichnowsky hat bereits telegrafiert, dass die Briten mit Hochtouren an der Vorbereitung einer Friedenskonferenz arbeiten. Die drei Londoner Botschafter der kontinentalen Großmächte sollen im britischen Ministerium über eine friedliche Lösung verhandeln. Wenn die Engländer damit durchkommen, haben wir ein echtes Problem.

Er kennt das Schreiben Lichnowskys bereits. Jagow hofft, Bethmann durch weitere Informationen beschwichtigen zu können. Die Briten versprechen sich viel zu viel durch die Vermittlung zu viert. Letztlich geht es ihnen nur darum, Deutschland das Odium anzuheften, einen Weltkrieg verschuldet zu haben. Außerdem würde der Zar versuchen, die Verhandlungen künstlich in die Länge zu ziehen, um in aller Seelenruhe seine Armeen zu mobilisieren. Das werde er zu verhindern wissen, und zwar mit allen dafür notwendigen Mitteln.

Zu gern würde Bethmann Jagow die Suppe allein auslöffeln lassen. Ihm sind Männer ein Gräuel, die den Anforderungen ihrer Ämter nicht gewachsen sind. Aber das Risiko ist zu groß. Auch diesmal muss er wieder die Kastanien aus dem Feuer holen, während sich diejenigen, die sie hineingeworfen haben, beim Kaiser Liebkind machen.

Dem Außenamtsleiter kann Bethmann nicht trauen, auch wenn der sich jetzt konstruktiv gibt. Er weiß, dass Jagow insgeheim hofft, nicht mehr lange mit ihm kooperieren zu müssen. Wenn der Krieg erst einmal Gesetz ist, denkt er, würde er die Geschäfte nicht mit ihm, sondern mit Moltke führen. Jagow hält sich selbst für ein politisches Naturtalent. Dabei ist er ein Blender und wie die anderen Kaiserlieblinge ohne politischen Verstand. Seine unbeholfene politische Kunst führt letztlich zu nichts.

Jagow ahnt nichts von Bethmanns Gedankenkarussell. Er wüsste eine Lösung: Österreich muss zur größeren Eile gedrängt und Moltke angewiesen werden, sich auf den Krieg vorzubereiten. So würden sie gegenüber dem Zaren nicht ins Hintertreffen geraten.

Bethmann starrt bestürzt auf Jagow. Kaltes Entsetzen steigt in ihm auf. Am liebsten möchte er laut losschreien. Doch er muss sich zügeln: Das kann der Herr Staatsekretär unmöglich ernst meinen, erwidert er in einer Schärfe, die den Außenamtsleiter sichtlich verunsichert. Solche Einfälle hört er sonst nur aus den Mündern ignoranter Militärs. Dass der Kaiser nicht begreift, ist schon schwer auszuhalten, dass aber selbst der Chef des Außenamtes nichts verstanden hat, macht ihn fassungslos.

Jagow würde sich gern wehren, doch Bethmann duldet keinen Widerspruch. Wien darf unmöglich zu größerer Eile gedrängt werden, dann wüsste jeder, dass auch Deutschland den Krieg will. Die militärische Führung darf zum jetzigen Zeitpunkt keinesfalls irgendwelche Maßnahmen ergreifen, die irgendwie nach Kriegsvorbereitung aussehen könnten.

Jagow schaut betroffen zu Boden. Er hat jeden Versuch aufgegeben, sich zu rechtfertigen. Besser er spielt den Untergebenen. In gewisser Weise kann er Bethmann verstehen. Jeder Mensch würde die Nerven verlieren, wäre er an seiner Stelle. Der Kanzler muss einen Krieg nach drei Fronten vorbereiten, ohne sich auf die Zusagen des wichtigsten Bündnispartners verlassen zu können.

Zur Besänftigung schlägt Jagow den Tonfall an, den er sonst nur beim Kaiser verwendet. Seine Exzellenz hat vollkommen Recht. Die besonderen Umstände verbieten selbstredend ein solches Vorgehen. Selbstverständlich darf jetzt noch nichts Kriegerisches unternommen werden.

Bethmann kann es noch immer nicht fassen. Es ist ihm ein Rätsel, wie der Mann zum ranghöchsten Diplomaten aufsteigen konnte. Oder steckt mehr dahinter? Hoffentlich keine weitere Intrige! Es würde seine Kräfte übersteigen, sich auch noch der Feinde im eigenen Kabinett erwehren zu müssen. Vielleicht ist Jagow wirklich so einfältig?! Bethmann will es ihm noch einmal erklären.

Das eigentliche Problem mit den britischen Verhandlungsvorschlägen ist doch das Folgende: Weder lassen sich die Vermittlungsofferten einfach ignorieren, noch darf Deutschland sich weigern, sie unterstützend nach Wien weiterzuleiten. In beiden Fällen würde England sofort Lunte riechen und auf Russlands Seite sein. Würde Deutschland jedoch auf die Vermittlungsbemühungen Londons eingehen, dann würden die Österreicher an Wilhelms Bündnistreue zweifeln.

Jagow fühlt sich wie ein gescholtener Schuljunge. Der Kanzler belehrt ihn von oben herab: Die englischen Demarchen können auch nicht einfach ohne jeden Kommentar nach Wien weitergeleitet werden. Dann wüssten die Österreicher nicht, woran sie mit den Deutschen sind, und würden womöglich meinen, der Kaiser hätte es sich anders überlegt und will kein hartes Durchgreifen gegen Serbien mehr. Es muss also ein Weg gefunden werden, wie man die englischen Vorschläge mit glaubhafter Beteuerung des Friedenswillens nach Wien weiterleiten kann, ohne dass Berchtold diese Vorschläge ernst nimmt.

Er möchte einen Vorschlag machen. Jagow spricht mit gepresster Stimme: Man könnte neben dem offiziellen Depeschendienst noch einen zweiten Informationskanal einrichten, über den die Österreicher erfahren, ob sie den jeweiligen englischen Vorschlag nur pro forma erhalten, oder ob sie die Demarchen ernsthaft prüfen sollen. Er wüsste auch schon jemanden, der das machen könnte: Tschirschky! Der Botschafter wird bei jeder nach Wien übermittelten Depesche mündlich bekannt geben, wie diese zu behandeln ist.

Bethmann kann seine Skepsis kaum verhehlen. Die Gefahr, dass Tschirschky ein Fehler unterläuft, ist nicht gering. Außerdem muss der Botschafter bei jedem neuen Vorschlag mit einem weiteren Telegramm informiert werden, das die Gegner abfangen und entschlüsseln könnten.

Bethmann weiß eine bessere Lösung. Jagow braucht davon nichts zu wissen. Soll er sich mit Tschirschky und den Österreichern herumärgern. Vielleicht wird man in Wien irgendwann von selbst begreifen, dass Deutschland nur deshalb auf die englischen Vorschläge eingeht, um weiterhin als der zum Krieg Gezwungene dazustehen.

Bethmann bemüht sich, so zu tun, als wollte er auf Jagows Vorschlag eingehen. Er soll jetzt nur noch erklären, auf welchem Wege Berchtold von den besonderen Befugnissen des Botschafters erfahren soll.

Für Jagow ist das kein Problem. Er will Szögyény höchst selbst in einem streng vertraulichen Gespräch darlegen, dass das Wiener Außenministerium die britischen Vermittlungsvorschläge nur auf besondere Nachricht von Tschirschky hin zu beachten brauche.

Bethmann ist müde. Er braucht dringend Ruhe! Deshalb erklärt er sich einverstanden. Allerdings soll Jagow darauf achten, dass Berchtold die englischen Vermittlungsaktionen keinesfalls zu schroff ablehnt. Denn sonst steht der Zweibund wieder als Kriegstreiber da und seine Stellung im eigenen Land wäre ganz unmöglich. Die Briten glauben nun mal, dass ihre Wünsche an Österreich Ungarn eher Berücksichtigung finden, wenn Deutschland sie vermittelt. Man soll ihnen ihren Glauben lassen.

Jagow verspricht, alles zu Bethmanns Zufriedenheit zu erledigen. Tschirschky wird den Österreichern auf das Bündigste versichern, dass sich Deutschland in keiner Weise mit den Vorschlägen der Entente identifiziert, sondern im Gegenteil entschieden gegen deren Berücksichtigung ist und die Demarchen nur weiterleitet, um der englischen Bitte Rechnung zu tragen.

Bethmann will nicht mehr konferieren. Er muss seine Kräfte für die morgige Besprechung mit den Militärs und dem Kaiser aufsparen. Deren Begriffsstutzigkeit ist kaum geringer als die des Außenamtsleiters.

Jagow kann jetzt gehen. Er soll aber bedenken, dass man die Aktion auch wieder abblasen kann, wenn noch mehr Fehler passieren.

Ein Diener überbringt Riezler ein Billett. Er soll sofort zum Kanzler. Bethmann verlangt die Anwesenheit des Presse-Attachés in dringender Angelegenheit.

Der Empfang im Kanzlerpalais ist freundlich. Riezler soll es sich bequem machen. Wenn auch er ein Glas Scotch möchte, kann er sich bedienen. Bethmann will ehrlich sein. Er braucht jetzt einen verständigen Zuhörer. Jagow ist schwer von Begriff und der Kaiser bereitet ihm große Sorgen.

Dankend nimmt Riezler ein Glas und schenkt Whiskey ein. Die Einladung Seiner Exzellenz hat er mit Freude entgegengenommen. Bethmann kann sich voll und ganz auf ihn verlassen. Er will alles tun, was Seine Exzellenz für notwendig hält.

Bethmann nippt zufrieden am Glas und dankt Riezler für sein Verständnis. Ein so tiefes Vertrauen findet man nicht mehr oft in der heutigen Zeit. Er halte viel vom Talent des jungen Attachés, der ganz anders ist als die überheblichen Jünglinge, die Jagow sich sonst ins Amt holt und ihrem Chef gleich nur diplomatischen Leerlauf produzieren.

Aus Bethmann sprudeln die Worte wie Soda-Bläschen. Riezler darf ihm nicht übelnehmen, wenn er seiner geschundenen Seele ein wenig Luft verschafft. Keiner kann sich vorstellen, wie sehr er bedauert, nicht längst auf eine andere Besetzung im Außenamt bestanden zu haben. Doch der Kaiser will Jagow um jeden Preis halten, weil er einem altehrwürdigen märkischen Adelsgeschlecht entstammt. Außerdem hätte er den Vorteil, kein Jude zu sein. Für Wilhelm zählen ausschließlich Rasse, Herkunft und Gehorsamkeit. Sachverstand und Charakterstärke empfindet er hingegen als Bedrohung seiner selbst.

So direkt hat Bethmann noch nie den Kaiser gescholten. Jetzt schimpft er über Wilhelms persönliches Regiment, das zunehmend absurdere Züge annimmt. Dabei hat der Mann nicht die geringste Idee, was er mit der Welt anfangen soll, wenn er sie denn erst erobert hat. Seit seinem Streit mit Bülow bildet er sich ein, er sei Opfer einer europaweiten jüdischen Verschwörung. Er glaubt allen Ernstes, in der Presse hätten sich die Juden verbündet, um ihn zu diskreditieren.

Riezler weiß um die schwierige Persönlichkeit des Kaisers. Nicht wenige Diplomaten sorgen sich um seine geistige Gesundheit. Die ständigen Gemütsschwankungen sind kaum auszuhalten. Eigentlich dürfte Wilhelm keine Personalentscheidungen mehr treffen. Doch wer sollte es ihm verbieten?

Auch Bethmann war betroffen. Er will ehrlich sein. Seine Berufung war eine Posse. Der Kaiser wollte ihn erst nicht haben. Der Monarch schimpfte ihn einen überheblichen Schulmeister und Dickschädel, nur weil er der Kamarilla am Hofe nicht alles nachredet, sondern den eigenen Kopf gebraucht. Und die herzschwache Kaiserin, die großen Einfluss auf Wilhelm hat, verhöhnte ihn als weltfremd und spintelierend. Auch spottet sie öffentlich über seinen krummen Rücken. Wenn Valentini nicht so geschickt taktiert und der Kaiser nicht so dringend jemand Neues gebraucht hätte, wäre er wohl nie zum Kanzler ernannt worden. Der Chef des Geheimkabinetts ist der eigentlich Mächtige in dem ganzen absurden Theater. Er ist es, der die Fäden in der Hand hält.

Auch das ist Riezler bekannt. Doch er gönnt dem Kanzler sein Lamento. Jagows Berufung hatte ebenfalls Valentini eingefädelt. Der Kaiser hat sich für Jagow nicht trotz, sondern wegen seiner Schwächen entschieden. Wilhelm umgibt sich gern mit mittelmäßigen Schmeichlern, so kann er mehr scheinen, als er in Wirklichkeit ist.

Bethmann will ganz offen sprechen: Jagow ist ein Betrüger, der sein Blendwerk beherrscht. Nach außen gibt er sich staatsmännisch und gemäßigt, aber in Wirklichkeit ist er verschlagen. Nicht wenige meinen, er ist mit Moltke im Bunde. Er versucht sich beim Kaiser einzuschmeicheln, indem er abschätzig über den Zivilkanzler redet. Intrigen sind seine wahre Stärke. Zu wirklich großer Politik ist er nicht fähig. Dazu fehlt ihm der Instinkt. Doch das Kanzleramt muss mit dem Mann auskommen, ob es will oder nicht. Einen Austausch würde Wilhelm niemals seine Zustimmung erteilen und wenn doch, wäre nichts gewonnen. Die potenziellen Nachfolger sind keinen Deut besser.

Riezler soll sagen, was er über die Sache denkt. Bethmann verlangt, nicht lange drum herum zu reden. Das hat Riezler auch gar nicht vor. Er hat schließlich schon eine Idee:

Vielleicht hat es auch sein Gutes, dass die Österreicher sich nicht an die Absprachen mit Tschirschky und Jagow halten. So muss der Staatssekretär zumindest ein schlechtes Gewissen vortäuschen. Außerdem werden Jagow die Verhandlungen mit den Botschaftern so sehr in Beschlag nehmen, dass er nur wenig Zeit zum Intrigieren hat. Beim Kaiser kann er damit jedenfalls nicht punkten.

Bethmann gefallen die Bemerkungen. Seine Reaktion fällt mehr als wohlmeinend aus: Er weiß schon, warum er ihn und keinen anderen geholt hat. Im Unterschied zu den anderen Jungdiplomaten versteht der Attaché etwas von seinem Geschäft. Er kennt die Fallstricke der Diplomatie und weiß wie man sich die Schwächen der Gegner zunutze macht. Und Schwächen haben sie alle und eine besonders: Superbia.

Riezler senkt nachdenklich den Kopf. Was der Kanzler sagt, bringt ihn auf eine Idee. Ob er Seiner Exzellenz einen Vorschlag machen darf?

Die Frage erübrigt sich. Selbstverständlich will der Kanzler hören, was er zu sagen hat. Er braucht sich nicht zu genieren.

Riezler überlegt einen Weg, seine Gedanken so zu formulieren, dass sie nicht belehrend klingen. Vielleicht hilft der Konjunktiv: Er vermute, es gehe doch vor allem darum, die Russen ins Unrecht zu setzen. Der Zar scheint nicht minder selbstherrlich als der Kaiser. Vielleicht könnte man versuchen, ihn bei seiner Ehre zu packen. Dann würde er die Mobilmachung ganz offiziell ausrufen und wir hätten zwei Fliegen mit einer Klappe erschlagen: Nicht nur Österreich würde endlich loslegen, auch die gesamte Weltöffentlichkeit einschließlich der Herren Sozialisten würden endlich begreifen, dass Russland die Schuld am Krieg trägt.

Bethmann lobt Riezler für seinen Sachverstand. Er wird es weit bringen, wenn er so weiter macht. Das, was Riezler sagt, passt zu seinen Informationen. Die Russen sind ohnehin kurz davor die Nerven zu verlieren. Sasonow hat gestern großmäulig mit Krieg gegen die Donaumonarchie gedroht. Er behauptet, Österreich suche nur nach einem Vorwand, um Serbien zu verschlingen. Und die Geheimdienste melden, Petersburg habe bereits mehrere russische Armeekorps an der südlichen Grenze mobil gemacht. Der Minister spricht zwar verharmlosend von gewissen militärischen Vorbereitungen. Aber das sind eindeutig Ausflüchte.

Riezler findet das überaus vielversprechend. Er spürt eine Aufregung in sich aufsteigen, wie er sie nur selten hat. Die Erfahrung lehrt, wenn sich die Dienste sicher sind, wird eine russische Teilmobilmachung längst im Gange sein, auch wenn Sasonow das nicht zugeben will. Zudem hat er gehört, dass die Einberufung mehrerer Reservistenjahrgänge in Russland unmittelbar bevorsteht. Das kommt praktisch einer Mobilmachung gleich.

Für Bethmann ist die Sache klar. Hinter allem steckt die Schwäche des Zaren. Schließlich fährt der Mann keine klare Linie. Man sollte es also auf einen Versuch ankommen lassen. Riezler soll ein Schreiben an Sir Grey aufsetzen, in dem Deutschland aufs Schärfste gegen die russischen Kriegsvorbereitungen protestiert. Den Briten muss klar gemacht werden, dass sie die Pflicht haben, umgehend in Petersburg zu intervenieren. Den Zaren sollen sie von weiteren militärischen Vorbereitungen dringend abraten. Mit etwas Glück wird Nikolaus das als eine unerbetene Einmischung in seine Angelegenheiten empfinden und sein Versteckspiel endlich aufgeben.

Riezler bittet darum, die Idee mit dem Einverständnis Seiner Exzellenz ergänzen zu dürfen. Der Kanzler widerspricht nicht. Der Attaché kann fortfahren: Mögliche Missverständnisse lassen sich von vornherein dadurch ausschließen, indem man London auch gleich die Konsequenzen vor Augen führt. Dies könnte man in der Art formulieren, dass wenn der Zar es wage, an der deutschen Grenze zu mobilisieren, oder russische Truppen österreichisches Gebiet betreten sollten, Deutschland auf der Stelle mobil machen würde. So können die Briten hinterher nicht sagen, sie hätten von nichts gewusst.

Bethmann nimmt einen Schluck aus seinem Whiskeyglas. Riezler soll wissen, dass er ihm eine große Hilfe ist. Er soll machen, was er vorgeschlagen hat. Morgen soll er wiederkommen, um den Entwurf fertigzustellen.

Zimmermann ist verdutzt. So niedergeschlagen hat er seinen Chef noch nie erlebt. Irgendetwas ist vorgefallen. Das Gespräch beim Kanzler ist vermutlich nicht gut verlaufen. Zimmermann ahnt, dass gleich etwas passieren wird. Wenn Jagow sich gekränkt fühlt, reagiert er sich für gewöhnlich an seinen Mitarbeitern ab. Vermutlich trifft es diesmal ihn.

Zimmermann kann jetzt keinen Streit gebrauchen. Die Abwehr der britischen Vermittlungsvorschläge macht bereits genug Arbeit. Doch dem Vorgesetzten kann er nicht aus dem Weg gehen. Das würde ihn noch ungehaltener stimmen.

Tatsächlich ist Jagows Tonfall alles andere als freundlich. Er will wissen, ob Zimmermann seine Anweisungen ausgeführt hat. Was ist mit Szögyény? Ist der Termin für das Gespräch vereinbart und wurde Tschirschky informiert? Zimmermann soll sich gefälligst beeilen!

Der Untergebene will Jagow mit Eilfertigkeit beeindrucken. Er hat alles erledigt, wie ihm aufgetragen wurde. Der österreichische Botschafter hat sein Kommen für neun Uhr zugesagt und das verschlüsselte Telegramm an Tschirschky ist auf dem Wege nach Wien.

Hoffentlich geht das gut! Jagow entfährt ein tiefer Seufzer. Er scheint beinahe enttäuscht darüber, dass Zimmermann ihm keine Angriffsfläche bietet. So muss er sich begnügen, über die Briten zu schimpfen:

Eine Botschafterkonferenz ist wirklich das Letzte, was sie jetzt gebrauchen können. Deutschland würde bei einer solchen Beratung nur verlieren. In kürzester Zeit wäre es isoliert und würde eine diplomatische Niederlage kassieren. Außerdem würden solche Gespräche Österreichs Absicht, Serbien den Krieg zu erklären, nur behindern. Am Ende setzt sich Deutschland gegenüber Wien dem Verdacht aus, es würde sich seiner Bündnispflicht entziehen wollen.

Zimmermann nickt beflissentlich. So schonend wie möglich muss er Jagow noch ein weiteres Problem beibringen. Der Zeitpunkt ist alles andere als günstig, doch je länger er wartet, umso mehr würde Jagow zürnen.

Es gibt noch eine schlechte Nachricht. Seine Exzellenz hat bestimmt schon gehört, dass der Botschafter des Zaren heute Morgen hier war, um für die Londoner Konferenz zu werben. Er versucht allen möglichen Menschen den englischen Vorschlag schmackhaft zu machen. Dabei behauptete der Mann, dass sich der österreichische Botschafter in Petersburg bereits mit Sasonow getroffen hätte, um eine für beide Seiten annehmbare Formulierung der österreichisch-ungarischen Forderungen an Serbien zu verabreden. Sasonow verlangt, dass wir diese Gespräche nach Wien weiterempfehlen.

Jagow schaut Zimmermann ungläubig an. Er braucht einen Augenblick, um die Tragweite des Gehörten zu erfassen. Für gewöhnlich ist das der Augenblick, an dem er die Contenance verliert.

Niemals wird er das weiterempfehlen! – Er schreit Zimmermann direkt ins Gesicht. Das wäre das Letzte, was er tun würde. Wollen die Russen jetzt etwa auch noch kneifen? Sasonow meint wohl, er kann die Friedenstaube spielen und uns für dumm verkaufen! Doch ihm macht er nichts vor! Allen ist längst bekannt, dass der Zar den Krieg will!

Jagows Augen funkeln angriffslustig. Zimmermann verhält sich still. Soll sich Jagow an den Russen abreagieren. Solange er über den Zaren schimpft, bleiben zumindest die eigenen Leute verschont.

Die Stimme des Vorgesetzten klingt zunehmend schriller. Einer solchen Konferenz würde er niemals zustimmen. Das können sich die Hofschranzen des Zaren selbst ausrechnen. Das würde nach außen nur wie ein Gerichtshof wirken, wobei Österreich und Deutschland auf der Anklagebank säßen. Und Italien würde im Laufe der Verhandlungen bald zur Gegenseite überlaufen. Das wäre eine Riesenblamage für die Mittelmächte!

Zimmermann sieht Jagows Halsschlagader pulsieren. Jetzt ist es so weit! Normalerweise ficht den Staatssekretär eine solche Meldung nicht an. Aber in seinem jetzigen Zustand empfindet er sie als eine persönliche Kränkung. Zimmermann ist bemüht, ruhig zu bleiben. Jagow überfordern die Ereignisse. Der Kanzler würde sich niemals eine solche Blöße geben.

Jagows Gemütszustand schwankt zwischen Wutausbruch und Niedergeschlagenheit. Doch er behält einen Rest Fassung. Auf einmal ist er wieder um Sachlichkeit bemüht, wenn auch der Starrsinn überwiegt.

Wenn Sasonow mit dem österreichischen Botschafter unbedingt privaten Meinungsaustausch pflegen will, dann soll er das machen. Von ihm aus können die reden, bis sie schwarz sind. Das ist allein Wiens Angelegenheit. Und wenn Sasonow es unbedingt wünscht, setzen wir auch Tschirschky über die Gespräche in Kenntnis. Herauskommen wird dabei ohnehin nichts.

Jagows Tonfall wird ruhiger. Zumindest spricht er wieder einigermaßen verständlich. Auf keinen Fall wird er Dinge zulassen, die über eine reine Benachrichtigung des Geschäftsträgers hinausgehen. Niemals würde er eine Fortsetzung dieser unsinnigen Konversation nach Wien weiterempfehlen. Die österreichisch-ungarische Regierung würde das nur als Einmischung in ihre inneren Angelegenheiten empfinden. – Das sieht Zimmermann doch genauso?

Der Untergebene zögert einen Moment, die geforderte Zustimmung zu äußern. Eigentlich möchte Zimmermann Jagow nicht weiter verärgern, aber die Pflichten gegenüber dem Land sind nun einmal höher einzuschätzen, als die Launen des Staatssekretärs. – Selbstverständlich sieht er das auch so, pflichtet er Jagow bei, man müsse aber bedenken, dass es nach außen widersprüchlich aussehen könnte, wenn man nicht das weiterempfehlen will, was man vorgeblich für empfehlenswert hält.

Die Ausführungen irritieren Jagow. Widerspruch ist er nicht gewohnt. Er überlegt, ob es sich um eine gezielte Impertinenz handelt. Ihm fehlen die Worte.

Zimmermann erwartet eine Maßregelung, die nun so sicher wie das Amen in der Kirche folgen wird. Doch es gibt noch Wunder! Statt sich aufzuregen, gibt sich Jagow gelassen.

Sicherlich mag das manchen Außenstehenden widersprüchlich erscheinen. Aber in diesen schwierigen Zeiten lassen sich solche Ungereimtheiten nun mal nicht in Gänze vermeiden. Zimmermann hat noch nicht so viel Erfahrung. Aber irgendwann wird auch er lernen, dass in der hohen Diplomatie nicht immer alles so läuft, wie man es gern möchte.

Zimmermann fällt ein Stein vom Herzen. Zugleich enttäuscht ihn, dass sein Einwand nicht gewürdigt wird. Wüsste er doch eine viel bessere Lösung für das Problem als Jagow. Aber wenn der ihn nicht anhören will, kann man nichts machen.

Jagow will nicht diskutieren. Er möchte sich vielmehr Luft verschaffen und über andere schimpfen: Die Winkelzüge des französischen Botschafters sind nicht auszuhalten. Der hat ein Telegramm gesendet, dessen Inhalt nicht minder impertinent klingt als die Vorschläge der Russen.

Cambon besitzt die Unverschämtheit zu fragen, ob Deutschland überhaupt verpflichtet sei, Österreich mit verbundenen Augen überall hin zu folgen. Das ist typisch für die Franzosen! Es kann ja sein, dass es nicht ganz dem diplomatischen Brauch entspricht, wenn Deutschland seine Politik von Österreich abhängig macht. Doch was kann die Reichsleitung anderes tun, als dem Bundesgenossen treu zur Seite zu stehen? Im Unterschied zu den Franzosen verstehen die Deutschen etwas von Treue und Pflichtgefühl.

Der Außenamtschef mag die Franzosen nicht. Wie oft hat Zimmermann sich anhören müssen, dass sie zu wahrhaft tiefen Empfindungen von Natur aus nicht fähig seien. Insofern verwundert es auch nicht, wenn Jagow meint, Cambon nicht auf den Leim gefolgt zu sein.

Der Franzose hätte wohl geglaubt, die Deutschen schockieren zu können, indem er behauptet, England würde sofort auf Seiten der Entente in den Konflikt eingreifen, falls es zum Krieg kommt. Aber da hat er sich verrechnet. Jagow hat ihm kalt lächelnd erwidert, dass Frankreich seine Informationen und Deutschland die seinigen habe, und diese lauten nun mal ganz anders: Deutschland ist der englischen Neutralität sicher.

Ein Diener meldet die Ankunft Bethmann Hollwegs im Außenamt. Jagow und Zimmermann schauen einander erstaunt an. Mit dem Kanzler haben sie nicht gerechnet. Irgendetwas muss vorgefallen sein.

Bethmann macht einen desolaten Eindruck. Sein äußeres Erscheinungsbild gibt Anlass zur Sorge. Wenn Zimmermann nicht wüsste, was der Mann zurzeit durchmacht, würde er meinen, der Wahnsinn hätte ihn befallen.

Ohne Begrüßung erklärt der Kanzler, der Kaiser gedenke, vorzeitig von seiner Nordlandreise nach Berlin zurückzukehren. Bethmann verlangt eine Erklärung, wie das passieren konnte?! Mehr als einmal hat er Jagow davor gewarnt! Das ist der zweite Fehler! Wenn ihm noch einer unterlaufen sollte, wird er hinschmeißen. Dann können sie selber sehen, wie sie die Reihen an der Heimatfront schließen.

Jagow bittet Bethmann, sich zu setzen und ganz in Ruhe zu berichten. Der Diener wird in der Zwischenzeit Tee servieren.

Eigentlich will Bethmann gleich wieder zurück ins Palais, aber er ist zu erschöpft, das Angebot auszuschlagen. Entkräftet lässt er sich in den Besuchersessel neben dem Kamin fallen. Seine Stimme klingt verzweifelt. Seinen Rat, wegen der zu erwartenden nationalen Kundgebungen nicht nach Berlin zu kommen, hat der Kaiser als bloße Zumutung empfunden. Er will sich von niemanden vorschreiben lassen, wann er sich seinem Volke zeigen darf.

Jagow versucht Bethmann zu besänftigen. Seine Majestät hat nun mal ein empfindliches Naturell. Man darf sein Verhalten nicht persönlich nehmen.

Der Kanzler sieht Jagow bestürzt an. In Gottes Namen, es geht hier nicht um Empfindsamkeiten. Das Problem ist ein anderes: Der Kaiser wünscht Einsicht in alle Schriftwechsel der letzten Tage zu erhalten. Es hat den Anschein, als will er sich nun doch einmischen. Der Mann will regieren. Dabei hat Jagow doch versprochen, den Kaiser aus allem herauszuhalten.

Jagow mag es nicht, wenn ihm vor seinen Mitarbeitern Fehler vorgehalten werden. Doch ihm bleibt keine andere Wahl, als gute Miene zum bösen Spiel zu machen. Bethmann würde sonst womöglich noch abspringen.

Seine Exzellenz hat Recht. Das Außenamt wird die Sache bereinigen. Der Kaiser wird auf keinen Fall die Telegramme mit den Vermittlungsvorschlägen der anderen Länder in die Hände bekommen. Andernfalls könnte Wilhelm den Briten am Ende noch Recht geben. Lichnowsky schreibt allen Ernstes, Serbien würde sich eher dem Willen der vereinigten Großmächte unterwerfen, als den Drohungen Österreichs. Am Ende würde Seine Majestät womöglich dem Zaren zustimmen, dass Russland keine österreichischen Truppen in Serbien dulden könne.

Bethmann schüttelt den Kopf. Verständnis für die russische Lage ist das Letzte, was sie jetzt gebrauchen können. Niemals wird Deutschland das vermeintliche Recht Russlands anerkennen, für die serbischen Machenschaften gegen Österreich einzutreten.

Eilfertig pflichtet Jagow dem Kanzler bei. Zimmermann ahnt, was er vorhat. Er will die Schuld auf den anglophilen Botschafter abwälzen. Die unausgegorene Friedensrhetorik Lichnowskys ist für Wilhelm gänzlich ungeeignet. Jagow weiß auch den Grund, warum der Mann versagt:

Das ist alles die Schuld der englischen Clubs, die den Botschafter verzärteln. Glaubt der doch allen Ernstes, die deutsche Politik lasse sich einzig und allein von der Notwendigkeit leiten, dem deutschen Volk einen Kampf zu ersparen, bei dem es angeblich nichts zu gewinnen und alles zu verlieren habe.

Das ist schamloser Defaitismus! Wütend schnappt der Kanzler nach dem von Jagow ausgeworfenen Köder. Der Mann gehört abgesetzt, verlangt Bethmann. Derartige Ansichten kann man dem Kaiser unmöglich zumuten. Der Botschafter hat gefälligst zu tun, was wir ihm auftragen. Sein Job ist es, die englische Neutralität zu sichern. Und wenn er dieser Aufgabe nicht gewachsen ist, gehört er in den Ruhestand versetzt. Der diplomatische Dienst verfügt über genügend Männer, die Deutschlands Interessen mit mehr Klarheit in der Welt vertreten.

Jagows Strategie scheint aufzugehen. Er kann seine Scharte mit den Österreichern auswetzen. Gern will er sich sofort darum kümmern. Der Kaiser wird nichts zu lesen bekommen, was ihn verwirren könnte. Die Depesche wird er kürzen und neu auf Originalformulare des Telegraphendienstes drucken lassen.

Der Kanzler blickt Zimmermann fragend an. Ihm vertraut er mehr als dem Staatssekretär. Zimmermann will ihn beruhigen: Seine Exzellenz kann ganz beruhigt sein. Er wird sich darum persönlich kümmern. Außerdem ist es für eine Vermittlung zwischen den Mächten ohnehin zu spät. Die Ablehnung des englischen Vorschlags wurde bereits vor Stunden nach London gekabelt. Warum also noch an Tatsachen rütteln?

Bethmann erklärt sich einverstanden. Zimmermann hat Recht: Warum noch an Tatsachen rütteln?!

DER UMFALL

Hoffentlich bleibt er standhaft! – Jagow betet inständig, alles möge ein Missverständnis sein. Der Bote muss sich geirrt haben! Das können niemals die Ansichten des Kaisers sein. Die Folgen wären furchtbar!

Der Kraftwagen durchquert das Portal des Stadtschlosses. Der sonnige Morgen ist zu schön für solchen Aberwitz, aber einen Monarchen kann man sich nicht aussuchen. Wenn der Kaiser umfällt, wird Bethmann aufgeben. Der Mann hat keine Nerven. Aber noch ist nicht alles verloren. Wenn es gelingt, Wilhelm in die richtige Richtung zu lenken, besteht die Chance, den Kanzler bei der Stange zu halten.

Die Stimmung im Schloss ist friedlich. Ein Kammerdiener geleitet Jagow in das kaiserliche Arbeitszimmer. Wilhelm sitzt lesend an seinem englischen Tisch, den er so liebt. Das Möbel ist ein Geschenk aus London, hergestellt aus Holz von Nelsons Flaggschiff in der Schlacht bei Trafalgar. Die Einlassungen im Schreibzeug zeigen das Flaggensignal vor der Schlacht: „England erwartet, dass jedermann seine Pflicht tut"! – Würde doch der Kaiser endlich seine Pflicht tun!

Wilhelm scheint guter Dinge. Der leibhaftige Monarch erfreut sich seiner Rückkehr nach Berlin. Er ist voller Tatendrang. Über Nacht hat er viel gelesen und nachgedacht. Er freut sich über ein Schreiben, das ihm sein persönlicher Beauftragter am Zarenhofe übermittelt hat.

Der Kaiser redet ohne Punkt und Komma: Die Depesche schildert glaubhaft die Enttäuschung des Zaren. Sie ist von ernsthafter Natur. In Petersburg gibt es niemanden, der einen Krieg will, wenngleich die Gefahr eines russischen Kriegsentschlusses wegen der harten Linie Österreichs sehr groß sei. Die russischen Generäle würden es aber begrüßen, dass die Österreicher die Serbische Note nicht sofort mit einem Bombardement Belgrads beantwortet haben. Unter diesen Umständen würden die Russen die Krise nunmehr für so gut wie überstanden ansehen, sodass man nur noch an den Verhandlungstisch zurückkehren muss, damit wieder Harmonie und Frieden in die Welt einkehren.

Jagow zittern die Hände. Ein Gefühl tiefer Verbitterung übermannt ihn. Was nur in aller Welt hat er dem Kaiser angetan? Was rechtfertigt diese Erniedrigung? Wie kann der Führer einer Weltmacht einen solchen Unsinn glauben? Die Berichte des Gesandten entbehren jeder Grundlage. Er hätte nie gedacht, dass ein halbwegs intelligenter deutscher General so leichtfertig auf die Lügen der Russen hereinfallen kann. Das liegt am vielen Wodka und an zu vielen Kurtisanen; oder es handelt sich um eine eigentümliche Art geistiger Verwirrung.

Jagow muss sich zusammenreißen. Der Kaiser will einen Rückzieher machen. Das muss verhindert werden. Der Mann ist zur Besinnung zu bringen!

Während Jagows Gedanken einen Ausweg suchen, monologisiert der Kaiser unbeirrt weiter: Der russische Staatsminister hat bereits seine Freude darüber Ausdruck verliehen, dass die Arbeit der Diplomaten jetzt endlich wieder von neuem beginnt.

Wilhelm unterbricht seinen Wortschwall. Vermutlich aus dramaturgischen Gründen. Dann blickt er vorwurfsvoll zu Jagow: Der Gesandte schreibt, in Petersburg habe man den Eindruck, unsere Diplomaten hätten beinahe aufgehört zu arbeiten.

Das kann Wilhelm unmöglich glauben! Jagow möchte den Kaiser am liebsten schütteln, um ihn zur Besinnung zu bringen. So naiv kann niemand sein, nicht einmal dieser Tagträumer. Jedes Wort dieses Höflings scheint er für bare Münze zu nehmen. Dabei ist das Ganze völlig absurd. Der Gesandte am Zarenhofe ist dem Kaiser zur Loyalität verpflichtet, jetzt macht er aber Stimmung für den Standpunkt des Zaren – und das scheinbar mit Erfolg.

Jagow muss sämtliche Kräfte aufwenden, um seine Empörung zu verbergen. Der Kaiser verlangt allen Ernstes eine Rechtfertigung dafür, dass sie untätig gewesen seien. Dem Staatssekretär schwinden die Sinne, als hätte er einen Schlag an den Kopf bekommen. Wie kann Wilhelm denken, das Kabinett würde während seiner Abwesenheit die Dienste einstellen? Der Kaiser hielt noch nie große Stücke auf den Kanzler, aber dass er es für möglich hält, die Regierung könnte ihre Zeit untätig im Büro vergeuden, ist ungeheuerlich.

Das Gerede ist nicht zu ertragen. Jagow will sich endlich erklären. Er bittet Seine Majestät aufs Untertänigste sprechen zu dürfen. Der Kaiser gestattet es ihm.

Seine Majestät seien versichert, dass das Kabinett alles Erdenkliche für den Erhalt des Friedens unternommen hat. Seit Tagen hat er kaum mehr als zwei oder drei zusammenhängende Stunden geschlafen. Das gelobe er bei der Ehre seiner Familie.

Jagows Verteidigungsrede wirkt ein wenig übereifrig. Das spürt auch der Kaiser. Er will dem Herrn Außenminister einen Rat geben: Jagow soll das nicht persönlich nehmen. Was auch immer die Regierung in den letzten Tagen unternommen hat, nun ist es an der Zeit, dass er als höchster Befehlshaber die Geschäfte wieder selbst in die Hand nimmt. Der Staatssekretär soll ihm umgehend alle für die aktuelle Krisis wichtigen Dokumente vorlegen. Am meisten interessiert die serbische Antwortnote auf das österreichische Ultimatum. Er wünscht sie noch heute auf seinem Schreibtisch vorzufinden.

Wie Eure Majestät befehlen, antwortet Jagow mechanisch. Er will unverzüglich gehen, damit kein größeres Unglück passiert. Gebeugt verlässt er das kaiserliche Schreibgemach. Seine Gedanken kreisen nur mehr um eine Frage: Wer in Gottes Namen hat dem Kaiser eingeredet, er muss das Regiment persönlich übernehmen?

Am Abend muss Bethmann zum Kaiser. Er ahnt, dass das nichts Gutes verheißt. Für einen Moment überlegt er, wegen Unpässlichkeit bei Hofe abzusagen. Doch Davonlaufen ist keine Lösung. Er ist dem Wohl des Landes verpflichtet. Und zu diesen Pflichten zählt nun mal, dem Monarchen zu dienen. Wüsste das Volk, wie der Kaiser wirklich ist, wäre es längst verzweifelt. Der Glanz der Krone, an den die Menschen so gerne glauben, ist in Wahrheit nur ein Abglanz früherer Blüte. Heute herrscht allein Oberfläche und Schein.

Ein Kammerdiener führt Bethmann in den kaiserlichen Audienzsaal. Wilhelm sitzt gedankenversunken am Schreibtisch. Er trägt Uniform. Eine Zierde für jeden Kostümball. Vor ihm aufgeschlagen liegt ein Faszikel. Bethmann erkennt die serbische Antwortnote auf das Österreichische Ultimatum. Daneben türmen sich weitere Akten. Wilhelm hat sie alle gelesen, zumindest ist das Bündel aufgeschnürt.

Als der Kaiser Bethmann bemerkt, bedeutet er ihm mit seinem gesunden Arm, vor dem Tisch Platz zu nehmen. Die Geste wirkt beinahe freundlich. Bethmann bedankt sich mit einer tiefen Verbeugung. Etwas an Wilhelms Verhalten ist anders als sonst. Er scheint zufrieden – ein seltener Gemütszustand, der ihn vor allem befällt, wenn er glaubt, etwas Kluges zu tun. Bethmann betet innerlich zu Gott, sich diesmal zu irren.

Der Kaiser erläutert seinen Standpunkt. Die Serben hätten doch im Großen und Ganzen alle Wünsche der Donaumonarchie erfüllt. Das ist eine brillante Leistung für eine Frist von nur 48 Stunden und mehr als sie erwarten konnten! Ein großer moralischer Erfolg für Wien! Und die paar Reserven, die Belgrad noch zu einzelnen Punkten macht, würden sich wohl durch Verhandlungen aus der Welt schaffen lassen. Alles in allem liegt in der Note die

Kapitulation demütigster Art bereits verkündet, so dass nun jedweder Grund zum Krieg entfällt.

Am liebsten möchte Bethmann laut loslachen. Vor seinem inneren Auge geschehen irrwitzige Szenen: Die goldenen Fransentrottel an Wilhelms Schulterklappen hüpfen mit jeder seiner Bewegungen wie Wilde aus Übersee. – Das ist es, denkt Bethmann. Das Ganze ist Theater, ein absurdes Kammerspiel, so wie der Kaiser es gerne aufführt. Er spielt der Regierung einen Streich, um sie zu demütigen. Und am Ende wird er sich darüber amüsieren, dass sie ihm auf den Leim gegangen sind.

Doch dem Mann ist alles zuzutrauen. Bethmann spürt, wie sein nervöser Magen sich mehr und mehr zusammenzieht. Was ist, wenn dieser Möchtegern-Cäsar tatsächlich keinen Krieg mehr will? Die ganze Situation erscheint unwirklich. Vielleicht träumt er alles nur? Die bunte Uniform vor ihm verschwimmt hinter einer Nebelwand. Wilhelms Stimme hallt wie das Echo aus einer anderen Welt, einer Welt, in der der Wahnsinn regiert …

Bethmann will etwas versuchen. Vielleicht helfen Wilhelms Reflexe gegen die Slawen: Eure Majestät mögen bitte bedenken, dass man den Serben nicht trauen darf.

Das stimmt, gibt Wilhelm bereitwillig zu. Die Serben sind Orientalen und daher verlogen, falsch und Meister im Verschleppen. Aus diesem Grunde ist dem Stück Papier, auf dem die serbische Antwort geschrieben steht, auch nur beschränkter Wert beizumessen. Das gilt solange, bis der Inhalt in die Tat umgesetzt ist.

Immerhin in diesem Punkt bleibt sich der Monarch treu. Bethmann schöpft Hoffnung, doch der Kaiser ist noch nicht fertig mit seinen Ausführungen.

Wenn es gelingt, Belgrad weiterhin ordentlich unter Druck zu setzen, wird Serbien schon machen, was von ihm verlangt wird. Und ein solcher Druck lässt sich wohl leicht erzeugen, indem die Österreicher Belgrad als Faustpfand für die Erzwingung und Durchführung der Versprechungen besetzen und solange behalten, bis sämtliche noch offenstehende Petitessen durchgeführt sind.

Der fordernde Blick des Kaisers verrät, dass er für seinen Ratschluss gelobt werden will. Mit seiner unwirklichen Stimme tut Bethmann ihm den Gefallen. Als Wilhelm zufrieden nickt, weiß der Kanzler, dass er es tatsächlich gesagt hat.

Erneut hallt die Echostimme des Kaisers in seinen Ohren. Die Besetzung Belgrads ist auch deshalb eine Notwendigkeit, damit die nun zum dritten Mal umsonst mobilisierte Armee Österreich-Ungarns zumindest eine nach außen sichtbare satisfaction d'honneur erhält. So würde Franz Joseph der Schein eines Erfolges dem Ausland gegenüber gewahrt und das Bewusstsein erhalten bleiben, wenigstens auf fremdem Boden gestanden zu haben.

Ausgezeichnet, sekundiert der unwirkliche Bethmann, während der echte versucht, die Anzahl der Trotteln an Wilhelms Schulterklappen zu ermitteln. Bethmann misstraut noch immer seinen Ohren. Wie aus einer fernen Welt hört er Wilhelm abstruse Pläne schmieden.

Als Deutscher Kaiser will er auf dieser Basis versuchen, den Frieden zwischen den Kontrahenten zu vermitteln. Immerhin appellieren alle Regierungen mehr oder weniger offen an ihn, den Frieden erhalten zu helfen. Seinen Willen hat er in einer Handschrift niedergelegt, für deren Weiterleitung nach Wien Bethmann Sorge zu tragen hat. Alle dagegen laufenden Vorschläge oder Proteste anderer Staaten sind hingegen rigoros abzuwehren.

Bethmann schwinden die Kräfte. Er spürt Übelkeit in sich aufsteigen. Ein Schauder, wie bei einer fiebrigen Grippe, erfasst seinen Leib. Der Kaiser sorgt sich um seinen Gesundheitszustand. Bethmann sucht nach einer plausiblen Antwort. Er hat beim Dinner etwas genommen, was ihm scheinbar nicht bekommt. Er bittet auf das Untertänigste, sich zurückziehen zu dürfen.

Der Kaiser schaut überrascht. Er gewährt dem Reichskanzler seine Bitte. Er sei ohnehin fertig mit ihm. Ein Diener eilt Bethmann zur Hilfe. Während die beiden Männer den Saal verlassen, sieht Bethmann den Monarchen verständnislos den Kopf schütteln.

Mit Hilfe des Dieners rettet sich Bethmann auf eine Bank im Schlosshof. Die frische Luft bringt seinen Verstand zurück. Er darf sich zurückziehen, erklärt er dem Pagen, der nach kurzer Verbeugung im Schloss verschwindet.

Hat er das wirklich erlebt? War dieses unwürdige Schauspiel real? Jetzt ist vollkommen klar: Der Kaiser ist nicht bei normalem Verstand. Das Ganze entwickelt sich zu einer Shakespeare'schen Tragödie. Der Monarch glaubt allen Ernstes, er könne den Frieden retten, wenn er das österreichische Nationalgefühl und die Waffenehre der österreichischen Armee so gut wie eben möglich schont.

Bethmann muss der Wahrheit ins Auge sehen. Der Kaiser will keinen Krieg mehr und ist wild entschlossen, um diesen Preis selbst Österreich sitzen zu lassen. Als würde es bei Allem nur um Nationalstolz und Ehre gehen. Unglaublich, dass ein erwachsener Mann so denken kann!

Der Kanzler will sich aufrichten. Er stützt seinen Arm auf die Banklehne. Als er den Kopf hebt, erschrickt er. Die Fratze eines steinernen Buffos grinst ihm frech ins Gesicht. Der irre Blick der Statue verkörpert mehr Wahrheit, als jedes einzelne Wort des Monarchen. Hier regiert längst der Irrsinn, wie einst in Bayern. Jetzt ist es an ihm, einen Entschluss zu fassen.

Niemals zuvor hat Bethmann das so klar vor Augen gesehen wie in diesem Moment. Das Wohl des Reiches liegt in seiner Hand. Das Schicksal will es. Es ist seine Pflicht, korrigierend in den Lauf der Geschichte einzugreifen.

Niemand wird nach Wien entsandt! Ein Gesandter würde dort nur noch mehr Verwirrung stiften, als da ohnehin schon herrscht. Der Zug nach Wien ist längst abgefahren.

Jagows Leute werden die kaiserliche Handschrift umarbeiten. Belgrad wird gezwungen, ausnahmslos alle österreichischen Forderungen zu erfüllen. Keinesfalls liegt in der serbischen Antwortnote die Kapitulation verkündet! Niemals entfällt der Grund zum Krieg! – Der unsägliche Satz des Kaisers ist ersatzlos zu streichen.

KRONRAT

Gemächlich erklimmt der Wagen die Auffahrt zum Neuen Palais. Der Palast hat Bethmann noch nie gefallen. Der Bau stimmt einfach nicht. Die Fassade ist in jeder Hinsicht maßlos, überladen mit Pilastern, Ornamenten und Dachskulpturen. Das Tympanon ruht auf viel zu massigen Säulen, die unförmige Kuppel, die über allem ragt, ist eine Zumutung für jeden schön empfindenden Menschen.

Eine Sache passt allerdings: Die ganze Anlage spiegelt treffend den seelischen Zustand des Hausherrn. Alles ist auf äußere Wirkung angelegt. Kein Wunder, dass Wilhelm sich darin wohl fühlt. Die riesige Kuppel, das Backsteinmauerwerk, alles ist nur dekoratives Blendwerk. Die Erbauer mussten schnell fertig werden, damals nach dem Siebenjährigen Krieg, weil Friedrich der Welt zeigen wollte, dass er noch die Kraft hatte, Paläste zu bauen. Doch der Bau verschlang mehr Zeit und Geld, als anfangs gedacht. So musste sich der Alte Fritz mit Blendwerk begnügen: Eine hohle Kuppel ohne Kuppelsaal darunter und aufs Mauerwerk aufgemalte Backsteine. Selbst der Bauherr befand den Klotz als eine einzige Prahlerei. Anders als sein labiler Abkömmling wollte Friedrich auch niemals darin wohnen.

Der Gedanke an den Siebenjährigen Krieg verleiht Bethmann Hoffnung. Immerhin war es dem Alten Fritz gelungen, sich gegen drei Großmächte zu behaupten. Friedrich hatte damals gewonnen, oder doch zumindest überlebt! Jetzt ist die Lage kaum anders.

Während Bethmann durchs Vestibül schreitet, meldet ein kaiserlicher Adjunkt, dass ihre Exzellenzen der Herr Kriegsminister und der Herr Generalstabschef bereits anwesend seien.

Das ist typisch! Und doch ärgert es Bethmann. Wenn er kommt, haben die Herren Generäle bereits alles besprochen. Ihn stellen sie nur vor vollendete Tatsachen. Aber auch das wird sich ändern. Spätestens nach dem Krieg werden Reformen kommen, ganz egal, ob diese Herrschaften das wollen oder nicht. Der enorme Kraftakt, den das Volk im Krieg vollbringen muss, wird das Parlament und die Regierung stärken, das ist so klar wie das Amen in der Kirche, egal wie der Krieg enden wird.

Bethmann muss verhindern, dass der Kriegsminister seinen Standpunkt beim Kaiser durchsetzt. Der Mann hat nicht nur keine Nerven, sondern auch nichts verstanden. Das Einzige, was Falkenhayn beherrscht, ist Säbelrasseln und den Kaiser zu Dummheiten anstiften. Wenn Wilhelm erfährt, dass sein „Halt in Belgrad"-Vorschlag nicht funktioniert, könnte es Falkenhayn gelingen, ihn auf seine Seite zu ziehen.

Als Bethmann den Audienzsaal betritt, hört er Stimmen im Nebenraum. Das ist interessant: Die Herren von der Marine sind ebenfalls anwesend. Auch das bedeutet nichts Gutes. Wenn Wilhelm Tirpitz und Müller einbestellt hat, dann will er eine Entscheidung.

Für einen Moment überlegt Bethmann, ob ihm die Anwesenheit des Flottenchefs von Nutzen sein könnte. Immerhin hält Tirpitz rein gar nichts vom sofortigen Losschlagen und sein Einfluss auf Wilhelm ist größer als Falkenhayns. Aber vermutlich kann ihn der Großadmiral nicht helfen. Seine Majestät bevorzugt für gewöhnlich eine gesonderte Besprechung mit Heeres- und Marineführung, um alle gegeneinander ausspielen zu können. Tirpitz muss mit seinen Leuten warten, bis er beim Kaiser dran ist.

Der Monarch lässt wie immer auf sich warten. Vermutlich ist er beschäftigt, die besondere Theatralik seines Auftritts vorzubereiten. In einer Fensternische sieht Bethmann Falkenhayn heftig gestikulierend auf Moltke einreden. Die Generäle sind so sehr ins Gespräch vertieft, dass sie die Anwesenheit des Kanzlers nicht bemerken. Die wenigen Wortfetzen, die Bethmann verstehen kann, lassen indes nichts Gutes erahnen. Der Kriegsminister ist völlig aus dem Häuschen. Er fordert die sofortige Ausrufung des Zustands drohender Kriegsgefahr, jetzt wo Österreich Serbien den Krieg erklärt hat.

Bethmann überlegt einen Moment, Falkenhayn zur Rede zu stellen. Er soll sagen, ob er wirklich will, dass Deutschland als Kriegstreiber dasteht und nicht nur an zu vielen äußeren, sondern auch an den inneren Feinden zugrunde geht. Aber Falkenhayn würde das nicht verstehen. Der Mann ist in seiner Schlichtheit nicht zu überbieten. Er hat bereits den Kaiser überredet, sämtliche Truppen in die Kasernen zurückzurufen. Wenn die Presse davon Wind bekommt, ist ohnehin alles zu spät.

Das Klopfen des Zeremonienstabs verkündet den Auftritt Seiner Majestät. Bethmann kann es kaum glauben! Wilhelm trägt englischen Ornat! Es ist die

Admirals-Uniform, die ihm die Queen seinerzeit ehrenhalber geschenkt hat. Vielleicht ist das die erhoffte Wendung, ein Zeichen, dass sich Wilhelm mit den Briten verständigen will?! Würde er endlich einem Flottenabkommen mit England zustimmen, wären Deutschlands Probleme nur noch halb so groß!

Des Kaisers Worte klingen indes unversöhnlich. Er ist ungehalten und schimpft, kaum dass er auf dem Thron Platz genommen hat. Die österreichischen Verbündeten sind das Unzuverlässigste was er kennt. Wien hat noch immer nicht auf seinen Vorschlag „Halt in Belgrad" reagiert! Wie bitte soll er unter diesen Umständen anständig zwischen Petersburg und Wien vermitteln!?

Damit hat Bethmann nicht gerechnet. Der Kaiser schimpft den Bündnispartner?! Ist das die ersehnte Wendung! Die Generäle blicken einander verwundert an. Bethmann amüsieren die verdutzten Gesichter. Bis zum jetzigen Augenblick kannten sie den neuen Kurs ihres Regenten nicht. Wenn sie erst hören, dass Wilhelm keinen Krieg mehr will, werden sie noch dümmer aus der Wäsche gucken.

Den Kaiser kümmert das Unverständnis seiner Generäle nicht, er monologisiert lebhaft weiter: Er kann den Frieden erhalten, nur weiß er immer noch nicht, was die Österreicher eigentlich wollen. Von allen Seiten bestürmen sie ihn, weshalb er einen Herrn von der Regierung nach Wien hat schicken lassen, doch die Bahnen sind gesperrt. Deshalb hat er an Tschirschky telegraphieren lassen, vom Grafen Berchtold kategorisch Auskunft darüber zu verlangen, was die Österreicher eigentlich wollen. Die Serben haben doch alles bis auf einige Bagatellen konzediert.

Moltke und Falkenhayn blicken empört zu Bethmann. Er weiß warum: Er hätte sie über die neueste Ordre des Kaisers informieren müssen. Fürchten sie doch Nichts mehr, als unangenehme Überraschungen.

Die Lage wird allmählich brenzlig. Wenn der Kaiser erfährt, dass die gestrichenen Zugverbindungen nur eine Ausrede waren, ist Bethmann geliefert. Dann kann er bei Hofe nichts mehr durchsetzen und die Militärs haben freie Hand.

Zum Glück halten die Generäle still. Sie müssen warten, bis der Kaiser mit seinen Ausführungen fertig ist. Der bleibt sich wie immer treu und wechselt ohne Pause die Themen.

Er hat in der Nacht ein Telegramm an den Zaren geschrieben. Darin hat er den russischen Monarchen erinnert, dass auch er wie alle Souveräne dieser Welt ein gemeinsames Interesse daran haben müsse, alle für die feigen Morde in Sarajevo moralisch verantwortlichen Personen zu bestrafen. Zudem hat er Nikolaus erklärt, dass in diesem Fall die Politik überhaupt keine Rolle spielt, da es nur um die gerechte Bestrafung der Fürstenmörder geht. Und schließlich hat er auf ihrer beider herzliche und innige Freundschaft verwiesen und dem Cousin seinen ganzen Einfluss anerboten, um Wien zu veranlassen, durch sofortiges Handeln zu einer befriedigenden Verständigung mit Russland zu gelangen.

Moltke und Falkenhayn wirken wie gelähmt. Beinahe könnten sie Bethmann leidtun. Die Launenhaftigkeit des Monarchen ist einfach unerträglich. Wilhelm spielt auf einmal die Taube, obwohl er den Österreichern versprochen hat, sie bei ihren Aktionen gegen Serbien zu unterstützen.

Aber Wilhelm ist noch immer nicht am Ende. Er ist enttäuscht. Seine Friedenshoffnung hat bereits in der Nacht einen Dämpfer erfahren. Der Zar hat ihm ebenfalls ein Telegramm geschrieben, das sich mit dem seinigen gekreuzt haben muss. Den Tonfall, den Nikolaus darin anschlägt, ist in keiner Weise zu billigen.

Der Kaiser klingt verbittert und zornig zugleich. Die Russen versuchen, ihm die Verantwortung für den möglichen Krieg zuzuschieben. Der Zar besitzt die Frechheit, von Deutschland zu verlangen, die Österreicher davor zurückzuhalten, zu weit zu gehen. Und falls Deutschland diesem Verlangen nicht nachkäme, sähe sich Nikolaus gezwungen, äußerste Maßnahmen zu ergreifen, die aller Wahrscheinlichkeit zum Kriege führen werden.

Bethmann spürt die enorme Anstrengung, die es Wilhelm bereitet, die Contenance zu wahren. Er klingt wie ein trotziges Kind, dessen liebstes Spielzeug gerade zerstört wurde. Wie kann sich Nikolaus erdreisten, so mit ihm zu sprechen?! Das ist eine unverhohlene Drohung, die kein Souverän einer Großmacht jemals akzeptieren kann.

Bethmann sieht die beiden Generäle innerlich aufatmen. Je mehr Wilhelm gegen den Zaren wettert, desto erleichterter wirken sie. Hoffentlich passiert nicht noch ein Unglück!

Der Kaiser schreit mehr als er spricht: Drohungen sind das Letzte, womit die Russen ihm jetzt kommen dürfen. Niemals hätte er gedacht, dass sich der Zar auf Seiten von Banditen und Königsmördern stellen würde. Damit nimmt er die Gefahr in Kauf, einen europäischen Krieg zu entfesseln. Einer solchen Mentalität sind Germanen unfähig, das können nur Slawen oder Lateiner. Das Schreiben ist ein einziger Affront, den Nikolaus noch bitter bereuen wird. Das österreichische Ehrgefühl verlangt nun mal nach Bestrafung der serbischen Mörderbanden. Wie kann der Zar fordern, den Deutschen Bundesgenossen von der zwingend notwendigen Strafaktion abzuhalten?

Moltke und Falkenhayn blicken erstaunt zu Bethmann. Ihren Groll haben sie längst vergessen. Der Kriegsminister scheint zu glauben, wieder Oberwasser zu gewinnen. Vermutlich wähnt er Wilhelm in einer Verfassung, in der er die drohende Kriegsgefahr ausrufen lässt. Doch der kaiserliche Redeschwall lässt Falkenhayn keinen Raum, sein Begehr vorzutragen.

Für Wilhelm sind die russischen Nationalisten das eigentliche Übel. Ihnen gegenüber zeigt der Zar eine weinerliche Schwäche, die ihm sein monarchisches Solidaritätsgefühl vergessen lässt. Alles Gerede zeugt letztlich von einer panslawistischen Gesinnung. Wenn Nikolaus will, kann er gern selbst mit Franz Joseph verhandeln, um dessen Absichten zu ergründen. Ihm hätten die Österreicher schließlich auch nicht erklärt, was sie eigentlich wollen. Überhaupt geht ihm das ganze Versteckspiel auf die Nerven. Das Beste wäre, man kämpft gleich mit offenem Visier, so wie es sich für richtige Männer geziemt.

Das hat Bethmann befürchtet. Wilhelm will den starken Mann spielen. Doch jetzt ist der Monarch vom Reden erschöpft. Gereizt erteilt er Falkenhayn die Erlaubnis vorzutragen. Der Kriegsminister gibt sich größte Mühe, seinem schlechten Ruf gerecht zu werden:

Die Kugel ist mit der österreichischen Kriegserklärung an Serbien und der russischen Teilmobilmachung längst ins Rollen gekommen. Deshalb ist die Ausrufung der drohenden Kriegsgefahr unabdingbar. Außerdem verfügen seine Dienste über sichere Informationen, dass Frankreich und England, letzteres mit seiner Flotte, bereits mobil machen. Angesichts solcher Tatsachen darf Deutschland nicht stillhalten. Seine Majestät bittet er in aller Untertänigkeit um die Genehmigung, entsprechende Schritte einleiten zu dürfen.

Falkenhayns Dummheit ist nicht zu überbieten! Dieser uniformierte Haudegen denkt noch schlichter, als Bethmann sich das je hat vorstellen können. Doch noch ist nichts verloren. Der Kaiser hat eine weitere Überraschung parat:

Wenn der Herr Kriegsminister meint, dass jetzt alles auf Angriff steht, unterliegt er einem Irrglauben!

Wilhelm spricht ungewöhnlich ruhig. Die Ausrufung drohender Kriegsgefahr würde unweigerlich die Mobilisierung Russlands und den Krieg nach sich ziehen. Welchen Sinn hätte dann aber der Vorschlag „Halt in Belgrad"?! Wer den Frieden erhalten will, muss bereit sein, militärische Nachteile in Kauf zu nehmen. Ohne eine Antwortnote aus Wien wird hier keiner die drohende Kriegsgefahr ausrufen. Wer es dennoch wagen sollte, bekommt es mit ihm persönlich zu tun!

Die kaiserliche Standpauke zeigt Wirkung. Der Gescholtene stiert betreten zu Boden. Moltke will die Wogen glätten. Kleinlaut erklärt er, die russische Teilmobilmachung würde noch nicht zwingend die deutsche Generalmobilmachung erfordern. Als Generalstabschef weiß er zwar, dass Deutschland dadurch in Nachteil geraten könne. Doch wie die meisten seiner Generäle ist auch er davon überzeugt, dass selbst wenn die Mobilmachung zwei bis drei Tage später als die russische erfolgt, diese immer noch schneller verlaufen wird als die der Gegner. Es würde also genügen, wenn die wichtigsten Verkehrsbauten unter militärischen Schutz gestellt würden.

Der Kriegsminister schaut ungläubig in Richtung des Generalobersten. Der lässt sich nicht beirren: Man darf jetzt nicht die Nerven verlieren. Letztlich würden doch alle nur die große Katastrophe vermeiden und nichts tun wollen, was von außen falsch gedeutet werden könnte.

Als hätte Moltke Kreide gefressen, denkt Bethmann. Der Mann hat durchaus politisches Talent. Er wiederholt einfach Wilhelms Ansichten, um dann doch zu tun, was er für richtig hält. Nicht schlecht für einen Mann, der bis heute nicht verstanden hat, worauf es bei den Vorbereitungen wirklich ankommt.

Bethmann amüsiert das dargebotene Schauspiel zunehmend. Wenn die Lage nicht so ernst wäre, würde er darüber lachen. Wie Tirpitz versteht der Generaloberst zwar den Kaiser zu umgarnen, doch diesmal nützt das nichts. Wilhelm hat einen seltenen lichten Moment:

Es ist doch ein offenes Geheimnis, dass die Herren Generäle den Krieg für vorteilhaft halten, weil Deutschland es nie wieder so günstig treffen würde, wie jetzt, wo weder Frankreich noch Russland mit dem Ausbau ihrer Heeresorganisationen fertig sind. Bei Hofe weiß jeder, dass die Generalität diese Ansicht schon seit langem vertrete, obgleich sie selbst immer das Schlimmste befürchte.

Und zu Moltke gewandt erklärt Wilhelm, dass doch der Generaloberst höchst selbst erklärt hat, die gegenseitige Zerfleischung der europäischen Kulturstaaten in einem Kriege würde die Kultur fast des gesamten Europas auf Jahrzehnte hinaus vernichten …

Moltke nickt ergeben. Noch weiß keiner, worauf der Kaiser hinauswill. Aber im Unterschied zu Falkenhayn lässt sich der Stabschef nicht so leicht aus der Ruhe bringen. Seine Worte klingen bedachtsam:

Er bewundert die Besonnenheit Seiner Majestät! Aufs Untertänigste möchte er um Erlaubnis bitten, daran erinnern zu dürfen, dass trotz der Unwägbarkeiten, die ein Krieg unweigerlich mit sich bringt, der Bundesgenosse unter keinen Umständen im Stich gelassen werden darf.

Der Kaiser stutzt einen Augenblick. Bethmann spürt, wie abermals Anspannung in ihm aufsteigt. Mit Sorge wartet er auf die kaiserliche Antwort. Doch Wilhelm lachelt nur. An Stelle des erwartbaren kaiserlichen Zorns erntet Moltke ein Lob:

Der Generaloberst gehört zu der Sorte jener seltenen Männer, denen Ehrlichkeit und Pflichttreue noch etwas bedeuten. Das weiß hier jeder zu schätzen. Keinesfalls will er die tiefgewurzelten Gefühle der Bundestreue verletzen, die doch eines der schönsten Züge des deutschen Gemütslebens sind. Diese gilt es selbstverständlich zu pflegen. Der Bundesgenosse befindet sich in einem Augenblick, der über seine Existenz entscheidet. Würde Deutschland ihm nicht zur Hilfe kommen, gerate es in Widerspruch zu allen schönen Empfindungen des Volkes. Statt also Deutschlands Ehre als Verbündeter leichtfertig aufs Spiel zu setzen, soll sich die Regierung endlich um die unhaltbaren Zustände auf den Straßen kümmern. Die antimilitärischen und antiösterreichischen Umtriebe der Sozialisten gehören verboten. Wenn das nicht aufhört, sind deren Führer samt und sonders tutti quanti einzusperren!

Bethmann kann die erneute Volte des Kaisers nicht glauben. Jetzt will er die Sozialdemokraten wegsperren lassen! Wilhelm ist das ohne weiteres zuzutrauen; er braucht sie als Prügelknaben für die Verletzungen, die ihm der Zar zugefügt hat.

Bethmann überlegt, wie er den Kaiser besänftigen kann. Vielleicht hilft es, das Gespräch auf England zu lenken. Immerhin hat Wilhelm bewiesen, dass er den Forderungen seiner Militärs widerstehen kann. Mit etwas Glück lässt sich der russische Affront ausnutzen, um eine Mäßigung in der Flottenfrage zu erreichen. Deutschland benötigt den Ausgleich mit den Briten jetzt dringender denn je.

Bethmann will die günstige Stimmung nutzen. Er bittet aufs untertänigste, vortragen zu dürfen. Wilhelm erteilt ihm die Erlaubnis. Bethmann dankt mit einer angedeuteten Verbeugung. Seine Majestät haben bestimmt bedacht, dass die jetzige Situation in aller Deutlichkeit zeigt, wie enorm wichtig die englische Neutralitätserklärung für Deutschland ist. Würde das Reich endlich eine Einigung mit England erzielen, wäre es der britischen Neutralität sicher …

Bethmann muss innehalten. Gereizt fällt ihm der Kaiser ins Wort. Er kennt diesen Standpunkt zur Genüge. Als oberster Befehlshaber weiß er selbst, welche Vorteile eine englische Neutralitätserklärung mit sich bringen könnte. Aber im Unterschied zur Zivilregierung ist er nicht bereit, jeden Preis zu zahlen, nur um die Engländer aus dem Konflikt herauszuhalten. Ein Flottenabkommen hat überhaupt keinen Zweck. Die Verrücktheit Englands, sich mit Lateinern und Slawen zu verbünden, wird damit nicht aus der Welt geschafft. Niemals wird er zulassen, dass sich Deutschland seiner Trümpfe berauben lässt. Und was den Standpunkt der Briten betrifft, so hat er das Wort des englischen Königs, England werde sich neutral verhalten, falls ein Krieg zwischen den Kontinentalmächten ausbrechen sollte. Statt dem taktischen Gerede der Politiker Glauben zu schenken, sollten die Herren lieber auf die Worte eines Monarchen hören. Außerdem lässt sich ein solches Abkommen nicht vor dem Volke verantworten. Das Flottengesetz werde durchgeführt, basta!

Bethmann spürt jedwede Hoffnung schwinden. Eigentlich müsste er hinschmeißen. Ohne ein Flottenabkommen kann seine Politik keine Erfolge zeitigen. Wer oder was hindert ihn eigentlich daran zurückzutreten? Ist es Pflichtgefühl, oder etwas anderes? Bethmann weiß es selbst nicht.

EIN WERTVOLLER DIENST

Besonders wohl fühlt Südekum sich nicht. Für das Treffen mit dem Kanzler hat er sich gebührend gekleidet. Danach hat er keine Zeit gefunden, die Kleidung zu wechseln. Er weiß, dass das nicht jedem Genossen gefällt. Die Linken im Vorstand nutzen jede Gelegenheit ihn anzugreifen. Denen fehlt jedweder Sinn für Diplomatie. Aber die Mission ist zu wichtig, als dass er sich von verborten Radikalen einschüchtern ließe. Wer für eine große Sache kämpft, muss die Angriffe aushalten.

Die Genossen im Vorstandsbüro erwarten ihn bereits. Sie blicken überaus erwartungsvoll. Ebert und Braun versuchen erst gar nicht, ihre Neugierde zu verbergen. Südekum soll Bericht erstatten. Aber Müller und Bartels wollen erst noch Fischer dazu holen. Er repräsentiert schließlich die Fraktion. Ebert begrüßt Südekum warmherzig. Er darf schon mal am großen Besprechungstisch Platz nehmen, während Müller Fischer holt. Als beide eintreffen, erhält Südekum das Wort.

Nun, als erstes möchte er die Herren darüber aufklären, warum der Reichskanzler gerade ihn zum Gespräch gebeten hat. Schließlich weiß er um die Gehässigkeit einiger Herren vom linken Flügel, die ihn als ,Sozialisten des Kaisers' zu diskreditieren versuchen.

Müller und Braun schauen einander fragend an. Ebert will einen Streit unbedingt verhindern. Südekum braucht sich nicht zu entschuldigen. Jeder hier kennt seine Position innerhalb der Fraktion. Er soll einfach dazu stehen. Persönliche Kritik gehört nun mal zum politischen Geschäft. Die hier Anwesenden schätzen ihn als fleißigen Genossen und fachkundigen Haushaltsexperten. Südekums Leistungen für die Partei sind unbestritten. Er soll erzählen, was beim Kanzler besprochen wurde.

Südekum fühlt sich geschmeichelt. Das will er gern tun. Zuvor muss er aber noch eines klarstellen: Er hat sich der Regierung nicht aufgedrängt. Vielmehr war es der Kanzler, der ihn sprechen wollte, weil er die Parteiführer nicht in Berlin wähnte, was in Bezug auf Haase ja auch stimmte. Bethmann Hollweg sagte, er habe vergeblich beim Vorsitzenden anzurufen versucht. Da er aber auch sonst niemanden in der Zentrale erreichen konnte, war er schließlich auf ihn gekommen.

Südekum schiebt seinen Zwicker aufs Nasenbein. Seinen Zuhörern gibt er damit genug Zeit für Nachfragen. Zum Glück scheint niemand genaueres wissen zu wollen.

Die Rolle des Mittlers wurde ihm auch deshalb angetragen, weil er bereits früher mehrfach mit Delbrück gesprochen hatte. Hoffentlich war die Annahme des Gesprächsangebots im Sinne des Vorstandes!? Immerhin hat sich dieser bereits mehrfach für eine direkte Fühlungnahme mit der Regierung ausgesprochen.

Südekum blickt selbstbewusst in die Runde. Außer Braun nicken alle verständnisvoll. Ebert drängt erneut. Sie wollen nicht über Formfragen streiten, sondern endlich wissen, was die Regierung will. Was wollte der Reichskanzler?

Nun, beginnt Südekum abermals seine Ausführungen, zuerst verlangte Bethmann Hollweg, Diskretion über bestimmte Inhalte des Gesprächs zu wahren. Das hat er ihm versichert. Sodann äußerte der Kanzler einige Intimitäten über die Persönlichkeiten und Stimmungen einzelner Fürsten und Staatsmänner im In- und Ausland, wobei es im Interesse Deutschland sei, diese nicht an die Öffentlichkeit dringen zu lassen.

Allerdings sei es auch kein Geheimnis, dass die russischen Nationalisten einen zunehmend größer werdenden Einfluss auf den Zaren bekommen und dieser charakterlich zu schwach sei, um den Druck der Kriegshetzer im eigenen Land zu widerstehen. Bekannt sein dürfte aber auch, dass Poincaré wie die meisten Franzosen nicht nur ganz und gar gegen Deutschland eingestellt sei, sondern insgeheim die Chance auf eine Revanche für 1871 wittere.

Allmählich verlieren seine Zuhörer die Geduld. Südekum spürt die Unruhe im Raum. Sie wollen wissen, ob die Regierung im Kriegsfall etwas gegen die Partei unternehmen würde. Doch noch will er sie nicht erlösen. Es ist doch nicht zu viel verlangt, sich für ein paar Minuten in Geduld zu üben?!

Die Haltungen der beiden Staatslenker schätzt Südekum ähnlich ein wie der Kanzler. Deutschland muss aufpassen, dass Russen und Franzosen sich nicht verbünden, um das Vaterland zu zerquetschen.

Braun und Müller können nicht mehr an sich halten. Südekum soll zur Sache kommen! Was hat Bethmann Hollweg gewollt?

Wenn er keinen Streit riskieren will, muss Südekum jetzt liefern. Betont gelassen antwortet er, dass den Kanzler die sozialdemokratischen Presseberichte beunruhigen. Als Beispiel nannte Bethmann einen Artikel des Vorwärts. Es sei eine Lüge, dass es eine „Kriegserklärung gegen Vernunft und Volk" gegeben habe. Das sei nur dumme Propaganda! Das Gleiche gilt für den Satz „Auf die Mobilisierung der Mächte kann es nur die eine Antwort geben: die dauernde Mobilisation des Volkes". Der Kanzler hat die Sätze rot angestrichen. Für alle sichtbar hält Südekum den Vorwärts mit den inkriminierten Passagen in die Höhe.

Südekum erntet betretenes Schweigen. Keiner unterbricht ihn, er kann fortfahren: Der Kanzler hat zwar prinzipiell Verständnis für die sozialdemokratische Friedensliebe, den Frieden würden solche Behauptungen aber eher schaden. Die Kriegsparteien in den verschiedenen Ländern werden solche zweideutigen oder missverständlichen Äußerungen dolos oder bona fide ausnutzen, um Deutschland als Kriegstreiber und innerlich zerrissen darzustellen.

Und was den Einfluss der Sozialdemokratie betrifft: Die deutsche Kriegspartei würde solche Aufrufe nur allzu gern zum Anlass nehmen, um schärfere Maßnahmen gegen Partei und Gewerkschaften zu verlangen. Die Stimmen dieser Leute würden auch so immer lauter und der Kanzler weiß nicht, wie lange er sich deren Forderungen noch widersetzen kann. Im schlimmsten Fall müsse er zur Ausrufung des Belagerungszustands greifen. Und was das bedeutet, kann sich hier jeder selbst ausrechnen. In der Regierung würde das zwar keiner wollen, aber die Militärs verlangen Garantien, dass die Presse nicht Deutschlands Feinden in die Hände spielt oder Russland und Frankreich im Glauben an die innere Schwäche des Reichs erst recht einen Krieg gegen Deutschland vom Zaun brechen.

Ebert und Bartels steht das Entsetzen ins Gesicht geschrieben. Auch die anderen schauen betroffen. Jeder hier fürchtet Verhaftungen. Braun hat bereits im Gefängnis gesessen, wegen Majestätsbeleidigung. Ihm muss man nicht erst erklären, was sie mit politischen Gefangenen anstellen.

Südekums Worte zeigen Wirkung. Es gibt auch etwas Positives zu berichten. Die Herren brauchen sich nicht zu sorgen! Den Kanzler hat er mit dem Hinweis beruhigen können, dass der Artikel im Vorwärts nur dem Wunsch Ausdruck verleihen sollte, die für den Frieden eintretenden Volkskreise mögen auf der Wacht sein, um das Feld nicht der Kriegspartei zu überlassen. Manchmal scheint es eben, als habe der Mensch die Sprache eher dazu erschaffen, um seine Gedanken zu verbergen. Den Kanzler konnte er davon überzeugen, dass die beanstandeten Sätze eigentlich keine weitere Bedeutung haben. Ihn beruhigte schließlich die Zusicherung, dass die Parteiführung aus dem Wunsch heraus, dem Frieden dienen zu wollen, keinerlei wie auch immer geartete Aktionen plant; weder einen General- oder partiellen Streik noch irgendwelche anderen Maßnahmen. Das Wohl des Landes liegt der Sozialdemokratie ebenso am Herzen wie der Regierung.

Südekum hat keinen Grund, sich bescheiden zu geben. Warum soll er nicht Stolz auf das Geleistete sein?! Jeder kann wissen, wie geschickt er verhandelt hat. Normalerweise verhält sich der Kanzler überaus gefühllos. Ihm jedoch hat er freundlich lächelnd geantwortet. Bethmann Hollweg vertraue ihm, hat er gesagt, er schätze ihn als ehrlichen Makler. Die Regierung werde alles in ihrer Macht stehende unternehmen, damit die Militärs keine Maßnahmen gegen die Sozialisten ergreifen.

Die Genossen atmen erleichtert auf. Braun versucht einzuwenden, dass man den Versprechungen der Regierung niemals ganz trauen darf. Schließlich neigt insbesondere der Kaiser zur Launenhaftigkeit. Alles in allem scheint der Reichskanzler es jedoch diesmal ernst zu meinen.

Südekum lehnt sich zufrieden zurück in seinen Stuhl. Er genießt den Erfolg. Ebert bittet um Gehör. Er gratuliert ihm im Namen aller. Nunmehr werden neuen Zeiten anbrechen. Die alten Gräben werden nicht mehr so tief verlaufen. Das Gemeinsame rückt mehr und mehr in den Vordergrund. Die Parteipresse wird zukünftig etwas vorsichtiger in ihrer Wortwahl sein. Den Falken darf sie keine Argumente für die Unterdrückung der Partei liefern. Müller und Bartels sind einverstanden. Selbst der linke Braun hat keine Einwände.

Bartels schlägt vor, ein Zirkular an sämtliche Redaktionen zu versenden. Darin soll stehen, dass dem Vorstand zuverlässige Mitteilungen über die friedliebende Haltung der Reichsregierung vorliegen. Man rät deshalb den Redakteuren, ihre Antikriegspropaganda zu mäßigen und die gebotene Vorsicht walten zu lassen.

Fischer meint, eine solche Empfehlung werden die Redakteure in den Parteiorganen gern entgegennehmen. Zurzeit sind alle verunsichert. Man weiß einfach nicht, wie man sich in der gegenwärtigen Situation verhalten soll. Braun stimmt auch diesem Vorschlag zu.

Das Gleiche gilt auch für Müller, der eine Idee hat. Er möchte den neuerlichen direkten Draht in die Reichskanzlei nutzen, um die Rücknahme der Ausweisung Hilferdings zu erwirken.

Der Vorschlag trifft auf einhellige Zustimmung. Ebert macht sich den Antrag zu Eigen. Hilferding fehlt an allen Ecken und Enden. Es ist eine Schande, dass man ihm einen Ausweisungsbefehl erteilt hat, nur weil er Österreicher ist. Dabei gehört Hilferding zu den zurückhaltendsten Mitarbeitern des Vorwärts. Dem Kanzler muss doch am mäßigenden Einfluss auf die Linie des Blattes gelegen sein.

Südekum erklärt sich gern bereit, dem Kanzler umgehend die Situation zu schildern. Bethmann und Delbrück können sicherlich verstehen, dass es gerade Hilferding ist, der die lebhafte Friedenssehnsucht der Partei mit großem

Verständnis für die Beschwerden Österreichs gegen Serbien zum Ausdruck bringen kann.

Ebert will zum Ende kommen. Er bittet die Anwesenden um ein Meinungsbild. Alle sind dafür, auch Fischer von der Fraktion. Ebert lässt abstimmen, ob sie den Kanzler schriftlich über die Ergebnisse ihrer Unterredung in Kenntnis setzen sollen. Der Parteivorstand stimmt dem ohne Gegenstimme zu. Ebert schlägt folgende Formulierung vor:

Der Parteivorstand begrüßt den vom Reichskanzler unternommenen Schritt gelegentlicher direkter Mitteilung in kritischen Momenten dankbar. Er erkennt die Notwendigkeit einer Vermeidung von zweideutigen oder missverständlichen Äußerungen in der Presse an und meldet dies auch den Parteiorganen. Zudem macht man auf Hilferdings Ausweisung aufmerksam, um deren Rücknahme der Vorstand aus allgemein einsichtigen Gründen bittet.

Im Kanzleramtspalais ist es wieder ruhig. Die meisten Angestellten sind gegen 22 Uhr gegangen. Zufrieden legt Bethmann den Brief zur Seite. Am Ende hat er Recht behalten. Nicht alle sozialdemokratischen Führer sind so vaterlandslos, wie sich manche nach Außen geben. Delbrück wird staunen, wenn er erfährt, dass Südekum tatsächlich den Beweis geliefert hat: Im Falle des Kriegsausbruchs muss nichts gegen die Sozialdemokraten unternommen werden. Die Generäle können die benötigten Garantien nicht mehr verweigern.

Bethmann möchte Südekum seinen Dank aussprechen. Riezler soll ein entsprechendes Schreiben aufsetzen. Den Fall Hilferding werde er prüfen lassen. Zudem soll Riezler schreiben, dass auch die Regierung auf weitere fruchtbare Kontakte zum Wohle des Vaterlandes hofft.

Bis heute wusste Bethmann nicht, ob ihm das gelingen würde. Nun hat er es schwarz auf weiß: die Sozialdemokraten planen nichts Schädliches und werden auch nichts unternehmen. Damit ist der Ausgang der morgigen Sitzung so gut wie sicher.

Jetzt muss Bethmann seine Rede vorbereiten, um die Staatssekretäre und Generäle zu überzeugen. Der Vortrag beginnt mit der Lage des Reiches, die keineswegs hoffnungslos ist. Die deutsche Friedensliebe ist enorm. Die Regierung wirkt seit Beginn der Krise mit aller Kraft auf den Frieden hin. Sie hat nicht nur eigene Vermittlungsvorschläge gemacht, sondern auch die englischen unterstützt. Leider erweist sich Österreich in der Führung seiner Politik als sehr schwierig. Im Großen und Ganzen erscheinen zwar alle Regierungen – einschließlich Russlands – und die große Mehrheit der Völker friedfertig, aber die Direktion ist insgesamt verloren gegangen und der Stein ins Rollen geraten.

Bethmann muss nachdenken. Was ist nach dem Krieg? Die Menschen werden sich fragen, wie es zu all dem gekommen ist. Historiker und Juristen werden in den Akten wühlen. Es wäre sträflich, all das dem Zufall zu überlassen. Riezler soll die Rede mit anderen Aktenstücken vorab in einem Weißbuch veröffentlichen. Jeder soll erkennen können, dass die deutsche Regierung keine Schuld am Kriege trägt.

Bethmann macht sich weitere Notizen. Die Regierung hat die Hoffnung und das Bemühen auf Erhalt des Friedens niemals aufgegeben. Den Österreichern hat sie auf die energischste Weise mitgeteilt, dass Deutschland sich niemals in das Schlepptau der Balkanpolitik Wiens stellen werde. Andererseits sind Beschlüsse zu fassen, die zwar keiner wünscht, die das Reich aber gut vorbereiten muss.

Eines kann die Regierung schon jetzt garantieren: Was den Umgang mit den Sozialdemokraten betrifft, kann besten Wissens und Gewissens bekannt geben werden, dass nicht nur die allgemeine Stimmung in Deutschland gut ist, sondern auch die Sozialdemokraten ihre Verantwortung für das Land erkannt haben. Das Kanzleramt verfügt über schriftliche Beweise, die belegen, dass die Sozialdemokraten neuerdings aufs Wort parieren! Der SPD-Vorstand hat klipp und klar erklärt, nichts zu planen, was den Staat gefährdet, weder einen Generalstreik noch Sabotageakte.

Im Gegenteil! Ein Rundschreiben der SPD bestätigt die friedliebende Haltung der Reichsregierung. Zudem rät man darin der Parteipresse, ihre Antikriegspropaganda zu mäßigen und die gebotene Vorsicht obwalten zu lassen. Die Zeitung der Sozen nennt Seine Majestät neuerdings einen „aufrichtigen Freund des Völkerfriedens".

Bethmann verspürt Genugtuung. Falkenhayn und Moltke müssen ein Einsehen haben. Es wäre doch absurd, die Roten just zu dem Zeitpunkt zu verhaften, wo sie endlich dem Staat dienen. Wenn die Sozialdemokraten erkennen, dass Deutschland sich den Angriffen seiner Feinde erwehren muss, werden auch sie die notwendigen Mittel zur Vaterlandsverteidigung bewilligen.

Ein Diener soll nach Riezler rufen. Der soll den Text in Reinschrift setzen. Außerdem ist ein Dossier anzulegen, das sämtliche Maßnahmen der Regierung zur Erhaltung des Friedens dokumentiert.

Der Kanzler macht es sich auf dem Kanapee bequem. Er muss seine Kräfte schonen. Doch innerlich kommt er nicht zur Ruhe: Wer trägt die Verantwortung für den Krieg?! Keinesfalls die Regierung, so viel ist gewiss. Die

Macht des Schicksals ist es, die das Weltenunheil heraufbeschwört, dem auszuweichen unmöglich ist. Niemand kann sich mehr des Eindrucks erwehren, dass ein Fatum auf Europa lastet, das größer ist als jede Menschenmacht.

NEUTRALITÄT

Bethmann ärgert sich über sich selbst. Das war ein Fehler! Er hat die Engländer falsch eingeschätzt. Lichnowskys Telegramm lässt keinen Raum für Zweifel:

„The proposal that his Majesty's Government should bind themselves to neutrality on the terms proposed cannot for a moment be entertained ...".

... nicht für einen Moment wollen sie ihre Neutralität in Erwägung ziehen! – die schroffe Zurückweisung ist ein Affront!

Er hätte nicht offen mit dem Botschafter sprechen dürfen. Es war ein Irrglaube anzunehmen, die Briten würden sich neutral verhalten, wenn Deutschland die territoriale Unverletzlichkeit Belgiens und Frankreichs nach dem Krieg garantiert. Dabei hat er den Engländern die Integrität der belgischen und französischen Kolonien versprochen. Und jetzt das! Das Elendste daran ist, dass London nun die deutschen Absichten kennt. Bethmann schämt sich seiner Ungeduld. Wäre das Telegramm Lichnowskys früher eingetroffen, hätte er Goschen gar nicht erst ins Vertrauen gezogen.

Das ganze Desaster hat einen Grund: die verfluchte Flotte! Man kann London kein Neutralitätsabkommen anbieten, ohne zugleich ein Flottenabkommen in Aussicht zu stellen. Alles nur wegen Tirpitz' Starrköpfigkeit und dessen Einfluss auf Wilhelm, der etwas haben will, das stärker ist als die Royal Navy. Der Aberwitz kostet den Deutschen Kopf und Kragen. Es ist zum Verzweifeln! Jetzt wissen die Briten, dass Deutschland nicht nur zum Krieg gegen Frankreich so gut wie entschlossen ist, sondern dafür auch die Verletzung der belgischen Neutralität in Kauf nimmt.

Niemals hätte er auf diese sogenannten Englandkenner hören dürfen. Die Briten würden sich aus den kontinentalen Angelegenheiten heraushalten, steht in ihren Berichten. Was für ein Quatsch! Die Engländer würden in jedem Fall neutral bleiben. Blödsinn! Auch Stumm hat keine Ahnung. Glaubt der doch, England würde sein ganzes Gewicht für einen baldigen Friedensschluss in die Waagschale werfen, sobald Frankreich ernsthaft in Gefahr kommt, geschlagen zu werden. Was für ein Irrtum!

Das Gleiche gilt für Ballin und seine angeblich ach so guten englischen Kontakte. Alles nur hohle Phrasen: England sei viel zu sehr mit seinen eigenen Problemen beschäftigt. Die irische Frage provoziere bald einen Bürgerkrieg. Katholiken und Protestanten hätten paramilitärische Kampfgruppen gegründet. Die sind dabei, sich auf illegaler Weise Waffen und Kriegsgerät im Ausland zu beschaffen. London muss seine Truppen in Irland verstärken und auch der Einsatz der Marine wäre schon befohlen. Die Regierungsparteien und das britische Offizierskorps würden in den Sog der politischen Spannungen hineingezogen. Die Liberale Partei stehe kurz vor der Spaltung. Um keinen Preis in der Welt würde sich eine Mehrheit unter den Liberalen finden, die auf dem Festland intervenieren wollte. Kurzum: Für militärische Aktionen auf dem Kontinent würden England Kraft und Wille fehlen.

Das Gefühl allein zu sein sitzt tief in Bethmann. Das ganze Gerede dieser selbstberufenen Experten ist keinen roten Heller Wert. Auf niemanden ist Verlass! Alles muss er alleine regeln. Doch aufgeben ist keine Lösung. Wer sollte ihn ersetzen?!

Ein Diener soll Riezler holen, verlangt Bethmann. Der Adjunkt erklärt dem Kanzler, dass der Attaché bereits im Kanzleramt weilt, um die Dokumente für das Weißbuch zu sichten. Er werde ihn umgehend holen.

Riezler ist guter Dinge. Die Chancen stehen gut, auch wegen des Kaisers. Es gibt genügend Material, um Deutschlands Unschuld zu beweisen. – Bethmann hört das gern! Doch jetzt muss erst noch ein anderes Problem gelöst werden. Der Kaiser ist kurz davor durchzudrehen. Wilhelm hat ein Telegramm vom Zaren erhalten, das angeblich auf seine Vermittlungsabsichten eingeht. Seine Majestät ist außer sich, weil Nikolaus behauptet, die deutschen Demarchen wären in sich widersprüchlich. Einerseits hätte Wilhelm dem Zaren ein versöhnliches und freundschaftliches Telegramm gesendet, andererseits wäre die Mitteilung der Regierung in einem ganz anderen, viel schärferen Ton gehalten. Nikolaus verlangt vom Kaiser, ihm diese Verschiedenheit aufzuklären. Und was das Schlimmste ist: Den österreichisch-serbischen Konflikt will er dem Schiedsgerichtshof in Den Haag vorlegen.

Riezler schüttelt den Kopf. Das ist ungeheuerlich! Dass dem Zaren die Depesche an den russischen Außenminister nicht gefällt, ist keine Überraschung. Immerhin droht Deutschland mehr oder weniger unverhohlen mit Krieg, sollte Russland seine Mobilmachungsmaßnahmen nicht zurücknehmen. Aber die Österreicher vor die Haager Konferenz zu zerren, das ist ein starkes Stück. Nikolaus weiß genau, dass Deutschland dem niemals zustimmen kann. Österreich kann in keinem Fall zugemutet werden, sich einem solchen Schiedsspruch zu unterwerfen.

Die Zeit der Illusionen ist vorbei! Bethmann will endlich Realpolitik machen. Wilhelm weiß jetzt, dass wir Russland mit Krieg gedroht haben, während er noch dabei ist zu vermitteln. Kein Wunder, dass der Zar die Politik des Außenamtes und Wilhelms Telegramm als Verschiedenheit empfindet. Die Frage ist nun, wie sie es dem Kaiser erklären, ohne die Gefahr eines Rückziehers heraufzubeschwören.

Die Sorge hält Riezler für berechtigt. Wenn Wilhelm herausbekommt, dass sowohl seine Auslegung der serbischen Antwortnote als auch sein Vermittlungsvorschlag überarbeitet wurden, wäre alles umsonst gewesen …

Es klopft an der Tür. Ein Adjunkt meldet das Eintreffen eines weiteren Telegramms aus London. Bethmann nimmt es entgegen und liest. Das wird dem Kaiser nicht gefallen! Wenn Wilhelm das liest, wird er wieder als hart dastehen wollen. Das Schreiben will Bethmann persönlich überbringen.

Auf Wilhelms Stimmungsschwankungen ist Verlass! Er reagiert so, wie Bethmann vermutet hat:

Mit solchen Hallunken wird es niemals ein Flottenabkommen geben. England dekouvriere sich in dem Moment, wo es der Ansicht ist, dass Deutschland im Lappjagen eingestellt und sozusagen erledigt wäre. Das gemeine Krämergesindel versucht die Deutschen mit Diners und süßen Worten zu täuschen. Die gröbste Enttäuschung ist die Lüge König Georgs, die er Prinz Heinrich aufgetischt hat: Von wegen: „We shall remain neutral …" Niemanden kann man mehr trauen, nicht einmal einem Monarchen!

Bethmann ist erleichtert. Das Telegramm lässt Wilhelm die Russlandpolitik vergessen. Der Kaiser fühlt sich von seinem Vetter getäuscht. Und Drohungen mag er gar nicht.

Das ist eine Unverfrorenheit! – Wilhelms Schimpfkanonade ist noch nicht zu Ende. Grey droht mit seiner Flotte, falls Deutschland in Kriegszustand mit Frankreich gerät. Das ist ein gemeiner Hinterhalt! Jetzt liegt es für jeden sichtbar auf der Hand. Die Briten wollen den Krieg! Würden sie den Krieg aufrichtig verhindern wollen, bräuchten sie nur ein einziges ernstes Wort an Paris und Petersburg zu richten. Doch statt die Verbündeten zu mäßigen, versucht dieser gemeine Hundsfott Deutschland einzuschüchtern. Er trägt die Verantwortung für den Krieg und nicht Deutschland! Die Öffentlichkeit muss das wissen.

Der Abend bringt weitere Überraschungen. Diesmal sind zwei Telegramme aus Petersburg eingetroffen. Bethmann muss erneut ins Stadtschloss. Das bedeutet nichts Gutes. Die Schreiben bringen den Kaiser die Russen ins Gedächtnis!

Wilhelm wirkt aufgeräumter als am Morgen. Bethmann schöpft Hoffnung. Der Kaiser schimpft über Sasonow. Der verhält sich anmaßend, wenn er von Österreich verlangt, alle Forderungen fallen zu lassen, die die Souveränitätsrechte Serbiens antasten. Immerhin geht es um Königsmord!

Bethmann soll dem Kaiser erklären, welche Punkte des österreichischen Ultimatums die Serben ablehnen. Worum geht es? Um die Teilnahme österreichischer Beamter an den Gerichtsverhandlungen für die serbischen Attentäter, oder um die Mitwirkung österreichischer Organe bei den Ermittlungen gegen anti-österreichische Agitatoren? Hat Serbien nicht bereits erklärt, ausnahmslos alle Punkte des Ultimatums anzuerkennen?

Bethmann hört sein Herz rasen. Die Situation ist brenzlig. Womöglich riecht Wilhelm den Braten?! Doch die Gefahr ist geringer als befürchtet. Dem Kaiser geht es gar nicht um Klärung der Sachlage. Statt eine Antwort abzuwarten, redet er sich lieber in Rage.

Es ist zum aus der Haut fahren! Bei all dem Geschacher der Orientalen muss man sich nicht wundern, wenn man allmählich den Durchblick verliert. Mit den verlogenen Slawen lässt sich keine vernünftige Diplomatie betreiben. Die Behauptung Sasonows, er könne die russische Mobilmachung nicht mehr rückgängig machen, ist eine Ausrede. Warum hat Nikolaus drei Tage nach der Teilmobilmachung um meine Vermittlung gebeten, ohne dabei seinen Mobilmachungsbefehl zu erwähnen? Wollte auch er Deutschland hinters Licht führen?

Jetzt rücken sie mit der Wahrheit heraus. Der Zar hat schon vor fünf Tagen militärische Maßnahmen gegen Österreich und Deutschland eingeleitet, obgleich Österreich nur im Süden teilweise gegen Serbien mobilisiert. Russland ist Deutschland somit um fast eine Woche voraus. Sein Wunsch, die Deutschen mögen sich durch die Mobilmachungen nicht stören lassen, ist kindisch und lediglich darauf berechnet, die Deutschen auf den Gänsedreck zu führen!

Bethmann versucht ruhig zu bleiben. Im Unterschied zu Wilhelm will er sich nicht beschweren. Der Monarch fühlt sich betrogen, das ist kein Nachteil. Das verringert die Gefahr, dass er wieder umfällt.

Der Kaiser schimpft den Zaren als unredlich, weil der nicht stark genug den Panslawisten die Stirn bietet. Sein Weltbild ist in seiner Schlichtheit kaum zu überbieten. Er glaubt, Leichtsinn und Schwäche stürzen die Welt in den furchtbarsten Krieg, der schließlich auch auf Deutschlands Untergang zielt. England, Russland und Frankreich haben sich verabredet, den österreichisch-serbischen Konflikt zum Vorwand zu nehmen, um einen Vernichtungskrieg gegen das Reich zu führen. Die ‚Einkreisung' Deutschlands hält er für eine Tatsache, trotz aller Versuche, sie zu behindern.

Jetzt oder nie! – Bethmann wittert seine Chance. Die Gelegenheit ist günstig, endlich Tatsachen zu schaffen: Eure Majestät mögen ihm erlauben, direkt zu sprechen. Seine Hoheit haben vollkommen Recht. Die Russen und Engländer versuchen aus dem Dilemma der deutschen Bundestreue Kredit zu ziehen. Indem sie die Unverbrüchlichkeit deutscher Loyalität gegenüber dem ehrwürdigen Franz Joseph ausnutzen, schaffen sie eine Situation, die ihnen den erwünschten Vorwand liefert, Deutschland zu vernichten. Und was das Schlimmste ist: Sie tun es unter dem heuchlerischen Schein des Rechts, nämlich Frankreich dabei zu helfen, die berüchtigte ‚balance of power' in Europa aufrechtzuerhalten, was nichts anderes bedeutet, als die Aufwiegelung aller europäischen Staaten gegen Deutschland zu Gunsten Englands.

Bethmann spürt die Kraft seiner Worte. – Mit Verlaub, Deutschland kann unter diesen Umständen kaum mehr den ehrlichen Vermittler spielen, selbst wenn es das wollte.

Der Kaiser blickt ihn verdutzt an. Für einen Moment fürchtet Bethmann, zu weit gegangen zu sein. Wilhelm scheint kurz vor einem Wutausbruch. Doch Bethmann hat Glück! Der kaiserliche Zorn gilt dem Zaren: Am liebsten würde er sofort losschlagen, weil der Zar heimlich mobil gemacht hat. Alles ist nur ein Manöver, um Deutschland hinzuhalten, damit Russland den schon gewonnenen Vorsprung weiter vergrößern kann. Das Amt als Vermittler ist aus! Gott möge das Reich schützen, in diesem Kampf um seine Existenz, angestiftet durch Falschheit, Lüge und giftigen Neid.

Die frische Abendluft tut gut. Bethmann kann wieder frei denken. Man kann das auch positiv sehen. Der Kaiser hat die Mitteilung des Zaren nicht verstanden; aber daran ist nicht Bethmann schuld.

So ist es besser! Soll Wilhelm ruhig glauben, Russland mobilisiere bereits seit fünf Tagen. Dass Mobilmachung dort nicht automatisch Krieg bedeutet, müsste der Kaiser eigentlich wissen. Doch er hat längst den Durchblick verloren. Wenn der alte Edward wüsste, wie Recht er hatte: Der Monarch ist „the most brilliant failure in history!"

Im Außenamt herrscht wenig Betrieb. Von den höheren Diplomaten ist nur Stumm im Büro. Bethmann wundert sich. Es gibt zurzeit wirklich genug zu tun. Jagow scheint nicht zu begreifen, was auf dem Spiel steht. Das Reich steht kurz vor einer Konflagration, bei der England gegen Deutschland steht und Italien und Rumänien allen Anzeichen nach nicht mit Deutschland gehen werden. Zwei Großmächte gegen vier, wobei das Reich die Hauptlast des Kampfes tragen wird. Deutschland kann den nur gewinnen, wenn das gesamte deutsche Volk geschlossen in die Schlacht zieht.

Stumm pflichtet dem Kanzler bei. Letztlich hat Deutschland nur zwei Möglichkeiten, um heil aus der Sache herauszukommen: Entweder der serbisch-österreichische Konflikt bleibt lokalisiert, oder aber das Reich kämpft geschlossen an drei Fronten. Für diesen Fall ist die öffentliche Schuld Russlands unabdingbar. Dazu muss Wien Wilhelms Vorschlag „Halt in Belgrad" aufgreifen, selbst wenn der Kaiser nicht mehr zwischen den Mächten vermitteln will und Moltke darauf besteht, umgehend den drohenden Kriegszustand auszurufen.

Bethmann ist positiv überrascht. Der Mann ist intelligenter als gedacht. Gäbe es mehr solcher Leute, ließe sich der Staat vielleicht noch regieren. Bethmann gefällt der Gedanke. Stumm könnte Jagow ersetzen! Der Kaiser sollte ihn zum Leiter des Außenamts berufen.

Bethmann dankt Stumm für sein realistisches Urteil. Er soll ein Telegramm für Wien aufsetzen, das Berchtold auffordert, den Greyschen Vermittlungsvorschlag anzunehmen. Als Begründung soll er schreiben, dass damit unter den gegebenen Bedingungen Österreichs politisches Ansehen, die Waffenehre seiner Armee sowie seine berechtigten Ansprüche gegenüber Serbien hinreichend gewahrt bleiben. Auch kann die Doppelmonarchie durch die Demütigung Serbiens seine Stellung auf dem Balkan wie gegenüber Russland stärken. Sollte Wien die Vermittlung mit Russland zu diesen ehrenvollen Bedingungen nicht annehmen, wäre es hingegen kaum mehr möglich, Russland die Schuld am Ausbruch des Konflikts zuzuschieben.

Stumm blickt skeptisch. Ob er etwas sagen dürfe? Bethmann will kein langes Hin und Her. Wenn er etwas zu sagen hat, dann heraus mit der Sprache.

Damit wird die Konfusion am Ballhausplatz perfekt sein, warnt Stumm. Graf Berchtold versteht die Welt schon jetzt nicht mehr. Erst drängt ihn Deutschland zum Angriff auf Serbien und dann macht der Kaiser den Vorschlag, nach der Besetzung Belgrads mit Serbien und Russland zu verhandeln. Jetzt muss Wien erkennen, dass der Vorschlag lediglich Propagandazwecken dient und Deutschland Wien in Wirklichkeit gar nicht zurückhalten will und es nur darum geht, Russland um jeden Preis ins Unrecht zu setzen.

Mit einer abweisenden Handbewegung schiebt Bethmann die Bedenken beiseite. Von ihm aus können die Österreicher ruhig denken, dass hier der eine nicht weiß, was der andere tut. Bethmann weiß selbst nicht immer, wer eigentlich in Berlin regiert. Die Militärs arbeiten gegen die eigene Zivilregierung. Moltke intrigiert wie immer gegen das Kanzleramt. Wien hat er die sofortige Generalmobilmachung empfohlen, weil es sich andernfalls der Gnade und Ungnade eines kriegsbereiten Russlands ausliefern würde.

Stumm will den Kanzler beruhigen. In Wien stößt Moltke auf taube Ohren. Der Generaloberst verlangt von Berchtold, Österreich soll Italien das Trentino als territoriale Kompensation anbieten und Rom damit zur Bündnispflicht zwingen.

Stumm hat recht, denkt Bethmann. Die Österreicher werden dem niemals zustimmen.

Das hat ihm gerade noch gefehlt! – Ein Diener meldet dem Kanzler, dass die Herren Generäle Moltke und Falkenhayn ihn sprechen wollen. Den Exzellenzen sei die Ungelegenheit der späten Stunde zwar bewusst, aber die Angelegenheit erfordere sofortiges Handeln.

Bethmann ahnt bereits, was sie wollen. Die ach so heroischen Herren haben Angst, weil sie sich ihrer Sache nicht sicher sind. Deshalb suchen sie schon jetzt nach einem Schuldigen, dem sie hinterher den Schwarzen Peter zuschieben können. Mal sehen, wie sie das anstellen wollen. Die Herren dürfen eintreten, gibt Bethmann dem Diener zu verstehen.

Wie befürchtet, sind Moltke und Falkenhayn im Zustand größter Erregung. Ohne jegliche Ehrerweisung betreten sie Bethmanns Büro. Ihr Tonfall lässt mehr als zu wünschen übrig. Deutschland muss sofort etwas unternehmen, brüllt Moltke. Die militärische Lage spitzt sich zu. Es liegen zwei zuverlässige, voneinander unabhängige Meldungen vor, wonach Russland die Mobilmachung der gesamten bewaffneten Macht angeordnet hat. Das ist eine ernsthafte Bedrohung für die östlichen Reichsprovinzen, besonders für Ostpreußen. Es muss sofort etwas unternommen werden.

Moltke starrt mit bohrendem Blick auf den Kanzler. Bethmann hat nun Gewissheit: Der Möchtegernhaudegen kennt nur Schwarz oder Weiß. Zum politischen Denken fehlt ihm jeglicher Verstand. Er denkt wie der Kaiser nur an Ehre und Pflichtgefühl und fürchtet eine schwere nationale Demütigung. Das Verhandeln unter dem Druck der russischen Mobilmachung hält er für eine nationale Erniedrigung. Statt vernunftgeleiteter Taktik geht es bei ihm nur um Gesichtswahrung.

Da Bethmann keine Anstalten macht, auf Moltkes Anwürfe zu reagieren, ergreift Falkenhayn das Wort. Der Herr Reichskanzler ist sich doch der Situation bewusst?! Wenn Deutschland in der Hoffnung auf Verhandlungen zögert, bedeutet das im Falle des Scheiterns den Eintritt in den Krieg unter denkbar ungünstigsten Umständen. Den Gegnern würde gestattet, den Krieg in deutsches Land zu tragen. Das kann der Generalstab niemals zulassen.

Deshalb muss die Reichsregierung endlich den Krieg sans phrase aussprechen. Als Kriegsminister verlangt Falkenhayn die umgehende Ausrufung des
Zustands drohender Kriegsgefahr.

Bethmann weiß nicht, ob er Lachen oder Weinen soll. Die ganze Zeit
warten sie darauf, dass Russland zuerst mobil macht. Und jetzt, wo es so weit
ist, wissen diese Elitesoldaten nicht, was ihre Aufgabe ist. – Welch bittere
Ironie der Geschichte.

Immerhin: Wenn die Russen jetzt ganz offiziell alles mobilisieren, braucht
Deutschland nicht mehr so zu tun, als würde es die britischen Vermittlungsvorschläge ernst nehmen. Das Außenamt kann Tschirschky anweisen, die
beiden Weltbrand-Telegramme wieder zurückzunehmen. Auch Österreichs
Annahme des Greyschen Vorschlags ist jetzt hinfällig. Tschirschky kann
seine Vermittlungstätigkeit einstellen. Der Krieg ist eine eherne Tatsache.
Daran gibt es nichts zu rütteln. Gleichwohl kann er dem Drängen der Militärs
jetzt noch nicht nachgeben. Noch sitzen die Sozialdemokraten nicht mit im
Boot. Moltke muss sich also gedulden.

Er versteht die Sorgen der Herren Generäle. Bethmann sagt das mit fester
und ruhiger Stimme. Morgen Mittag ist gemeinsamer Vortrag beim Kaiser.
Seine Majestät und Oberster Befehlshaber fällt die Entscheidung über Krieg
und Frieden und nicht das Kanzleramt. Das Gleiche gilt im Übrigen auch für
den Generalstab.

Bethmann war kurz eingeschlafen, als ihn laute Stimmen auf dem Flur wecken. Ein Adjunkt meldet die Ankunft Prinz Heinrichs im Kanzleramtspalais.
Bethmann ist überrascht. Heute Nacht scheinen sie alle durchzudrehen. Niemand behält Nerven. Nicht einmal der Hochadel.

Bethmann macht sich schnell ein wenig frisch. Er überlegt, was Wilhelms
Bruder zur nachtschlafenden Zeit von ihm wollen kann. Vermutlich geht es
wieder um England.

Der Prinz erscheint in Begleitung zweier Diener. Sie positionieren sich
neben der Tür, während es sich Heinrich in Bethmanns Besuchersessel bequem macht. Der Kanzler soll keine Zeit mit Ehrbekundungen verschwenden. Die Sache eilt!

Bethmann vermutet richtig. Den Prinzen beschäftigt das Verhältnis zu
England. Auf Geheiß seines Bruders bringt er eine Depesche Georgs. Der
König ist bereit, Russland nahe zu legen, weitere militärische Maßnahmen
aufzuschieben. Österreich muss sich nur mit der Besetzung Belgrads und

dem angrenzenden serbischen Gebiet als Pfand für seine Forderungen zufriedengeben. Die anderen Länder würden sodann ihre Kriegsvorbereitungen einstellen.

Bethmann traut seinen eigenen Ohren nicht. Das kann nicht wahr sein! Der Kaiser will nun doch vermitteln. Im Schriftstück sind einige Sätze rot angestrichen. Das war Wilhelm. Die Ränder hat er mit Bemerkungen gespickt. Bethmann fühlt sich niedergeschlagen. Der Kaiser fällt im letzten Moment um! Was soll er jetzt machen?! Die Enttäuschung darf ihm der Prinz nicht anmerken. Bethmann macht gute Miene zum bösen Spiel.

Großartig! So lässt sich der Krieg vielleicht doch noch abwenden. Den Vorschlag König Georgs wird er gern aufgreifen. Jagow soll sofort eine Demarche an den Ballhausplatz senden, um Berchtold die Annahme des britischen Angebots zu empfehlen. Wenn Seine Exzellenz erlauben, übernimmt das Außenamt den originalen Wortlaut des königlichen Schreibens. Und wenn Berchtold wünscht, stellt Jagow ihm eine Kopie zur Verwertung gegenüber Kaiser Franz Joseph zur Verfügung.

Der Prinz ist einverstanden. Er will von Bethmann wissen, wie groß er die Chancen für den Erfolg einschätzt. Die Antwort des Kanzlers erfolgt mechanisch: So Gott will, haben Seine Exzellenz der Menschheit soeben einen großen Dienst erwiesen und den Frieden gerettet.

Bethmann fühlt sich schlecht. Er muss heucheln, und das alles nur wegen Wilhelms Unverstand. Heinrich hingegen gefällt die Antwort. Er verlässt das Büro ebenso zügig wie er gekommen war.

Bethmann muss sich zusammenreißen. Er darf jetzt keinen Fehler machen. Wien darf nicht vollends in Verwirrung geraten. Die Österreicher erhalten eine indirekte Botschaft. Eine kurz gehaltene Fristsetzung für die Antwort könnte Wien dahingehend auffassen, den königlichen Vorschlag nicht ernst zu nehmen. Österreich muss sich morgen definitiv entscheiden. Angesichts der Gemächlichkeit der österreichischen Geschäftsstellen würde Wien ohnehin erst morgen Abend antworten. Bis dahin weiß die Öffentlichkeit von der allgemeinen Mobilmachung Russlands. Am Mittag kann dann Deutschland den Zustand drohender Kriegsgefahr ausrufen. Dann ist auch dieses unselige Telegramm hinfällig.

SEIN ODER NICHTSEIN

David packt seine Sachen. Er braucht nicht viel für Mainz. Er kann bei Adelung schlafen. Auf die morgige Versammlung freut er sich. Sein Vortrag ist ihm gelungen. Das Wichtigste hat er bereits in seinem Artikel für Fischers Korrespondenz geschrieben. Fischer teilt seine Einschätzungen: Die aktuellen außenpolitischen Probleme lassen sich mit ein wenig gutem Willen in den Griff bekommen.

Jeder politisch Geschulte kann erkennen, dass Österreich nicht von den Serben angegriffen wird. Im Gegenteil: Die Doppelmonarchie ist der Angreifer. Es gibt kein Recht, aus dem Dreibundvertrag die Bündnispflicht Deutschlands abzuleiten. Mag es auch politische Gründe geben, Österreich beizustehen, am Ende hat die deutsche Regierung die Pflicht, den Bundesgenossen zu einem billigen Frieden mit Serbien zu zwingen. Die Krise wird friedlich enden wie all die vorangegangenen.

Im Kopf ist sich David sicher, doch im Herzen nagen Zweifel. Kann man sich auf die Regierung verlassen? Was ist, wenn die Falken in Berlin die Oberhand gewinnen? In der auswärtigen Politik läuft schon seit Jahren einiges schief. Allgemeine Hochrüstung und Muskelspielerei sind an der Tagesordnung. Das Leidigste ist die deutsche Flottentreiberei. Sie verhindert die Annäherung an England. Dabei ist die Beziehung zu den Briten eine deutsche Zentralfrage.

Das Verhältnis zu England ist der Schlüssel zu einer wahren Friedenspolitik. Ohne deutsch-englischen Ausgleich lässt sich auf dem Kontinent nichts erreichen. Eine Verständigung würde hingegen eine Brücke nach Frankreich hinüberschlagen. Es braucht die Annäherung der Westmächte! Deutschland, England und Frankreich könnten eine Konstellation von ungeheurer Bedeutung bilden. Zurzeit ist Russland der Nutznießer der Spannungen. Die Gegensätze im Westen lassen den Russen freie Hand, ihre Machtsphäre auszuweiten. Der Zar ist der lachende Dritte. Die Reichsregierung muss ein Einsehen haben. Wegen der Serbenfrage lohnt nun wirklich kein Krieg.

David will auf die Terrasse, um sich auszuruhen. Er gestattet sich einen Schoppen. Wie lange ist es her, dass er Adelung nicht mehr gesehen hat?! Morgen, nach dem Vortrag werden sie einen gemütlichen Abend am Main verbringen. Der prachtvolle und sonnenverwöhnte Sommer mausert sich zu einem der schönsten seit Menschen Gedenken.

Schrilles Läuten reißt David aus dem Dämmerschlaf. Am Apparat meldet sich der Vorstandssekretär. Der Vorsitzende bittet morgen Vormittag zur gemeinsamen Eilsitzung von Partei- und Fraktionsvorstand. Als gewählter Schriftführer ist Davids Anwesenheit Pflicht.

Aus der Traum von ein paar erholsamen Tagen am Main. Morgen wird beraten, wie die Partei handeln soll. Die Lage scheint ernst! Der Sekretär erklärt, Österreich hat Serbien den Krieg erklärt und Russland ist dabei zu mobilisieren. Ein Extrablatt meldet die deutsche Mobilmachung. Zwar wurde das von offizieller Seite widerrufen, zur Sicherung des Parteivermögens sind Ebert und Braun dennoch sofort in Richtung Schweiz aufgebrochen. Südekum hat zwar Garantien des Reichskanzlers. Sicher sein kann man sich aber nie. Leider gibt es genügend übereifrige Militärbefehlshaber, die schnell mal die Nerven verlieren.

Im Parteigebäude herrscht aufgeregte Stimmung. Es heißt, Haase habe neue Informationen von der Regierung bekommen. Österreich würde im letzten Moment einlenken?! David blickt in die Runde. Bis auf Ebert und Braun sind alle anwesend. Die Mitglieder versuchen erst gar nicht, ihre Anspannung zu verbergen. Endlich eröffnet Haase die Versammlung.

Der Vorsitzende entschuldigt sich für die Kürze der Einberufungsfrist. Dringende außenpolitische Entwicklungen machen die Sitzung notwendig. Als erster Punkt steht das Treffen des Internationalen Sozialistischen Büros auf der Tagesordnung. Die Haltungen der Schwesterparteien sind nicht unerheblich für die Abstimmung des weiteren Vorgehens.

David nervt das Gehabe. Das ist typisch für die Linken! Das Vaterland wird bedroht und die üben sich in Internationalismus! Als könnte das gegen die Russen helfen. Doch David muss seine Gedanken für sich behalten. Haases Position ist zu gefestigt.

Der Vorsitzende doziert mehr als er berichtet. Das Büro hat eine Resolution verabschiedet. Sämtliche sozialistischen Parteien verstärken die Demonstrationen für den Frieden. Verlangt wird eine schiedsgerichtliche Lösung des österreichisch-serbischen Konflikts. Der Internationale Sozialisten-Kongress wird von Wien nach Paris und auf den 9. August vorverlegt. Er soll eine der machtvollsten Friedensdemonstrationen werden, die die Welt je gesehen hat. Alle sozialistischen Parteien Europas sind überzeugt, dass der Frieden erhalten werden kann, wenn jeder in seinem Land ernsthaft dafür streitet. Das gilt für Franzosen, Engländer und Russen ebenso wie für Deutsche und Österreicher.

Haase will nicht verhehlen, dass Adler in Brüssel einen gewissen Pessimismus verbreitet hat, weil seine Partei nur begrenzte Möglichkeiten habe. Dafür haben aber Engländer, Italiener und Russen umso deutlicher ihren Friedenswillen und ihren Kampfesmut bekundet. Jaurès hat ihnen persönlich versprochen, alles in seiner Macht stehende zu tun, um mäßigend auf seine Regierung einzuwirken.

Haase macht eine Pause. David kennt die rhetorischen Tricks des Vorsitzenden. Das Pathos der Linken kann ihn nicht beeindrucken. Haase behauptet, die Partei habe die Pflicht, den Kriegstreibern im eigenen Land ihr blutiges Handwerk zu legen. Er vertritt den gleichen Standpunkt wie 1912: Wenn die Donaumonarchie Serbien angreift, lässt sich aus dem Defensivbündnis mit Österreich-Ungarn keine Verpflichtung für Deutschland ableiten.

Für die Linken ist die Sache klar: Alles wird gut, wenn die deutsche Regierung nur mäßigend auf den Bundesgenossen einwirkt. Aufgabe der Partei und Fraktion sei es, der Reichsregierung diese Pflicht einzuhämmern. Die Bewilligung der Kriegsanleihen verbiete sich von selbst. Die Fraktion soll im Reichstag geschlossen gegen die Kredite stimmen.

Das glaubt Haase selbst nicht! Die Schwarz-Weiß-Sicht der Linken muss ein Ende haben! David muss etwas tun. Es ist jetzt an ihm, eine Riesendummheit zu verhindern.

Haase schaut nicht glücklich, als David das Wort ergreift. Er ahnt wohl, was kommt. Doch David lässt sich nicht beirren: So einfach, wie das eben gesagt wurde, liegen die Dinge nicht mehr! Es mag stimmen, dass der Dreibund einen defensiven Charakter hat. Im Falle eines Kriegsausbruchs sind solche Argumente jedoch überholt. Im Krieg bleibt der Fraktion nur die Wahl zwischen Zustimmung und Enthaltung. Eine Ablehnung ist ausgeschlossen. Die Bevölkerung würde sie steinigen, wenn sie dem Land in seiner Not die Mittel zur Verteidigung verweigern.

Erleichtert stellt David fest, dass keiner widerspricht. Er kann fortfahren: Ein Nein würde die Partei vernichten, wohingegen ein Ja die Stellung der Sozialdemokratie im Lande deutlich stärken würde. Dann wäre auch bald ein demokratisches Wahlrecht für Preußen möglich. Sollte die Fraktion weiterhin nur Opposition betreiben, wäre das nicht mehr nur eine theoretische Schrulle, sondern eine Gefahr für Partei und Land.

David pocht das Herz. Die schützende Deckung ist dahin. Jeder kennt jetzt seine Haltung. Bleibt es bei einer Einzelmeinung, ist alles verloren. Doch Scheidemann, Molkenbuhr und der alte Fischer zeigen sich beeindruckt. Auch sie wollen reden. Fischer zuerst: Man muss jetzt genau überlegen, was zu tun ist. Ein kategorisches Nein ist skeptisch zu betrachten. Eher würde eine Enthaltung in Betracht kommen. Wenn die Russen in Deutschland einbrechen, ist man kaum in der Position, die Kredite zu verweigern.

Ledebour gibt sich nachdenklich. Er steht auf Haases Seite, scheint aber zu schwanken. Der radikale Wengels hält – wie nicht anders zu erwarten – zu Haase:

Eine Zustimmung ist völlig unmöglich. Das wäre die Verleugnung all dessen, was die Partei seit je her gelehrt hat. Diesem System keinen Mann und keinen Groschen. Die Berliner Genossen würden das nicht verstehen. Die einfachen Parteimitglieder auf der Straße verlangen, dass die sozialdemokratischen Abgeordneten jeden Kredit ablehnen, wenn es zum Krieg kommt.

David schüttelt den Kopf. Wengels bleibt seiner Ideologie treu. Dass sich die Zeiten ändern, kann einer wie er nicht begreifen. Auch er predigt den üblichen Sermon der Linken:

Sämtliche bisherigen Kongresse waren sich einig, wenn Krieg droht, sind die arbeitenden Klassen und deren Vertretungen in den Parlamenten verpflichtet, alles gegen den Ausbruch aufzubieten. Den imperialistischen Regierungen ist der wachsame und leidenschaftliche Friedenswille des Proletariats beständig vor Augen zu halten. Gemeinsam verneint die Internationale jedweden Krieg.

David kann das nicht mehr ertragen. Immer dieselben Phrasen! Leider bleibt auch Müller stur. Er hält eine Zustimmung zu den Krediten für so gut wie ausgeschlossen. Auch er hofft auf ein gemeinsames Vorgehen mit den französischen Genossen. Mit ihnen soll auf Basis einer Stimmenthaltung operieret werden. Wenn die sozialistischen Parteien der betroffenen Länder erklären, sich in ihren Parlamenten bei den Abstimmungen zu enthalten, ließe sich womöglich die Einheit der nationalen Parteien und der Internationale noch retten.

Das ist also der Strohhalm, den die Radikalen umklammern. Über so viel Naivität kann David nur lachen. Eine gemeinsame Stimmenthaltung wird es niemals geben und kann es niemals geben. Das gilt, so lange es Angreifer und Angegriffene gibt. Aber was soll's, wenn sie unbedingt wollen, sollen sie mit Jaurès in Kontakt treten. Soll Müller doch nach Brüssel und Paris fahren. Die erhoffte einheitliche Erklärung im Reichstag und in der Deputiertenkammer ist und bleibt eine Illusion.

David findet keine Ruhe. Die Sonne ist untergegangen. Er ist allein in der Wohnung. Er wäre jetzt lieber in Mainz bei Adelung und den anderen im Wahlkreis. Bei ihnen würde er sich nicht so einsam fühlen. Im Unterschied zu Berlin dominieren in Mainz keine Ideologen. Mit den Mainzern kann er über alles offen sprechen.

Die Lage ist ernst. Russland hat die Mobilmachung befohlen. Die Reaktion der Reichsleitung ist nur noch eine Frage der Zeit. Was wird passieren? Wird die Partei zerbrechen? Werden sich die Linken durchsetzen und die Landesverteidigung verweigern?

David hält das nicht mehr aus. Er muss hinaus, um mit jemanden zu sprechen. Vielleicht findet er in der Lindenstraße jemanden, dem es ähnlich geht wie ihm.

David hat richtig vermutet. Im Mittelgeschoss brennt Licht. Südekum war nach der Sitzung nicht nach Hause gegangen. Er arbeitet an einem Aufruf: „Ruhe ist die erste Bürgerpflicht".

Südekum zeigt sich erfreut über den nächtlichen Besuch. David ist erleichtert, keinen Linken anzutreffen. Er wollte ohnehin mit Südekum sprechen. Ihn interessiert das gestrige Gespräch beim Reichskanzler. Südekum berichtet gern. Seine Ausführungen lassen hoffen: Bethmann will keinen Krieg, nur der Kriegspartei kann man nicht trauen. Die dürfe nicht provoziert werden.

Auf dem Korridor sind Schritte zu hören. Es ist Stampfer. Er ist stolz auf seinen Artikel: „Sein oder Nichtsein" lautet die Überschrift. Die hat er aus Ströbels Text von gestern übernommen. Der glaubt, wenn die Kriegstreiber erst einmal den Völkerkrieg und die Verwüstung ganz Europas durchgesetzt haben, erwachse dem Proletariat neues Leben aus den Ruinen. Die Mächtigen sollen sich also genau überlegen, ob sie den Krieg wirklich wollen.

Stampfer braucht das nicht zu wiederholen. David und Südekum kennen Ströbels Fanatismus zur Genüge. Der Wahnsinn hat Methode! Erst alles in Schutt und Asche legen und dann auf bessere Zeiten hoffen. Aber wie soll die Partei das Land aufbauen, wenn sie vernichtet wurde?! Es geht hier nicht um den Niedergang der Bürgerklasse, sondern um das Überleben der Nation. Richtig muss es heißen: Sein oder Nichtsein Deutschlands!

Auch Stampfer will nicht über Ströbel reden. Ihm geht es um seinen Artikel. Ob er ihn vorlesen dürfe? Südekum und David sollen ihre ehrliche Meinung dazu sagen. Als beide nicken, beginnt Stampfer zu lesen:

Im Falle eines russischen Angriffs müssen Arbeiter und Partei das Land verteidigen, statt gegen die Regierenden aufzubegehren. Eine Niederlage Deutschlands wäre etwas ganz und gar Unausdenkbares und Entsetzliches. Ist schon der Krieg an sich der Schrecken aller Schrecken, so würde das Furchtbare dieses Krieges durch den Umstand vermehrt, dass er nicht nur unter zivilisierten Nationen geführt wird, sondern auch von blutrünstigen slawischen Völkerschaften. Niemand darf zulassen, dass deutsche Frauen und Kinder Opfer kosakischer Bestialitäten werden.

David schaut erstaunt zu Südekum. So etwas hat er hier noch nicht gehört. Stampfer ist ein wahrer Patriot. Die Russen scheinen ihn ernsthaft zu ängstigen. Je mehr er liest, desto nervöser klingt seine Stimme:

Die Verantwortung für eine Niederlage Deutschlands kann die Partei weder vor sich selbst noch vor der Zukunft tragen. Deshalb ist sie gezwungen, die Kriegskredite anzunehmen. Die Sozialdemokraten haben unzählige Male erklärt, dass sie ihr Land im Augenblick der Gefahr nicht im Stich lassen. Wenn die verhängnisvolle Stunde schlägt, werden die Arbeiter das Versprechen ihrer Vertreter einlösen: Die „vaterlandslosen Gesellen" erfüllen ihre Pflicht und lassen sich darin von den Patrioten in keiner Weise übertreffen.

Stampfer hechelt durch den Text. David kommt aus dem Staunen nicht mehr heraus. So viel Patriotismus hat er dem Vorwärtsredakteur nicht zugetraut. Der Mann ist ein wahrer Vaterlandsfreund.

Stampfer kommt zum Höhepunkt seiner Argumentation: Die Frage der Bewilligung der Kriegskredite ist eine verantwortungsvolle Entscheidung, die durch nichts erschwert werden darf. Wer die Sachlage kennt, weiß, dass die Ablehnung der Verantwortung für den Krieg keineswegs die Ablehnung der Verteidigung bedeuten muss. Diese wird vielmehr im Augenblick des Kriegsausbruchs zur unerbittlichen Lebenspflicht! Ziel ist ein freies deutsches Volk, das sich sein Vaterland erobert, indem es sein Land verteidigt; ein freies deutsches Volk nach billigen Friedensbedingungen im Bunde mit den großen Kulturvölkern der Welt. Die große Sache der Partei ist überall im Vordringen. Drüben im Osten rauchen die Trümmer des Zarenthrones.

David kratzt sich am Kopf. Das ist ziemlich patriotisch, was Stampfer schreibt. Die Mehrheit in Partei und Fraktion wird das überfordern. Aber vielleicht hat Stampfer Recht: Man muss das endlich offen aussprechen. Wenn man die Lage der Genossen in den östlichen Provinzen bedenkt, sieht man das viel klarer. Die würden alle in der Fraktion für verrückt erklären, die sagen, es tut ihnen zwar leid, dass die Russen über euch herfallen, aber verteidigen kann die Partei euch nicht.

Ströbel wird das nicht gefallen, gibt Südekum zu bedenken. Der Chefredakteur wird den Text nicht absegnen. Die Vorwürfe, die er dagegen vorbringen wird, sind zur Genüge bekannt: Sie würden Russenangst schüren und die Völker gegeneinander aufhetzen. David hat keine Lust mehr, sich von den Linken gängeln zu lassen. Er übernimmt die Verantwortung. Das kann er als Vorstandsmitglied. Stampfer soll den Artikel zu den Redaktionen kabeln. Ströbel kann ihn morgen kaum mehr rechtzeitig zurücknehmen.

Auch Südekum will nicht mehr länger abwarten: Der Mehrheit der Genossen ist die richtige Richtung vorzugeben. Denn eines ist völlig klar: Selbst wenn den Deutschen kein so verabscheuungswürdiger Gegner wie die zaristische Despotie gegenüberstünde, den Sozialdemokraten darf das Schicksal des deutschen Volkes nicht gleichgültig sein. Das Deutschland des kulturellen und sozialen Aufstiegs der Massen muss verteidigt werden. Eine von der Partei mitverschuldete Niederlage würde die deutsche Arbeiterbewegung hingegen vernichten. Ein Sieg würde hingegen die Möglichkeit schaffen, den großen Kampf der Partei für eine wahrhaft menschliche Gesellschaft fortzusetzen. Eine Gesellschaft ohne Krieg und Ausbeutung!

DROHENDE KRIEGSGEFAHR

Jagow kann seinen Kummer kaum verbergen. Das ist der tragischste Tag für Deutschland seit 40 Jahren. Der Krieg kommt und Deutschlands Feinde sind zahlreich. Entweder das Volk geht gestärkt aus seinem Lebenskampf hervor, oder verschwindet für immer aus dem Chor der Mächte. Wie Recht Oberst von Goltz doch hatte: Völker werden durch große Katastrophen überzeugt, wie Kinder durch eine ordentliche Tracht Prügel. Gott möge dem Reich beistehen!

Zimmermann kennt den eigentlichen Grund für Jagows Missstimmung. Er fühlt sich gekränkt, weil der russische Botschafter ihn offen angegriffen hat. Swerbejew sollte nur erklären, wie die russischen Maßnahmen an Deutschlands Grenze zu verstehen sind. Doch der Russe blies gleich zum Gegenangriff: Was Jagow sich erlauben würde?! Erst gibt Deutschland sein Einverständnis zu den Teilmobilmachungen und plötzlich droht man Russland mit Krieg, wenn die nicht umgehend zurückgenommen werden. Dabei lägen genügend Vermittlungsvorschläge auf dem Tisch. Warum finden weder der englische noch der jetzige Vorschlag in Wien Widerhall? Für Swerbejew ist die Sache klar: Deutschlands mäßigender Einfluss in Wien ist unzureichend.

Zimmermann weiß selbst, dass sie den russischen Vorwürfen nichts entgegen zu setzen haben. Um den Botschafter einigermaßen zu beruhigen, haben sie ihm versprochen, dem Zaren ein weiteres Telegramm zuzusenden. Doch was kann Deutschland anderes fordern, als die Rücknahme der Teilmobilmachung?

Jagow will Zimmermann korrigieren: Die Russen sind nicht das größte Problem, sondern die Launen des Kaisers. Dem genügen die Meldungen über die Mobilmachungen nicht, um den drohenden Kriegszustand auszurufen. Wilhelm verlangt eindeutige Beweise.

Das ist Moltkes Aufgabe! Zimmermann will Jagows Gewissen beruhigen: Wenn das Militär den Zustand drohender Kriegsgefahr unbedingt wünscht, muss sich der Generaloberst mehr Mühe geben. Der soll gefälligst weitere Beweise für die russischen Übergriffe beibringen.

Jagow macht eine abwehrende Handbewegung: Der eigentliche Störenfried ist dieser russophile Chelius. Der schreibt nur Unsinn! Seine einfältigen, harmoniesüchtelnden Berichte verderben alles. Angeblich hätte der Zar nur aus Furcht vor kommenden Ereignissen mobilisiert, ganz ohne aggressive Absichten. Nun sei man bei Hofe ernsthaft darüber erschreckt, was damit angerichtet wurde.

Zimmermann ist verärgert. Die Dummheit dieser Hofschranzen kennt keine Grenzen! Chelius begreift nicht, was auf dem Spiel steht. Als ginge es allein um Russland …

Wie dem auch sei! Jagow verlangt, dass Zimmermann sich etwas einfallen lässt, was den Kaiser bremsen kann. Der will ein Antworttelegramm an König Georg senden. Auch der Zar soll eine Mitteilung erhalten. Wilhelm meint, die Londoner und Wiener Vorschläge aufgreifen zu müssen. Das Außenamt hat Befehl, entsprechende Entwürfe vorzulegen.

Unglaublich der Mann! Zimmermann weiß nicht, was er sagen soll. Irgendwann müssen sie dem Kaiser widersprechen. Dieses ewige Hin und Her ist nicht mehr auszuhalten. Aber wenn Wilhelm darauf besteht, soll er seine Telegramme bekommen. Viel ausrichten werden die ohnehin nicht mehr.

Das ist noch nicht alles! Jagow entfährt ein tiefer Seufzer. Es gibt noch ein anderes halbgares Memorandum des Kaisers. Ein Informant aus dem Admiralsstab berichtet von einer Note für Wilhelms Liebling Tirpitz. Darin steht, England möge in Petersburg durchsetzen, dass die russische Regierung mit der Generalmobilmachung bis zur österreichischen Antwort auf seinen Vermittlungsvorschlag „Halt in Belgrad" wartet. Wilhelm meint, die Vorschläge König Georgs würden sich mit den seinigen decken. Er könne daher nicht verstehen, warum Wien ihn ohne Antwort lässt.

Zimmermann muss schlucken. Das Ganze entwickelt sich immer mehr zu einer Groteske. Wenn Wilhelm erfährt, dass Tschirschky seinen Vorschlag längst zurückgenommen hat, würde er vermutlich vollends verrückt werden.

Jagow kann dem nicht widersprechen. Es ist unbegreiflich, dass der Kaiser weiterhin hofft, Wien und Petersburg könnten sich verständigen. Das Memorandum offenbart größte Verwirrung. Wilhelm klagt offen über die deutsche Amtsführung. Das Auswärtige würde nur unvollkommen mit ihm kommunizieren. Außerdem vermisst er einen Kommentar zu Lichnowskys Telegramm. Der Botschafter hat doch eine sachliche Übereinstimmung zwischen Wien und London festgestellt.

Das ist ein starkes Stück! Zimmermann ist erschüttert. Wilhelm macht Stimmung gegen die eigene Regierung. Der Mann ist eine Bedrohung für die

Sicherheit des Landes. Die offizielle Anordnung der russischen Teilmobilmachung schafft eine gänzlich neue Lage. Das Reich, Deutschland und Preußen sind in größter Gefahr. Wenn der Monarch weiterhin die Taube spielen will, verspielt er Ostpreußen und Deutschlands letzten militärischen Trumpf: Das höhere Tempo zu mobilisieren.

An der Tür klopft es. Ein Diener meldet das Eintreffen eines weiteren Telegramms. Jagow kann sich kaum zurückhalten. Ohne ein Wort des Dankes reißt er dem Mann das Dokument aus den Händen. Es ist aus Petersburg! Vielleicht ist das die Rettung?! Zimmermann soll die Ohren spitzen:

Der Zar hat soeben die allgemeine Mobilmachung von Armee und Flotte befohlen. Erster Mobilmachungstag ist der 31. Juli. Tschirschky meldet aus Wien, dass Österreich-Ungarn ebenfalls die Generalmobilmachung bekannt gibt. Der österreichisch-ungarische Ministerrat lehnt die Vorschläge der deutschen Weltbrand-Telegramme offiziell ab.

Das ist es! Zimmermann zittern die Hände. Seine Stimme bebt. Der Zug ist abgefahren und niemand wird ihn mehr aufhalten. Jetzt gibt es kein Zurück mehr. Der Krieg ist eine eherne Tatsache. Die russische Generalmobilmachung macht sämtliche Vermittlungsbemühungen hinfällig.

Es ist so weit, verkündet Jagow pathetisch. Deutschland wird seine Pflicht erfüllen und seinem Bundesgenossen beistehen. Das Reich ist gewillt, den großen Krieg gegen Russland und Frankreich durchzuführen, den allein die Russen verschuldet haben. Zimmermann soll Botschafter Swerbejew erneut einbestellen.

Im Kriegsministerium ist man vom Warten mürbe. Die Generalität erwartet dringend das Eintreffen Bethmann Hollwegs. Er soll endlich für Klarheit sorgen. Moltke, Falkenhayn und die anderen Generäle verlangen nach Aufklärung über den aktuellen Stand der Krise. Ein weiteres Hinauszögern halte man für nicht verantwortbar. Unter den gegebenen Umständen bliebe dem Generalstab nichts anderes übrig, als den Zustand drohender Kriegsgefahr auszurufen.

Als Bethmann endlich eintrifft, sind die Meinungsverschiedenheiten geringer als vermutet. Das Kanzleramt hat großes Verständnis für die Sorgen des Generalstabs. Bethmann erkennt die Dringlichkeit der anstehenden Entscheidungen an. Die Regierung Seiner Majestät hat er bereits untertänigst, aber mit allem sachlich gebotenen Nachdruck gebeten, umgehend die drohende Kriegsgefahr zu proklamieren. Doch noch hat der Kaiser nicht entschieden.

Falkenhayn blickt verwundert. Mit so viel Zustimmung hat er nicht gerechnet. Das verstehe er nicht. Er verlangt umgehend aufgeklärt zu werden, was genau der Kaiser geantwortet hat. Bethmann ärgert der Kommisston die-

ses Salonhaudegens. Eigentlich verspürt er keine Lust, die Ängste der Generäle zu lindern. Wie lange leidet er schon unter deren Intrigen?! Andererseits
bringt es zum jetzigen Zeitpunkt nichts, einen Streit mit diesen Herren anzuzetteln.

Die Antwort steht noch aus, erwidert Bethmann fast schon ein wenig zu
freundlich. Der Kaiser will ein Telegramm an seinen Vetter Georg senden.
Erst danach möchte er sich mit Regierung und Generalstab beraten. Bis dahin dürfen keinerlei Schritte unternommen werden, die einen Krieg präjudi-
zieren könnten. Etwaige Zuwiderhandlungen werden Seine Majestät nicht
dulden.

Moltke ist außer sich. Das ist unverantwortlich! So verstreicht wertvolle
Zeit, in der die Russen mobilisieren, wohingegen wir untätig bleiben müssen.
Wenn Deutschland jetzt nicht mobilisiert, geraten wir militärisch zunehmend
ins Hintertreffen.

Auch Falkenhayns Nerven liegen blank. Er scheint kurz vor der Befehls-
verweigerung. Er weiß nicht, ob man auf den Kaiser noch warten könne. Die
deutschen Ostprovinzen befinden sich in akuter Gefahr. An der Grenze zu
Ostpreußen marschieren starke russische Kampfverbände auf. Auch sind
dort bereits russische Agenten eingeschleust worden, die den Einmarsch der
Armee vorbereiten sollen. Der Generalstab kommt nicht umhin, etwas zum
Schutz der Bevölkerung zu unternehmen.

Nicht nur das! Moltke wirkt längst nicht mehr so überlegen, wie er es gern
hätte. Wilhelm müsse doch auch an Wien und an Franz Joseph denken. Wir
groß wäre die Enttäuschung des Bundesgenossen, wenn Deutschland Österreich im Stich ließe. Wenn Deutschland jetzt nicht handelt, würde man größte
militärische Nachteile in Kauf nehmen. Das Reich ist gezwungen zu handeln,
will es seine Chancen nicht verspielen.

Wegen der angespannten Atmosphäre unter den hohen Herren wagt der Adjunkt kaum Meldung zu machen. Er bittet vielmals um Verzeihung. Er
möchte keinesfalls stören, aber er habe ein Telegramm seiner Majestät zu
melden.

Falhenhayn und Moltke sind wie elektrisiert. Das ist die Stunde der Wahrheit, die Entscheidung über Sieg und Niederlage!

Bethmann lässt sich nichts anmerken. Er weiß, was darin steht. Die Generäle werden schäumen vor Wut. Die Schuld werden sie ihm zuschieben. Er
kennt das schon: Beim Kaiser intrigieren sie gegen ihn, und wenn der nicht
macht, was sie wollen, ist Bethmann schuld.

Falkenhayn ist entsetzt. England soll den Zaren solange von einer Generalmobilmachung abhalten, bis Wien endlich auf „Halt in Belgrad" reagiert
habe. Die Antwort des englischen Königs ist abzuwarten.

Jetzt kapiert auch Falkenhayn: Der Kaiser hat nichts begriffen. Der glaubt tatsächlich, dass Berchtold und General Hötzendorf in Wien noch immer über seinen „Halt in Belgrad"-Vorschlag nachgrübeln. Und das seit sechs Tagen!

Das ist Bethmanns Chance. Vielleicht lassen sich die Generäle mit Psychologie überzeugen: Er kennt den Kaiser nicht anders. Er ist vollkommen naiv, er denkt wie ein Kind. Das sollte man sich zu Nutze machen. Den Monarchen dürfe man in seinem momentanen Zustand nicht weiter provozieren. Dann würde er nur noch trotziger reagieren. Wilhelm glaubt ernsthaft an die Friedensliebe der Regierung; und diesen Glauben darf ihm niemand nehmen. Unangenehmes pflegt er zu verdrängen. Es ist bekannt, dass er sich immer, wenn es brenzlig wird, in eine Scheinwelt zurückzieht. Er möchte sich nicht schlecht fühlen, keine Entscheidungen treffen, deren Verantwortung er nicht überblicken kann.

Moltke gibt Bethmann ausnahmsweise Recht. Mit Druck erreicht man bei Wilhelm gar nichts. Das, worauf es ankommt, ist vor allem, dass er sich nicht schuldig fühlt. Man muss ihn von der Vorstellung befreien, er trage die Verantwortung für den Ausbruch des Krieges.

Bethmann wundert sich über Moltke. Für einen Militär weiß er ungewöhnlich viel von der menschlichen Psyche. Zumindest versteht er, wie der Kaiser tickt. Bethmann lobt Moltke für seine Menschenkenntnis. Und weil er darauf gebaut hat, hat sein Amt bereits ein Schreiben in diese Richtung entworfen. Wenn er den Inhalt der Generalität vorstellen darf? Vielleicht können sich die Herren dazu entscheiden, die Note mit zu unterzeichnen? Das könnte den Kaiser beeindrucken.

Falkenhayn und Moltke nicken zustimmend. Der Kanzler soll erklären, was er dem Kaiser schreiben will. Bethmann zieht ein Schriftstück aus seiner Aktenmappe und liest mit ruhiger Stimme:

Die Friedensbemühungen Seiner Hoheit sind von unvorstellbar großem Wert für das deutsche Volk. Jeder im Land weiß von den beschwerlichen Mühen, die der deutsche Kaiser auf sich nimmt, um in dieser Krise mit den anderen Mächten eine Übereinkunft zu erzielen. Auch die Regierung tut weiterhin alles in ihrer Macht stehende, um einen Krieg zu verhindern. Die Zeichen für eine Beilegung der Krise stehen zurzeit nicht einmal schlecht, wie Tschirschkys Mitteilung aus Wien belegt. Die Verkündung der drohenden Kriegsgefahr wird nichts an der Intensität der deutschen Friedenbemühungen ändern. Im Gegenteil werden dadurch alle Seiten zu noch größeren Anstrengungen für den Erhalt des Friedens ermuntert. Hat doch mit der Ausrufung jeder Mann den drohenden Krieg direkt vor Augen, so dass die Motivation, ernsthaft zu verhandeln, nur weiter gefördert wird.

Bethmann ist allein in seinem Dienstzimmer. Er würde es selbst nicht glauben, wenn es nicht schwarz auf weiß geschrieben stünde. Das ist der Beweis! Die Note an den Kaiser hat Wirkung gezeitigt. Der Mann ist berechenbarer als die meisten denken.

Wilhelm hat die beiden Ultimaten an Russland und Frankreich unterschrieben. Petersburg soll sämtliche militärische Maßnahmen binnen zwölf Stunden rückgängig machen. Andernfalls wird auch Deutschland seine Streitkräfte mobilisieren. Die Franzosen bekommen achtzehn Stunden Zeit, sich darüber zu äußern, wie sie sich in einem deutsch-russischen Krieg verhalten wollen. Russland hat sich mit seiner allgemeinen Mobilmachung selbst ins Unrecht gesetzt. Der Krieg im Osten muss so schnell wie möglich ausbrechen. Andernfalls kann das Heer nicht über Luxemburg und Belgien nach Frankreich schlagen, ohne England und die Sozialdemokraten zu beunruhigen.

Ein Sekretär Bethmanns meldet die Ankunft Tirpitz' im Kanzlerpalais. Der Großadmiral wünscht, den Reichskanzler zu sprechen. – Das verheißt nichts Gutes. Bethmann überlegt einen Moment, sich verleugnen zu lassen. Wahrscheinlich ist er wegen des kaiserlichen Memorandums hier.

Und tatsächlich: Kaum hat der Admiral das Büro betreten, fliegt auch schon eine Abschrift der kaiserlichen Note auf Bethmanns Schreibtisch. Wie der Kaiser liebt auch Tirpitz den theatralischen Auftritt. Mehrmals zupft er an seinen Barthaaren, dann beginnt er zu lärmen:

Wenn das stimmt, was Wilhelm da schreibt, wozu dann noch Krieg? Das passt vorne und hinten nicht zusammen. Am Vormittag hat es im Generalstab geheißen, der Krieg sei unvermeidlich. Nun steht hier, dass der Kaiser noch heute um zwölf Uhr mittags der Meinung war, Wien, London und Berlin stimmten in sachlicher Beziehung überein. Bethmann möge bitte umgehend diese Ungereimtheit aufklären. Andernfalls weiß er nicht, wie er seinen Leuten den Krieg erklären soll.

Innerlich widert Bethmann das ganze Gehabe an. Die Arroganz der Militärs ist abscheulich. Von Politik haben die nie viel verstanden. Der Marinechef gehört zu der besonderen Spezies von Emporkömmlingen, die glaubt, weil sie weiß, wie man dem Kaiser Honig ums Maul schmiert, sich alles erlauben zu können. Aber was soll's! Viel ausrichten kann Tirpitz ohnehin nicht mehr. Es ist besser, ihn nicht noch mehr zu reizen.

Bethmann reagiert gelassen: Der Kaiser mischt wohl einiges durcheinander. Wäre ja nicht das erste Mal. Auf jeden Fall ist die russische Generalmobilmachung eine eherne Tatsache und Deutschland muss ihr wohl oder übel mit der eigenen Mobilmachung entgegentreten. Moltkes Leute haben bereits entsprechende Gegenmaßnahmen eingeleitet.

Der Großadmiral gibt sich damit nicht zufrieden. Auch er will den Friedensretter spielen: Wenn die Regierung ein Ultimatum an Petersburg richtet, könnte sie darin hervorheben, dass Deutschland und Russland in der Sache grundsätzlich einig seien. Das ist das Mindeste, was man in dieser zugegebenermaßen verfahrenen Situation unternehmen kann, um ein größeres Unheil abzuwenden.

Bethmann hat keine Lust mehr auf derartige Gespräche. Irgendwann sind auch seine Nerven am Ende. Was bildet sich der Mann ein? Das Kanzleramt erteilt ihm doch auch keine Ratschläge, wie er seine Flotte zu führen hat. Damit diese unnütze Diskussion ein Ende hat, muss er ein wenig von der Wahrheit abweichen:

Verehrter Großadmiral, das ist dauernd geschehen! – Bethmann überrascht selbst, wie gut es ihm gelingt, freundlich zu bleiben. Immer wieder hat das Außenamt Petersburg und Wien darauf hingewiesen, dass die Gegensätze zwischen den Mächten nicht so groß sind, wie Russen und Österreicher glauben. Aber wie die Dinge nun mal liegen, will Russland den Krieg. Und Frankreich und England geben sich nicht besonders engagiert, den Zaren daran zu hindern. Und überhaupt ist es für eine solche Intervention ohnehin zu spät. Das Ultimatum mit der Aufforderung zur Rücknahme sämtlicher Mobilmachungen ist bereits in Petersburg.

Tirpitz Gesichtsausdruck verrät, dass auch er keine Lust mehr zum Diskutieren hat. Mit kalter Stimme dankt der Admiral Bethmann für seine Geduld. Wie seine Ankunft ist auch sein Abgang eine einzige theatralische Geste. Mit schneller Handbewegung ergreift er die Abschrift der kaiserlichen Note, schlägt die Hacken zusammen, dreht sich mit gehobenem Kinn um 180 Grad und verlässt ohne ein weiteres Wort den Raum. – Was für ein Narr! Bethmann fühlt Müdigkeit in sich aufsteigen.

Am frühen Morgen weckt Stumm den Kanzler. Es tut ihm leid, den wohlverdienten Schlaf seiner Exzellenz unterbrechen zu müssen. Aber es gibt eine verblüffende Nachricht aus London. Lichnoswky hat ein Telegramm geschickt, das eine interessante Wendung in der britischen Politik in Aussicht stellt. Stumm bittet, die Note vorlesen zu dürfen. Der Kanzler kann die Zeit nutzen, sich frisch zu machen.

Bethmann ist einverstanden. Stumm soll loslegen. – Lichnoswky schreibt, er hat zum ersten Mal den Eindruck, dass sich das deutsch-englische Verhältnis bessert. Er nimmt deutschfreundliche Stimmungen im britischen Kabinett wahr, die die Möglichkeit in Erscheinung treten lassen, dass England bei einem etwaigen Krieg eine abwartende Haltung einnimmt. Sir Grey fragt an, wie man es hinbekommen kann, dass England nicht gezwungen ist, in eine kontinentale Auseinandersetzung einzugreifen.

Das ist doch eine interessante Aussicht, kommentiert Stumm ungefragt. Doch Bethmann kann das nicht gelten lassen. Stumm soll nicht so leichtgläubig sein. Es wäre zwar schön, wenn England außen vor bleibt. Dann hätte Deutschland eine reelle Chance zu siegen. Allerdings wäre es nicht das erste Mal, dass die Briten tricksen. Mal sehen, was sie verlangen. Stumm soll fortfahren.

Grey hat erklärt, dass seine Regierung nur ein greifbares Entgegenkommen Wiens benötige. Er braucht ein deutliches Unrecht auf russischer Seite, um Englands Neutralität durchsetzen zu können. Welcher Art ein solches Entgegenkommen sein muss, hat Grey allerdings nicht mitgeteilt. Es ist aber zu vermuten, dass er seine ursprüngliche Anregung im Auge hat, die militärischen Operationen der Österreicher in Serbien einzustellen. Berlin muss nur irgendeinen vernünftigen Vorschlag unterbreiten, der klar macht, dass Deutschland und Österreich sich um die Erhaltung des Friedens bemühen. Sollte das hingegen nicht gelingen und würde Frankreich in die Sache verwickelt, kann sich England kaum heraushalten.

Bethmann schüttelt den Kopf! Das ist typisch für die Briten! Nur Gerede, nichts Substanzielles! In Wirklichkeit ist Greys vermeintliches Angebot nur eine versteckte Drohung! Lichnowsky soll endlich lernen, nicht den durchsichtigen britischen Charme-Offensiven zu erliegen. Jagow soll den Botschafter aus London abziehen. Andernfalls wird Bethmann dafür Sorge tragen.

Stumm versteht nicht ganz. Bethmann will es ihm genauer erklären: Das ganze Gerede von einem Einlenken Österreichs ist nicht nur dumm, sondern auch gefährlich. Wenn der Kaiser oder Tirpitz von dem Schreiben erfahren, lassen die sofort alles abblasen und Deutschland wäre wieder einmal nicht weitergekommen als beim „Panther-Sprung". Außer ein paar Kanonenschüssen nichts gewesen.

Bethmann bittet Stumm ein Schriftstück aufzusetzen. Den Briten ist zu erklären, dass Deutschland auf das Angebot nur eingehen kann, wenn Russland die Mobilmachung rückgängig gemacht hat. Das verlangt auch das Ultimatum an Petersburg. Des Weiteren ist das Bedauern darüber auszusprechen, in welche schlimme Sache Deutschland, Frankreich und vielleicht auch England hineingezogen werden. Und das, obwohl keiner auch nur im Geringsten den Krieg will. Das ganze Unglück kommt nur von dem Bündnissystem, das der Fluch der neuen Zeit ist. Nach dem Ultimatum an Russland bleibt Berlin nichts mehr zu tun als abzuwarten. Sollte Russland der ultimativen Forderung stattgeben, wird Deutschland gern auf den Grey'schen Vorschlag zurückkommen.

Stumm soll das ausformulieren und auf offizielles Papier setzen lassen. Die Note muss noch heute nach London gekabelt werden. An Riezler ist eine Abschrift für das Weißbuch weiterzuleiten. Wenn Stumm keine Fragen mehr hat, darf er sich zurückziehen. Bethmann muss noch eine Rede vorbereiten. Das Volk ist auf die neue Situation einzustimmen.

Bethmann lächelt zufrieden. Von draußen dringen patriotische Rufe und Gesänge in sein Büro. Wenigstens ist die Situation auf den Straßen gut. Seit Bekanntgabe der russischen Mobilmachung versammeln sich die Menschen in der Wilhelmstraße. – Ja, jetzt dürfen sie marschieren! Die Russen stehen im Unrecht! Jetzt kann er jeden verstehen, der sich in dieser ernsten Stunde vor dem Hause Bismarcks versammeln will, um seinen patriotischen Gefühlen Ausdruck zu verleihen. Das wird er gleich draußen vor der Menge sagen.

Er wird erklären, dass das Kanzleramtspalais der historische Ort ist, wo einst das Deutsche Reich geschmiedet wurde. Die Deutschen haben sich in 44jähriger Friedensarbeit ein Reich aufgebaut, in dem sie auch fernerhin in Frieden leben wollen. Das gesamte Wirken des Kaisers und der Zivilregierung ist allein auf die Erhaltung des Friedens gerichtet. Seine Majestät hat bis in die letzten Stunden für den Frieden Europas gewirkt und auch jetzt wirkt er noch für den Frieden. Sollten die Bemühungen jedoch scheitern, werde Deutschland das Schwert in die Hand gezwungen. Die Deutschen würden mit dem guten Gewissen und dem Bewusstsein ins Feld ziehen, dass nicht sie den Krieg wollen. Das Land ist bereit, den Kampf um seine Existenz und nationale Ehre unter Einsatz des letzten Bluttropfens zu führen. Dann gilt das, was einst Prinz Friedrich Karl gesagt hat: Lasst Eure Herzen schlagen zu Gott, Eure Fäuste auf den Feind!

Bethmann zupft seinen Frack zurecht und setzt den Zylinder auf. Ein Diener öffnet die Tür zum Balkon. Die Wilhelmstraße quillt beinahe über vor Menschen. Die Menge wirkt ernst und gefasst, aber nicht ängstlich. Bethmann weiß, seine Worte werden ihre Wirkung nicht verfehlen.

DER ERSTE AUGUST

David tritt auf die Straße. Er atmet tief durch. Die Morgenluft ist frisch und unverbraucht. Der August beginnt, wie der Juli endete, als ein prächtiger Sommertag. Die aufgehende Sonne verspricht Wärme im Überfluss. Die silbrigen Nebelschwaden über dem Tiergarten verflüchtigen sich im Hellblau des Himmels. Die Lindenbäume verströmen wohltuende Düfte, die Fruchtbarkeit und Lebenskraft verheißen. Kein Wunder, dass die Germanen den Baum ihrer höchsten Göttin weihten. Von allen Pflanzen verkörpert er germanische Ur- und Willenskraft am stärksten.

Noch ist wenig Verkehr in den Straßen. Alles wirkt friedlich. Die Berliner scheinen mit sich im Reinen. Das wundert David: Der friedvolle Morgen passt so gar nicht zum Streit der Fraktion. Die Partei steht vor der größten Zerreißprobe ihres Bestehens. Die Mehrheit der Genossen will dem Land trotz schwerster Not die Mittel zur Verteidigung nicht zubilligen. Allenfalls für Enthaltung wollen sie votieren.

Als David das Reichstagsfoyer betritt, trifft er auf Scheidemann. Das ist die Gelegenheit, um über die anstehenden Notwendigkeiten zu sprechen. Wenn es ihm gelingt, Scheidemann von der Richtigkeit zu überzeugen, lassen sich auch Ebert, Molkenbuhr und Pfannkuch für eine Bewilligung gewinnen.

David muss sich zusammenreißen. Er erwartet leider zu viel. Scheidemann bleibt dabei, er will sich enthalten. Wie so viele klammert auch er sich an die Hoffnung eines gemeinsamen Vorgehens mit den französischen Genossen. Schlimmer noch ist, dass Scheidemann dem Radikalen Wengels Glauben schenkt. Der behauptet allen Ernstes, er wisse durch verwandtschaftliche Beziehungen zur Regierung, dass die Mobilisierung ausgesetzt worden sei. Der russische Gesandte bittet angeblich um Verlängerung der Beantwortungsfrist des Ultimatums.

Über so viel Unverstand kann David nur den Kopf schütteln. Wie Ertrinkende greifen sie nach jedem noch so kleinen Strohhalm. Keiner will Verantwortung übernehmen. Jeder versucht sich irgendwie vor den Pflichten zu drücken.

David wäre nicht er selbst, würde er jetzt aufgeben. Was Scheidemann sagt, ist nicht logisch. Er weiß selbst am besten, dass der Krieg sicher ist. Die Russen spielen auf Zeit. Eine Enthaltung funktioniert nicht! Wenn Deutschland von den Russen angegriffen wird, bleibt den Deutschen überhaupt nichts anderes übrig, als sich zu verteidigen. Denn sollte Deutschland den russischen Armeen unterliegen, müsste sich auch die Sozialdemokratie dem Zaren unterwerfen. Damit wäre niemandem außer der Reaktion geholfen. Die Arbeiterbewegung würde um Jahrzehnte in ihrem Kampf für die Freiheit zurückgeworfen. Das würden nicht nur die Arbeiter in Deutschland, sondern in ganz Europa schmerzhaft zu spüren bekommen. Im Ernst können weder die französischen Sozialisten noch die Internationale zulassen, dass der Zar über Mitteleuropa herrscht.

Scheidemann blickt nachdenklich. Er muss zugeben, dass sich die Argumente nicht beiseiteschieben lassen. In seinem Herzen trägt auch er die Überzeugung, dass letztlich nur eine Bewilligung infrage kommen kann. Der Zarismus darf nicht über Deutschland hereinbrechen. Molkenbuhr und Pfannkuch müssen das verstehen. Auch Ebert wäre für die Position empfänglich, wenn man in Ruhe mit ihm spricht. Zurzeit ist das jedoch nicht möglich, er ist in wichtiger Parteimission verreist.

David spürt eine schwere Last von sich abfallen. Mehr kann er nicht erreichen. Die anderen Vorstandsmitglieder sind unbelehrbar. Die Radikale Zietz und der Zentrist Haase sind dermaßen von der Idee des Internationalismus und Pazifismus eingenommen, dass nichts in der Welt sie von ihrem Kurs abbringen könnte.

Zumindest versuchen sollten sie es, meint Scheidemann. Er will mit Haase und Kautsky reden. David weiß nicht, ob das eine gute Idee ist. Der Vorsitzende und sein Cheftheoretiker lassen nichts gelten, außer ihrer vorgefertigten Meinung. Kautsky erklärt jedem, der zuhört, dass eine Bewilligung das größte Unglück wäre, das der Partei passieren könne. Zusammen mit Haase hat er eine Erklärung entworfen, mit der sie die Ablehnung im Reichstag begründen wollen. Wenn beide merken, dass ihre Mehrheit im Vorstand bedroht ist, würden sie versuchen, die anderen zu manipulieren.

Scheidemann kennt das intrigante Gebaren der Linken nur zu gut. David hat Recht! Bei denen ist Hopfen und Malz verloren. Haase und Kautsky klammern sich an ihre Ideologie aus dem letzten Jahrhundert und sehen nicht, wie rasant sich die neuzeitliche Welt verändert. Ihr fundamentaloppositioneller Kurs passt schon lange nicht mehr in die neue Zeit. Bald werden sie böse erwachen! Die Sozialdemokratie muss sich den veränderten Verhältnissen anpassen.

David macht einen Vorschlag: Am Nachmittag treffen sich die Gemäßigten der Fraktion im Café Austria. Dort soll die Lage im Einzelnen besprochen werden.

Scheidemann ist einverstanden. Er überlegt, wer mitmachen und wer noch hinzugewonnen werden könnte. Südekum, Göhre und Bernstein sind so gut wie sicher. Vielleicht haben auch Schöpflin, Heine und Schmidt ein Einsehen.

Laute Schritte hallen durch das Foyer, auch Rufe sind zu hören. – Was hat das zu bedeuten? David und Scheidemann schauen ängstlich in Richtung der Geräusche. Hat Bethmann Hollweg am Ende gelogen?

David versucht ruhig zu bleiben. Das Getöse klingt nicht nach Militär. Schnell weicht die Angst der Erleichterung. Nicht Soldaten, sondern ein außer Atem geratener Bursche eilt zum Fraktionszimmer. David und Scheidemann folgen ihm eilends. Vermutlich hat er Neuigkeiten. Im Fraktionssaal angekommen, beginnt der Junge vor versammelter Mannschaft zu stammeln:

Ströbel schickt ihn … er soll der Fraktion berichten … etwas Schlimmes ist passiert! – Der Junge schnappt wiederholt nach Luft – die Franzosen …! – Keiner begreift, was er sagen will. Scheidemann fordert ihn auf, sich zu beruhigen. Er soll sich setzen. Was ist mit den Franzosen?

Die Worte platzen aus dem Jungen heraus: Jaurès wurde ermordet … kaltblütig mit einem Revolver in den Kopf geschossen … in einem Café, in aller Öffentlichkeit. Niemand weiß, wer dahintersteckt. – Der Knabe ringt erschöpft nach Luft.

Das ist ungeheuerlich! Scheidemann ist entsetzt. David hat es gewusst: Das ist der Beweis! Das ist das Werk der Kriegshetzer der Entente, wenn nicht gar russischer Agenten. Die französischen Chauvinisten wollen Krieg und schrecken nicht einmal vor feigem Mord zurück. Der großartige Jaurès ist tot! Das ist eine Katastrophe! Der Führer der französischen Sozialisten, der Kopf der Internationale einfach ausgelöscht! Wo soll das alles nur enden?

Stadthagen eilt hinzu. Der Abgeordnete hat ebenfalls Neuigkeiten: Er kommt geradewegs von der Regierung. Der Kanzler hat ihn zu sich gebeten. Bethmann Hollweg lässt ausrichten, dass er erschüttert ist über das Attentat. Er hofft, der Vorstand nimmt die Beileidsbekundung der Regierung an. Zudem ist er der Bitte Südekums nachgekommen: Hilferdings Ausweisung wurde zurückgenommen.

David hatte Recht: Man mag von der Reichsleitung halten was man will, aber den Friedenswillen kann man ihr nicht absprechen. Anders als Russen und Franzosen will Deutschland den Frieden. Es ist die Pflicht der Partei, die Ermordung des Arbeiterführers zu sühnen.

Für Scheidemann ist das der endgültige Beweis: Französische und deutsche Sozialisten können keine gemeinsame Haltung zu den Kriegskrediten einnehmen. Ohne Jaurès Autorität gibt es keine Einigung. Die Müller'sche Mission in Paris ist gescheitert! Jede Nation ist sich selbst die nächste.

DURCHMARSCH

Zimmermann kann sich glücklich schätzen. Er kann nur Gutes berichten. Ausnahmsweise verlaufen die Dinge einmal so, wie Jagow es wünscht. Der Bundesrat hat die Kriegserklärungen an Frankreich und Russland genehmigt. Dabei war das gar nicht nötig. Schließlich führt Deutschland einen Verteidigungskrieg und der lässt sich auch ohne den Bundesrat beschließen. Doch so ist es besser. Nun sind die Bundesstaaten mit im Boot. Die Gesandten wollten nicht einmal wissen, warum Bethmann es für notwendig hält, ihre Zustimmung einzuholen.

Jagow klopft Zimmermann gönnerhaft auf die Schulter. Gut gemacht! Er will gern zugeben, dass die Saat des Kanzlers aufgegangen ist. Keiner im Land zweifelt mehr daran, dass Deutschland einen russischen Angriff abwehren muss.

Ehre wem Ehre gebührt! Auch Zimmermann beeindruckt die taktische Raffinesse des Kanzlers. Nicht einmal die vaterlandslosen Gesellen hegen Verdacht, im Gegenteil, sie kooperieren willfährig, wie es sich für pflichtbewusste Deutsche geziemt.

Tadellos ist der Kanzler allerdings auch nicht. Zimmermann muss sich schon wundern, wie nervös Bethmann am Morgen war. Der Mann hat keine guten Nerven. Geschrien hat er, wann die Kriegserklärung an Russland endlich fertig sei. Wenn er die Kriegserklärung nicht sofort bekomme, würden die Sozialdemokraten nicht mitmachen. Erst wenn der Krieg mit Russland im Gange sei, kann er Frankreich den Krieg erklären. Und je eher der Krieg mit Frankreich beginnt, umso weniger Zeit bleibt Franzosen und Belgiern, ihre Verteidigungslinien zu verstärken.

Jagow schüttelt den Kopf. Bethmann hat wirklich keine Nerven. Dabei war alles minutiös geplant. Die Vorbereitungen waren längst abgeschlossen, die Kriegserklärungen völkerrechtlich hieb und stichfest formuliert. Der

Kriegszustand mit Russland ist herbeigeführt. Moltkes Truppen können marschieren.

Jagow fläzt sich in den Sessel. Wenn das nicht eine Parthagas wert ist. Zimmermann lässt sich nicht lange bitten. Er reicht Jagow sein Etui. Die Zigarren sind ein wirklicher Hochgenuss.

Zimmermann lächelt zufrieden. Sogar das Schicksal ist auf ihrer Seite. Die Ermordung Jaurés ist außerordentlich hilfreich. Besser lässt sich die antifranzösische Stimmung im Lande kaum herstellen. Nun dämmert auch den Sozialdemokraten, dass man den Franzosen kein Stück weit trauen darf. Ihre Heimtücke ist letztlich keinen Deut besser als die der Serben.

Die Probleme bleiben dennoch zahlreich. Jagow denkt vor allem an Engländer und Italiener. Auf Rom kann Deutschland sich nicht verlassen. Die Italiener versuchen zu kneifen, trotz ihrer Verpflichtung im Dreibund. Am Ende treiben sie ein doppeltes Spiel. Wenn Österreich es mit Serbien und Russland aufnehmen muss, glauben sie, sich klammheimlich Südtirol unter den Nagel reißen zu können.

Zimmermann kann Jagows Sorgen gut verstehen. Allerorten herrscht Mangel an Moral und Charakterstärke. Wenn sich das nicht bessert, steht das Abendland wirklich bald vor dem Untergang. Die Engländer sind kaum besser. Sie verlangen Garantien. Wenn Deutschland die Franzosen nicht angreift, würden sie angeblich neutral bleiben und für Frankreichs Passivität bürgen.

Schön wär's, aber das glaubt ihnen keiner. Jagow will sich auf keine Versprechungen mehr einlassen. Paris wird auf jeden Fall seine Bündnispflicht gegenüber Russland erfüllen. Die Franzosen sinnen auf Rache wegen Versailles. England wird niemals neutral bleiben.

Eigentlich will Bethmann nicht ins Schloss. Doch er muss. Den Kaiser kann man mit den Militärs nicht allein lassen. Die Gefahr ist viel zu groß, dass er am Ende den Engländern auf dem Leim geht.

Am Portal informiert ein kaiserlicher Adjutant, dass Seine Majestät im Sternensaal beraten. Moltke, Tirpitz und Falkenhayn sind auch anwesend. Seine Exzellenz, der Reichskanzler, wird bereits erwartet.

Auf dem Weg zum Festsaal sinnt Bethmann über Architektur nach. Bis heute weiß er nicht, was er von Schinkels Innenraumkünsten halten soll. Die Gelehrten meinen, der in Weiß und Gold gehaltene Saal verkörpere Wesenszüge, die Preußens Ethos ausmachen: Klarheit in der Gliederung und kühler Klang in der Farbgebung. Wenn das stimmt, müsste man Wilhelm die preußische Geisteshaltung absprechen. Bevorzugt er doch nicht strenge Form, sondern überreiche Dekoration und Prachtentfaltung, die sich aller möglichen Stile der unerschöpflichen Vergangenheit bedient.

Beim Betreten des Saals spürt Bethmann die Anspannung zwischen den Anwesenden. Der Großadmiral ist sichtlich erregt. Bethmann hat richtig vermutet: Die Debatte kreist um die englische Note. Der Kaiser schweigt und hört zu. Er macht keinen glücklichen Eindruck.

Die Depesche ist Wasser auf Tirpitz Mühlen: Die Chance dürfe man sich keinesfalls entgehen lassen. Wenn noch Aussicht auf Englands Neutralität besteht, müssen die Mobilmachungsorder ausgesetzt werden. Alles andere wäre Hasardeurentum.

Moltke und Falkenhayn versuchen beruhigend auf den Admiral einzureden: Ein solches Vorgehen würde den Aufmarschplänen zuwiderlaufen. Man kann nicht im Osten kämpfen und derweil den Westmächten alle Zeit der Welt geben, sich aufzurüsten. Die würden in einem Moment der Schwäche dem Reich gemeinsam in den Rücken fallen. Kein deutscher Heerführer kann das ernsthaft verantworten.

Der Kaiser wirkt müde und verwirrt. Beinahe empfindet Bethmann Mitleid mit dem Monarchen. Wilhelm hat in der Nacht kaum geschlafen. Die Lage ist ihm zu unübersichtlich. Er will die zweite Hälfte des Telegramms abwarten, bevor er entscheidet. Bis dahin bleibt alles wie besprochen.

Moltke und Falkenhayn lassen sich das nicht zwei Mal sagen. Sofort bitten sie Seine Majestät, den Saal verlassen zu dürfen, um die kaiserlichen Befehle ausführen zu können.

Tirpitz bietet indes ein Bild des Jammers. Bethmann kann nicht mit ihm fühlen. Das hat er selbst zu verantworten. Ist er es doch, der dem Kaiser stets Deutschlands Stärke einredet.

Der Admiral möchte noch etwas sagen, aber Wilhelm bedeutet ihm, dass er gehen soll. Auch Bethmann erhält Befehl sich zurückzuziehen: Die Zivilregierung möge die Mobilmachung zur Kenntnis nehmen. Der Reichskanzler soll seinen Pflichten nachgehen. Wenn die Note vollständig vorliegt, wird erneut beraten.

Das hat Bethmann befürchtet. Er kennt den Inhalt der Depesche bereits. Lichnowsky hat davon berichtet. Grey spielt ein doppeltes Spiel. Wenn Wilhelm den Vorschlag liest, könnte er doch noch umfallen. Besser er bleibt in der Nähe des Kaisers. Das Schloss bietet genügend Platz zum Verweilen. Beim nächsten Kronrat ist er nicht der Letzte!

Es dauert keine zwei Stunden, bis ein Diener erneut zur Audienz in den Sternensaal ruft. Bethmann hat das befürchtet. Wilhelm scheint von allen guten Geistern verlassen. Er macht sich Illusionen. Er glaubt den leeren Versprechungen Greys: Der Weltkrieg könne verhindert werden! Deutschland müsse nur die Unverletzlichkeit der französischen Grenze garantieren.

Wie kann der Kaiser diesen Unsinn glauben?! Er denkt, der Krieg könnte nur im Osten stattfinden. Dann wäre alles nicht so schlimm. Gegen seine Armeen hätten die Truppen des Zaren keine Chance.

Moltke Gesichtsausdruck verdunkelt sich schlagartig. Doch Wilhelm duldet keine Widerrede. Er hat entschieden: Wie die Dinge liegen, brauchen sie nur noch den Krieg gegen Russland zu führen. Frankreich und Belgien bleiben unangetastet.

Der Generaloberst ist fassungslos. Bethmann sieht Moltke die Fäuste ballen. Auch er muss sich zusammenreißen. Das ist reiner Irrsinn: Alle Truppen nach Osten! Der Kaiser hat den geltenden Kriegsplan nicht verstanden! Was bildet er sich ein? Denkt er, man kann mit einer einfachen Handbewegung den mühevoll erstellten Aufmarschplan mal so eben umwerfen? Warum sollte Deutschland auf einmal den Franzosen und Engländern trauen? Wenn Frankreich nicht gebändigt wird, wird es sich früher oder später rächen. Die haben 1870 nicht vergessen.

Moltke beißt sich auf die Unterlippe. Er scheint sich wieder unter Kontrolle zu haben. Zumindest spricht er im ruhigen Ton: Seine Majestät mögen verzeihen, aber es gehöre zu den Pflichten eines Generaloberst, den Obersten Befehlshaber aufzuklären. Eine Änderung der Pläne ist nicht möglich. Der Aufmarsch eines Millionenheeres lässt sich nicht improvisieren; er ist vielmehr das Ergebnis einer vollen, mühsamen Jahresarbeit und kann, einmal festgelegt, nicht geändert werden. Wenn Seine Majestät dennoch darauf bestehen, das gesamte Heer nach dem Osten zu führen, so würde er dort kein schlagfertiges Heer, sondern einen wüsten Haufen ungeordneter bewaffneter Menschen ohne Verpflegung haben.

Wilhelm kann seine Enttäuschung nicht verbergen. Er wirkt gekränkt. Moltke bekommt das zu spüren: Sein Onkel hätte ihm eine andere Antwort gegeben. – Das sitzt! Bethmann kennt die Achillesferse Moltkes. Vergleiche mit seinem berühmten Anverwandten empfindet er als ehrverletzend.

Der Generaloberst ringt um Selbstbeherrschung. Bethmann kann Moltkes Gefühle verstehen. Wie er hat sich auch der Stabschef nie um sein Amt gerissen. Das weiß auch Wilhelm. Und jetzt muss er sich von dem Mann demütigen lassen, der selbst nicht den Schneid besitzt, die notwendigen Entscheidungen zu treffen. Viel braucht es nicht mehr, dann wird Moltke hinschmeißen. Der Militärchef macht jedenfalls nicht den Eindruck, sich das noch länger gefallen lassen zu wollen.

Falkenhayn will die Situation retten: Er würde nichts Verletzendes daran finden, die Anordnungen zur Mobilmachung für eine kurze Zeit zurückzustellen. So kann der Mobilisierungsplan unverändert bleiben. Die Truppen sind bis auf weiteres in ihren grenznahen Versammlungsorten zu belassen. Das Außenamt soll Grey eine Mitteilung senden: Deutschland ist bereit, auf den englischen Vorschlag einzugehen. Wenn Frankreich seine Neutralität anbietet und die britische Flotte und Armee diese garantiert, kann Deutschland von einem Angriff absehen und seine Truppen anderweitig verwenden. Falkenhayns Idee ist nicht die Schlechteste. Bethmann war immer dafür: Anerkennung für jeden, dem Anerkennung gebührt. Der Vorschlag ist es jedenfalls Wert, unterstützt zu werden. Den Kaiser bittet Bethmann, sprechen zu dürfen:

Seine Majestät haben im Prinzip Recht! Doch den Briten muss die Lage erklärt werden. Die deutsche Mobilmachung nach zwei Fronten ist eine technische Notwendigkeit. König Georg würde das verstehen, wenn man ihm das in Ruhe darlegt. Die Mobilmachung muss nicht automatisch einen Angriff auf Frankreich zur Folge haben. Paris muss sich einfach nur passiv verhalten. Das sollte dem englischen Königshaus per Telegramm mitgeteilt werden. Und als Zeichen des Goodwills ist hinzuzufügen, dass die deutschen Truppen telegrafisch und telefonisch davon abgehalten werden, die französische Grenze zu überschreiten.

Bethmann weiß, dass der letzte Satz nicht der Wahrheit entspricht. Aber der Kaiser hat sich noch nie für Feinheiten interessiert. Für ihn ist es einerlei, ob die Truppen an der französischen oder an der belgischen und luxemburgischen Grenze stehen. Hauptsache England kriegt nicht mit, dass der Feldzug die Gebietshoheit Belgiens und Luxemburgs verletzt.

Moltke schöpft ebenfalls Hoffnung. Aber er ist kein guter Taktiker. Bethmann verzweifelt innerlich. Der Oberst spricht zu offen und direkt: Die 16. Division steht bereit, mit dem nächsten Morgengrauen nach Luxemburg einzumarschieren. Bereits heute Abend beginnt eine Handvoll Pioniere, den Einmarsch vorzubereiten. Das ist unvermeidbar. Die Bahnlinien im Großherzogtum müssen gesichert werden.

Kaum hat Moltke das ausgesprochen, ärgert er sich über sich selbst. Tirpitz ist zur Besprechung hinzugetreten. Der Admiral hat Angst um seine Flotte. Er will sich künstlich aufregen: Eine wie auch immer geartete militärische Aktion auf luxemburgischen Territorium kann er nicht gut heißen. Moltke soll seine Leute zurückpfeifen, ansonsten würde auch die letzte Chance vertan, England aus dem Krieg herauszuhalten.

Moltke erhält keine Möglichkeit zu entgegnen. Der Kaiser reagiert sofort. Er erteilt seinem Generaladjutanten Befehl: Die 16. Division ist telegrafisch anzuweisen, keinen einzigen deutschen Soldaten auf luxemburgisches Gebiet zu entsenden.

Moltke weicht jede Farbe aus dem Gesicht. Seine Krankheit setzt ihm zu. Dem Stress ist er nicht gewachsen. Als der Generaloberst den Saal verlässt, hört Bethmann ihn flüstern, zwar nicht jedes Wort, doch den Rest kann man sich denken:

Ob denn die Offensive schon zusammenbrechen soll, bevor sie überhaupt begonnen hat … Luxemburgs Eisenbahnen sind überlebenswichtig für die Invasion Frankreichs … Wie soll man ohne Eisenbahnen Lüttich nehmen und wie in Frankreichs Norden eindringen? … Jetzt fehlt nur noch, dass auch Russland abschnappt … Es ist zum verrückt werden … Wie soll man einen Krieg führen ohne Feinde?

MOBILMACHUNG

Im Café Austria sind alle Tische belegt. Die Menschen wollen nicht allein sein in diesen Zeiten. Sie wollen nach draußen zu den anderen Menschen und warten auf die neuesten Extrablätter. David kann das gut verstehen. Auch Sonja wollte nicht zuhause bleiben. Erst hat David gezögert sie mitzunehmen, aber warum soll sie nicht Politik lernen. Wenn Deutschland den Krieg gewinnt, werden auch Frauen wichtige Aufgaben im Staat übernehmen.

Scheidemann hat einen Tisch reserviert. Er selbst muss aber wegen anderer dringender Verpflichtungen absagen. David ist dennoch frohen Mutes. Viele sind gekommen. Er wusste es: Wenn einer den Anfang macht, trauen sich auch andere aus der Deckung. Die Ideologen in der Parteiführung haben den Kontakt zur Basis längst verloren.

Jeder am Tisch ist überzeugt: Die deutsche Regierung trägt keine Schuld an der Misere. Der Kaiser und Bethmann Hollweg unternehmen alles in ihrer Macht stehende, um die Krise beizulegen. Südekum weiß das aus erster Hand. Er war beim Kanzler.

Göhre will als erster sprechen: Er bekennt sich zum deutschen Vaterland! Das Reich ist die Heimat der deutschen Sozialdemokratie. Die Partei hat so viel in Deutschland erreicht. Das können sie unmöglich kampflos dem Zaren überlassen. Das Land befindet sich auf dem Weg in eine neuzeitliche Gesellschaft. Bei den nächsten Reichstagswahlen wird die Partei noch mehr zulegen. Die SPD ist die stärkste demokratisch gewählte Kraft im Land. Das darf nicht aufs Spiel gesetzt werden. Eine Niederlage würde der deutschen Arbeiterbewegung hingegen schaden! Sie würde alles verlieren, was sie bisher erreicht hat.

Das Gemurmel am Tisch klingt nach Zustimmung. David dankt Göhre für seine offenen Worte. Man kann das nicht deutlich genug sagen. Den einfachen Arbeitern sind sie es schuldig, den Kampf gegen die zaristische Despotie aufzunehmen. Stampfer hat Recht mit dem, was er schreibt. Die unzivilisierten Russen sind eine Gefahr für Frauen und Kinder. Eine Niederlage Deutschlands kann niemand verantworten, weder vor sich selbst noch vor der Zukunft. Selbst, wenn dem Land kein so verabscheuungswürdiger Gegner wie die Russen gegenüberstünde, kann der größten Partei das Schicksal des eigenen Volkes nicht gleichgültig sein.

Auch Bernstein will seine Haltung kundtun. Schlagartig kehrt Ruhe in die Versammlung ein. Jeder weiß: Eigentlich steht er den Pazifisten nahe. Doch er hat nachgedacht. Lange hat er überlegt, erklärt Bernstein in ruhigem Ton. Jetzt muss er anerkennen: Der Weg in eine bessere Zukunft bietet nur ein deutscher Sieg. Ein Sieg wird der Partei die Möglichkeit verschaffen, ihren großen Kampf für eine wahrhaft menschliche Gesellschaft fortzusetzen. Eine Gesellschaft ohne Krieg und Ausbeutung! Wenn die Reichsleitung der Partei eine goldene Brücke baut, sollten sie der Vaterlandsverteidigung zustimmen.

Bernstein macht eine Pause. David schätzt den Abgeordneten sehr. Er ist nicht nur ein hervorragender Theoretiker, sondern auch ein begnadeter Redner. Die Versammelten hängen wie Gläubige an seinen Lippen. Keiner wagt, dazwischenzureden. Alle warten, bis er erneut spricht.

Bernstein sieht die Sache so: Im Prinzip fallen in der jetzigen Lage die Pflichten des Parteigenossen mit den Pflichten des Bürgers zusammen. Das hat auch Genosse Frank in einem Artikel erklärt. Die süddeutschen Abgeordneten haben für sich beschlossen, für die Kredite zu stimmen, selbst wenn das den Bruch der Fraktionsdisziplin bedeutet. Aber das ist noch nicht alles: Wenn der Krieg ausbricht, wollen sich Frank und seine Freunde umgehend als Freiwillige zu den Fahnen melden.

In der Runde kommt Unruhe auf. David ahnt warum: Viele Abgeordnete fürchten den physischen Kampf. Auch das spricht gegen die Straßenrevolution. Haase und Kautsky müssen das endlich begreifen. Die Sinnlosigkeit innerer Kämpfe gilt umso mehr, wenn der Gegner die Befehlsgewalt über das Militär hat.

Göhre will sich an Frank ein Beispiel nehmen: Er will selbst dann für die Kredite stimmen, wenn die Fraktion mehrheitlich dagegen ist. Einen solchen Bruch der Fraktionsdisziplin hat es zwar bisher noch nicht gegeben, aber das Land stand auch noch nie so nahe am Abgrund.

Schöpflin, Heine und Schmidt schließen sich an. Auch sie wollen gegen einen Beschluss der Mehrheit stimmen. Zuerst gilt es jedoch, alle Kräfte darauf zu verwenden, die Mehrheit im Fraktionsvorstand zu gewinnen.

Alle stimmen zu! David plant das weitere Vorgehen: Sie müssen eine Erklärung vorbereiten. Die ist auf der Vorstandssitzung zur Abstimmung zu bringen. Morgen ist Sonntag. Um 10 Uhr Treffen in Zehlendorf bei Göhre.

Zudem sind weitere Kollegen zu dem Treffen einzuladen. Wer Abgeordnete kennt, denen ebenfalls eine realistische Einschätzung zuzutrauen ist, soll diese mitbringen. David selbst will Wels und Molkenbuhr ansprechen. Die verfügen über genügend Sinn für Realpolitik.

Plötzlich schallen laute Rufe durch das Café. Ein Zeitungsjunge meldet ein neues Extrablatt. Seine Stimme krächzt, aber die Worte lassen keinen Raum für Zweifel: Mobilisierung der deutschen Armee! Deutschland befindet sich im Kriegszustand!

Das gesamte Café gerät augenblicklich in größte Erregung. Kein Gast bleibt auf seinem Platz. Alle strömen zur Garderobe. Beinahe gibt es Tumult. Jeder will der Erste sein. Sie wollen zum Stadtschloss. Das Blatt verkündet eine Ansprache Seiner Majestät.

David blickt zu Göhre. Sie denken das Gleiche. Sie müssen zum Schloss, um den Kaiser zu hören. Was er sagt, kann wichtig sein für die Partei. David schaut zu Sonja. Sie weiß, was das bedeutet. Sie darf nicht mit, sie soll zu ihrer Mutter in die Redaktion gehen.

Auf dem Weg zum Schloss berichtet Göhre von der gestrigen Balkonrede. Der Kaiser hat von Neidern überall gesprochen. Die sind es, die das Land zu gerechten Verteidigung zwingen. Das deutsche Volk muss sich mit dem Schwert in der Hand wehren, falls es der Regierung nicht gelingen sollte, die Gegner in letzter Minute zur Einsicht zu bringen.

David kann daran nichts Unredliches erkennen. Richtig ist auch die Feststellung, dass den Gegnern ein Reizen Deutschlands und ein Angriff auf das Reich teuer zu stehen kommt. Es ist die Pflicht des Kaisers, den Provokateuren die Grenzen aufzuzeigen!

Göhre äußert seinen Respekt vor dem Monarchen. Der Mann bewahrt Nerven. Das Volk hat er aufgerufen, in die Kirche zu gehen, um dort für den Erhalt des Friedens und für das brave deutsche Heer zu beten. Bis zum letzten Hoffnungsschimmer will er an den Frieden glauben.

Arglistig ist hingegen die Kriegspartei, findet Göhre. Die agiert mit maßloser Skrupellosigkeit. Ihr Umgang mit der gestrigen Kaiserrede in der Presse ist ungeheuerlich. Die Kriegshetzer haben die Rede für ihre Zwecke verstümmelt. Kein Wort verlieren sie darüber, dass der Monarch noch Friedenshoffnung hegt. Die Tägliche Rundschau erdreistet sich, den Kaiser persönlich anzugreifen. Das ist unverantwortlich in dieser Situation. Dabei versucht der Monarch nur den Frieden zu erhalten. Doch den kriegshungrigen Aufrührern von den Rechten ist nichts heilig. Dabei sind die Verdächtigungen gegen das Kaiserhaus völlig haltlos.

Am Stadtpalais angekommen treffen David und Göhre auf eine riesige Volksmenge. Aus allen Richtungen strömen sie in den Lustgarten. Überall sind Gesang und Ansprachen zu hören. Immer wieder erklingt „Nun danket alle Gott". David kennt den Choral. Die Regimenter des großen Königs haben ihn nach ihrem Sieg in der Schlacht bei Leuthen gesungen.

Als die Flügeltüren über dem fünften Portal geöffnet werden, braust Applaus auf. Von allen Ecken ertönen Hurra- und Hochrufe auf den Kaiser. Seine Majestät betritt den Balkon. Die Kaiserin und drei Offiziere folgen. Zur Beruhigung der Massen hebt der Kaiser seinen gesunden Arm. Es dauert nicht lange, bis die Versammlung zur Ruhe kommt.

Der Monarch erhebt die Stimme. Sein Tonfall klingt besonnen. Er dankt allen für die Liebe und Treue, die ihm in diesen Tagen erwiesen wird. Wenn es zum Kampf kommt, hören alle Parteien auf! Auch ihn hat die eine oder andere Partei wohl angegriffen. Das ist jedoch in Friedenszeiten gewesen. Nun verzeiht er von ganzem Herzen! Er kennt keine Parteien und auch keine Konfessionen mehr; stattdessen sind heute alle deutsche Brüder und nur noch deutsche Brüder. Der Nachbar will es nicht anders. Er gönnt Deutschland den Frieden nicht! Deshalb hofft er zu Gott, dass das gute deutsche Schwert siegreich aus diesem schweren Kampfe hervorgeht.

Göhre ist sichtlich ergriffen. Er kann dem Kaiser nachfühlen. Mag der Mann auch sonst keine große Leuchte sein, von Pathos versteht er etwas. Auch David zollt dem Kaiser Anerkennung: Am Ende ist er nicht der Schlechteste. In dieser schicksalsschweren Zeit kommt einem der Monarch auch menschlich näher. Aus ihm spricht das Gemüt, das vor den politischen Erwägungen sein Recht behauptet. Dem Monarchen ist es ernst, den Sozialdemokraten ihre Gegnerschaft von früher zu verzeihen. Das ist viel von einem Mann, der die Partei einst ausrotten wollte. Dem Kaiser ist in dieser schweren Stunde der innere Friede wichtiger als die alten Fehden von gestern. Seine Handreichung dürfen wir nicht ausschlagen. Nicht in einem Moment wie diesen.

Göhre nickt schweigend mit dem Kopf. David spricht ihm aus dem Herzen. Wie die Zeiten sich doch ändern!

KRIEGSERKLÄRUNG

Vorsichtig betritt der Kammerdiener das Schlafgemach. Der Kaiser ist bereits zu Bett. Seine kaiserliche Hoheit mögen die späte Störung verzeihen. Soeben ist ein dringendes Telegramm aus London eingetroffen, von Seiner Majestät dem englischen König.

Wilhelm ist sofort hellwach: Endlich antwortet Georg auf seine am Nachmittag an ihn gerichtete Note. Jetzt zeigt sich, ob die Engländer ihr Neutralitätsangebot ernst meinen. Wilhelm will das Schreiben umgehend sehen.

Ein kurzer Blick auf das Papier genügt und alle Hoffnungen sind vernichtet! Wilhelm versteht das nicht. Sein Cousin schreibt, dass ein Missverständnis vorliegt. Zu keinem Zeitpunkt hat London Deutschland die englische o-der französische Neutralität angeboten. Das ist zum Verzweifeln! Georg zerstört den letzten Hoffnungsschimmer auf Verhinderung des Weltkriegs!

Wilhelm denkt über die Gründe nach, doch dafür gibt es nur eine Erklärung: Das Ganze war ein Hinterhalt. Die wollen Deutschland narren! Grey hat Lichnowskys an der Nase herumgeführt. Die Telegramme des alten Fürsten beruhen auf Irrtümern. Es gibt überhaupt kein Angebot auf eine englische oder französische Neutralität.

Das Gefühl von Einsamkeit steigt in Wilhelm auf. Es verbittert, nicht einmal mehr einem Monarchenfreund und Vetter vertrauen zu können. Als deutscher Kaiser hat er ehrlich versucht, eine aufrechte Haltung zu bewahren. Doch in dieser Welt voll Verrat und Missgunst lässt sich damit nichts ausrichten.

Ein Glück, dass der Generalstab nicht im treuen Glauben alle Truppen gen Osten gelenkt hat. Wie schutzlos stünde das Reich da gegen Frankreich und gegen diese hundsgemeinen Engländer?! Die Debatte vom Nachmittag hätte man sich sparen können.

Jetzt ist entschieden! Schluss mit dem Gerede! Wenn sie den Krieg unbedingt wollen, sollen sie ihn bekommen. Ein Bote soll Moltke über die königliche Depesche informieren. Er und Falkenhayn sollen tun, was sie für richtig halten.

Es ist kurz nach Mitternacht. Falkenhayn ist aufgebracht. Er muss sofort Moltke sprechen. Der Sekretär im Generalstab schaut ihn verdutzt an: Der Generaloberst wünscht nicht geweckt zu werden. Er muss nachsehen, ob Moltke noch wach ist. – Falkenhayn hat dafür kein Verständnis: Wenn nicht, wecken sie ihn! Das ist ein Befehl!

Zum Glück ist Moltke noch auf den Beinen. Der Kriegsminister hat keine Zeit für lange Vorreden. Ohne Begrüßung verlangt er zu erfahren, ob der Generaloberst weiß, was Pourtalès heute Nacht in Petersburg vorhat? – Nein? Dann wird er es ihm erzählen. Im Auswärtigen Amt schnappen sie jetzt völlig über! Der Botschafter soll noch heute Nacht den Russen die Kriegserklärung übergeben. Natürlich im Auftrag von Jagow. Das ist das Dümmste, was sie zurzeit machen können! Das muss gestoppt werden! Hoffentlich reicht die Zeit noch.

Moltke kann Falkenhayns Aufregung verstehen. Auch ihm ist schleierhaft, warum die Zivilregierung ohne Not Fakten schafft, die dem Reich zum Nachteil gereichen. Bethmann sagt doch selbst immer, dass die Russen schuld sein müssen. Für den deutschen Standpunkt im Innern wie vor der Weltöffentlichkeit ist es besser, wenn Petersburg zuerst den Krieg erklärt. Die deutsche Kriegserklärung gibt den russischen Armeen geradezu das Recht, alsbald in die Ostprovinzen einzufallen.

Falkenhayn will sofort zum Reichskanzler. Moltke soll ihn begleiten. Sie müssen die Sache wieder geradebiegen. Bethmann muss Pourtalès zurückpfeifen. Keinesfalls darf der Botschafter Sasonow die Kriegserklärung aushändigen.

Bethmann sitzt an seinem Schreibtisch. In aller Seelenruhe studiert er die morgige Ausgabe des Lokalanzeigers. Falkenhayn versteht das nicht. Wie kann man in dieser Situation ruhig Zeitung lesen?! Weiß der Kanzler denn nicht, was das Außenamt gerade vorhat?

Bethmann hebt fragend den Kopf. Was verschafft ihm das späte Vergnügen des hohen Besuchs?! – Falkenhayn ist kurz davor, aus der Haut zu fahren. Der Mann scheint völlig ahnungslos. Hat er die Kontrolle verloren?

Falkenhayns Gedanken überschlagen sich. Es wird Zeit, dass das Militär wieder die Verantwortung übernimmt. Die Zivilisten sind überfordert. Der

Regierungschef wirkt völlig neben der Spur. Kein Wunder, dass viele im Generalstab Zweifel daran hegen, ob der Mann noch Herr der Lage ist.

Bethmann ahnt nichts von den Gedankenspielen des Generals. Mit ruhiger Stimme erklärt er, nicht imstande zu sein, über das Anliegen zu entscheiden. Die Herren Generäle müssen sich persönlich an Jagow wenden. Schließlich hat der Pourtalès die Kriegserklärung aufgetragen.

Falkenhayn ist entsetzt: Bethmann behauptet allen Ernstes, nichts entscheiden zu können?! Aber wer dann, wenn nicht der Reichskanzler? Die Zustände in der Wilhelmstraße sind unerträglich. Das wird ein Nachspiel haben!

Im Moment hat Falkenhayn wichtigeres zu tun, als sich über Zuständigkeiten zu streiten. Moltke und er müssen schleunigst zu Jagow ins Nachbargebäude.

Die Lage im Außenamt ähnelt der im Palais des Reichskanzlers. Der Leiter des Auswärtigen sitzt am Schreibtisch und liest. Er lächelt, als der Kriegsminister und der Generaloberst sein Büro betreten: Die Herren Generäle! So spät noch unterwegs? Was kann er für sie tun?

Falkenhayn und Moltke sehen sich fragend an! Auch hier scheint der Wahnsinn zu regieren. Sie wollen keine Zeit mit Diskutieren verlieren. Jagow soll ohne Umschweife erklären, was es mit der Kriegserklärung an Russland auf sich hat. Die muss sofort gestoppt werden!

Zu spät! – Jagows Antwort ist entwaffnend direkt. Pourtalès hat die Note bereits an Sasonow übergeben. Deutschland und Russland befinden sich im Krieg.

Falkenhayn und Moltke stehen die Münder offen. Jetzt fehlen ihnen die Worte. Jagow will die Generäle beruhigen: Es gibt keinen Grund, sich aufzuregen. Alles hat seine Richtigkeit. In kürzester Zeit wird sich alles aufklären. In einer Stunde findet ein Treffen beim Reichskanzler statt. Dort werden sie über alles informiert. Wenn die Herren ihn bis dahin entschuldigen wollen?! Es sind noch wichtige Dinge zu erledigen.

Am liebsten würde Falkenhayn Jagow schütteln, damit er zur Besinnung kommt. Die Überheblichkeit der Politiker widert ihn an. Der Mann gehört ersetzt. Nur jetzt ist keine Zeit dafür. Aber wenn der Krieg in zwei, drei Monaten vorbei ist, wird er die Zivilisten zur Verantwortung ziehen.

Bethmann bittet die Anwesenden, es sich im Salon bequem zu machen. Er dankt allen für ihr Erscheinen um diese nachtschlafende Zeit. Die Dringlichkeit der Ereignisse duldet keinen Aufschub. Sie alle erleben außergewöhnliche Zeiten. Die Entwicklungen verlaufen derart rasant, dass nicht immer jeder den neuesten Stand kennt. Umso wichtiger sind Absprachen zwischen den Ressorts. Zudem scheint es Missverständnisse gegeben zu haben. Die gilt es zu bereinigen.

Missverständnisse! – Moltke hält das beschönigende Gerede nicht mehr aus. Mit Nachdruck bringt er seine Missbilligung zum Ausdruck: Warum die Kriegserklärung zu diesem frühen Zeitpunkt? Jagow soll sich äußern!

Diesmal ist Tirpitz auf Seiten der Generäle. Auch er will wissen, was los ist. Warum wartet das Außenamt nicht, bis der Zar Deutschland den Krieg erklärt?

Bethmann hat eigentlich keine Lust, Jagow in Schutz zu nehmen. Er und Moltke wollten schließlich den Krieg. Jetzt streiten sie über die Taktik, die beide nicht verstehen. Soll Jagow doch selbst die Suppe auslöffeln, die er ihnen eingebrockt hat. Gern gibt Bethmann das Wort weiter: Der Leiter des Außenamtes wird alle Frage beantworten.

Jagow sieht Bethmann überrascht an. Er ahnt, dass der Kanzler sich innerlich amüsiert. Der Mann freut sich, dass nicht er, sondern Jagow den begriffsstutzigen Militärs die Lage erklären muss.

Jagow gönnt dem Kanzler den kleinen Triumph. Gern will er die Herren aufklären: Dem Außenamt blieb keine andere Wahl, als den Kriegszustand mit den Russen so schnell wie möglich herbeizuführen. Er dient der Begründung des Einmarschs in Frankreich. Würden deutsche Truppen hingegen ohne Kriegszustand durch Belgien nach Paris marschieren, wären alle von vornherein gegen Deutschland.

Jagow macht eine kurze Pause. Tirpitz äußert Unverständnis. Er versteht nicht, warum das nötig ist. Jagow weiß warum: Der Plan des alten Schlieffen ist nicht der Plan der Marine. Jagow muss nachlegen:

Generalstab und Admiralität können beruhigt sein. Alles verläuft nach Plan. Morgen früh werden sie sehen, dass auch das Gros der deutschen Presse mitspielt. Im ganzen Reich findet sich niemand mehr, der nicht von der Schuld der Russen überzeugt ist. Jedermann in Deutschland weiß, dass die Feinde das Land einzukreisen versuchen. Die Zeitungen berichten über das Flottenbündnis zwischen Großbritannien und Russland. Die Royal Navy hat den Russen schon vor Kriegsausbruch Schiffe zur Verfügung gestellt, damit russische Truppen im Nordosten Deutschlands landen können.

Bethmann überlegt, ob er die Gunst der Stunde nutzen soll. Die Gelegenheit ist günstig. Warum eigentlich nicht! Warum den eitlen Generälen nicht heimzahlen, was er wegen ihnen alles erdulden musste. Den überheblichen Herren ist endlich der Spiegel vorzuhalten:

Die Herren Generäle müssten es eigentlich besser wissen! Würde es allein nach dem Willen des Kanzleramts gehen, hätte Deutschland gar keine Kriegserklärung erlassen. Der Schritt ist allein aufgrund der militärischen Lage notwendig. Es geht um die Ausgangsbedingungen für die Umsetzung der Operationspläne.

Falkenhayn und Moltke sind kurz davor die Contenance zu verlieren. Damit haben sie nicht gerechnet. Der Kanzler erdreistet sich, sie über ihre eigene Taktik aufzuklären. So viel Schneid hätten sie dem Zivilisten nicht zugetraut.

Jagow nutzt die Verblüfftheit der Generäle. Er verkündet den nächsten Schritt: Da der Krieg nun eine Tatsache ist, muss auch gegenüber den Franzosen eine klare Kante gezogen werden. Das Außenamt erarbeitet derzeit die Kriegserklärung für Paris.

Wie bitte? – Tirpitz traut seinen Ohren nicht. Der Admiral schaut fassungslos in die Runde. Frankreich soll der Krieg erklärt werden?! Die politische Leitung befindet sich in erheblicher Deroute. Das bedeutet Krieg mit England und das wiederum das Ende der deutschen Flotte. Der Kaiser wird das niemals gutheißen!

Der Admiral kann das nicht verstehen. Man kann doch nicht einfach allen den Krieg erklären. Das Ganze erfordert umfangreiche Vorbereitungen. Wurden die Verbündeten über die Kriegserklärungen informiert? Wissen die Italiener Bescheid? Was ist mit Rumänien, was mit der Türkei? Hat sich das Außenamt deren Unterstützung versichert?

Moltke pflichtet dem Admiral bei, nur um den Zivilisten ihre Impertinenz heimzuzahlen. Er belehrt Jagow wie einen Schuljungen: Die Kriegserklärung an Frankreich ist zum jetzigen Zeitpunkt überflüssig wie ein Kropf. Die Stimmung im eigenen Volk zwingt die französische Regierung auch so, kriegerische Unternehmungen gegen Deutschland anzuordnen. Es steht außer Frage, dass die Franzosen aufgrund ihrer Beschützerrolle sofort in Belgien einrücken werden, sobald Paris des Deutschen Vorgehens gewahr wird.

Bethmann schüttelt den Kopf. Doch das stimmt den Generaloberst nur noch ärgerlicher. Der Kasernenhofton Moltkes ist kaum mehr auszuhalten. Vom Kanzler verlangt er, zu versprechen, die Kriegserklärung so lange zurückzuhalten, bis die Franzosen angreifen. Das ist doch nicht zu viel verlangt! Außerdem stehen zurzeit wichtigere Dinge auf der Agenda. Was ist mit den Maßnahmen, die die Gegner schwächen?! Wenn England als Gegner auftritt, ist in Indien ein Aufstand zu entfachen. Das Gleiche gilt für Ägypten und die südafrikanischen Dominien. Des Weiteren ist der geheime Bündnisvertrag mit der Türkei zu veröffentlichen und von Rom eine Erklärung abzuverlangen, dass es seinen Verbündeten beisteht! Die Unzuverlässigkeit der Italiener ist allgemein bekannt. Es würde genügen, wenn Rom eine ideelle Unterstützung, etwa in Form einer Kavalleriedivision, leisten würde.

Bethmann schaut den Generaloberst zweifelnd an. – Wie bitte?! Deutschland brauche keine ernsthafte militärische Hilfe von den Italienern? Das kann der Mann nicht ernst meinen. Mit so viel Selbstüberschätzung hat selbst Bethmann nicht gerechnet.

Doch Moltke bleibt unbeirrt: Es geht vor allem um die Moral der Truppe, die umso höher steigt, je mehr Verbündete auf deutscher Seite stehen. Deshalb müssen die Russen auch im Norden Druck bekommen. Schweden und Norwegen sollen ebenfalls mobil machen. Auch Japan soll seine Interessen gegen Russland militärisch durchsetzen.

Der Generaloberst redet sich in Rage. Man merkt, er fühlt sich gekränkt und will es Bethmann und Jagow heimzahlen. Seine Bemerkungen werden zunehmend spitzer: Das hätte alles längst geschehen müssen! Zumindest der Kriegsminister erledigt seine Aufgaben. Er hat dem Chef des schweizerischen Generalstabs ein Bündnisangebot übermittelt, sodass die schweizerische Armee nun der deutschen Heeresleitung untersteht. Was aber macht das Außenamt den ganzen langen Tag? – Tee trinken und Zeitung lesen?!

Bethmann geht das zu weit. Der Generaloberst verliert jegliches Maß. Wo bleibt die Professionalität? Die Anwürfe sind völlig aus der Luft gegriffen. Die Regierung erledigt ihre Aufgaben gründlich. Die Herren Generäle wissen das: Der Großherzogin hat man bereits volle Entschädigung für die Sicherungsmaßnahmen der luxemburgischen Eisenbahnen zugesichert. Das Ultimatum, dass der deutsche Botschafter heute der belgischen Regierung übergibt, wurde bereits vor einer Woche verfasst. Brüssel hat 48 Stunden Zeit zu antworten.

NOTWEHR

Ströbel und Kautsky sind früh auf den Beinen, um in der Redaktion zu helfen. Die Meldungen der bürgerlichen Presse sind erschütternd. Ströbel kann das nicht glauben. Was die Zeitungen schreiben, ist ganz und gar unmöglich: Der Krieg ist bereits im Gange! Frankreich und Russland haben die Feindseligkeiten eröffnet. Sämtliche Tageszeitungen berichten davon. Russische Kampfverbände verletzen die Grenzen im Osten und französische Truppen greifen im Westen an. Alles ist regierungsamtlich bestätigt.

Das kann nicht sein! Kautsky ist fassungslos. Die Blätter überschlagen sich mit Titeln über Kämpfe auch im Inland: Französische Kampfflugzeuge werfen Bomben über Nürnberg. Feindliche Agenten vergiften in Metz Brunnen. Vorauskommandos sprengen bei Cochem Eisenbahntunnel. Französische Spione wurden in der Schweiz verhaftet, weil sie mit Brieftauben Informationen über deutsche Truppenbewegungen verraten wollten.

Kautsky hat keinen Zweifel mehr: Das ist alles Stimmungsmache! Sie wollen den Krieg! Hoffentlich verfängt das nicht in der Bevölkerung!

Ströbel kann nichts Beruhigendes erwidern. Im Gegenteil: Überall im Land beteiligen sich Menschen an der Jagd nach feindlichen Spionen. Hilfsbeamte und Landwehr machen russische Agenten dingfest, manche wurden sogar erschossen. Bei Hausdurchsuchungen hat man Spione und jede Menge russisches Gold gefunden. Auch Sozialdemokraten geht es an den Kragen. Zetkin hat das leidvoll erfahren müssen, wegen ihrer russischen Kontakte.

Kautskys Stimme bebt vor Entsetzen: Wie bitte?! Das ist verrückt! Es ist doch allgemein bekannt, dass die Genossin eine leidenschaftliche Gegnerin des russischen Zarismus ist. In der Kriegshysterie spielen solche Feinheiten scheinbar keine Rolle mehr.

Doch das ist noch nicht das Schlimmste! Kautsky will die Blätter am liebsten zerreißen. Die eigene Partei beteiligt sich an der Stimmungsmache! Die Süddeutschen geben sich ganz und gar patriotisch. Die Bayern sind vollkommen auf Vaterlandverteidigung ausgerichtet. Sie begründen das mit Jaurès Ermordung. Das ist Eisners Schuld! Aber auch Adelung ist nicht besser. Der Mainzer behauptet frech, das deutsche Proletariat wisse genau, dass es um einen Vernichtungskrieg gegen den Zarismus geht. Den würde die Partei predigen, seit es sie gibt. Man habe angeblich gar keine Wahl, als den Erbfeind europäischer Gesittung zu vernichten.

Unglaublich! Ströbel ist außer sich. Das ist inakzeptabel! Eisner und Adelung müssen zur Rechenschaft gezogen werden. Niemand darf ungestraft Arbeiter gegen Arbeiter aufhetzen. Die stacheln die Genossen an, als Deutsche, Demokraten und Sozialisten in den Krieg zu ziehen. Das ist Propaganda der billigsten Sorte, so wie die Alldeutschen, die stets vom Endkampf der Germanen mit den Gallorussen fabulieren.

Kautsky übt sich in Sarkasmus: Wenn die so weitermachen, werden sie bald dem Kriegerverein beitreten und Eisner zum Vorsitzenden des Kyffhäusers wählen.

Ironie hilft jetzt nicht weiter. Gegen Hass hilft kein Gegenhass. Das weiß Ströbel aus Erfahrung. Aber was können sie tun? Die Blätter verwandeln die Hassgefühle gegen Russland bereits in Hass gegen einen allgemeinen Feind, wer immer das auch sei. Selbst in Bremen reagieren sie martialisch und wiegeln Arbeiter auf, ihre grausame Pflicht zu tun. Das ist eine unglaubliche Entwicklung! Dabei warnte vor einigen Tagen die Bürger-Zeitung noch selbst vor dem Popanz der russischen Gefahr. Nun facht sie gemeinsam mit der Regierung die Kriegsbegeisterung an.

Kautsky macht sich keine Illusionen mehr: Jetzt, wo der Krieg ausgebrochen ist, schmeißen die Revisionisten alle Grundsätze über Bord. Hätte das einer vor einer Woche gesagt, hätte man ihn für verrückt erklärt. Jetzt ist es zur bitteren Wahrheit geworden.

David ist bereit, die Verantwortung zu übernehmen. Er bleibt in jedem Fall standhaft. Vom Vorsitzenden wird er sich nicht noch einmal einwickeln lassen. Darauf kann Scheidemann sich verlassen. Zu viel steht auf dem Spiel, sowohl für die Partei als auch für das Land.

Scheidemann läuft schnellen Schrittes. David kann kaum mithalten. Sie müssen sich beeilen. Die Sitzung beginnt in zehn Minuten. Sollte der Vorstand der Fraktion die Ablehnung der Kriegskredite im Reichstag empfehlen, würde morgen kaum eine Mehrheit für die Regierungsvorlagen stimmen.

David hechelt beim Reden. Er bewundert Frank. Es gibt nur wenige Abgeordnete von seinem Kaliber, die eine so gefestigte Überzeugung haben, notfalls auch gegen das Votum des Vorstands zu stimmen.

Das wird vielleicht nicht nötig sein! Scheidemann gibt sich kämpferisch. Es gibt eine Möglichkeit, den Vorstand zu überzeugen, keine Ablehnung der Kredite im Reichstag zu beschließen. Haase und die Radikalen werden sich nicht durchsetzen.

Scheidemanns Zuversicht freut David. Vielleicht hat Pfiffendeckel doch Recht. Mit etwas Glück könnten sie die Mehrheit erreichen. Mal überlegen, wer infrage kommt. Insgesamt sind sechs stimmberechtigt. Der Vorsitzende wird bei seiner Meinung bleiben. Auch Ledebour ist viel zu fanatisch, als dass er umdenken könnte. Den beiden stehen mit Scheidemann und ihm zwei sichere Befürworter gegenüber. Mit etwas Geschick werden sie Fischer auf ihre Seite ziehen. Der Mann ist für seine realistische Einschätzung bekannt. Dann steht es immerhin drei zu drei unentschieden. Haase kann sich allerdings das Recht herausnehmen, die Sache als Vorsitzender zu entscheiden.

Scheidemann lächelt. Er hat eine Idee: Die Angelegenheit lässt sich drehen. Wenn Haase bei einem Patt versucht, allein zu beschließen, wird das den Unmut Molkenbuhrs wecken. Der hat noch eine Rechnung mit dem Vorsitzenden offen. Das müsse man auszunützen!

Im Innern des Reichstags herrscht eine Atmosphäre gedämpfter Aufregung. Die umhereilenden Menschen wirken aufgewühlt und besonnen zugleich. Alle sind sich dem Ernst der Lage bewusst. Scheidemann und David wechseln kein Wort, während sie durch die Flure eilen. Vor der Tür zum Sitzungssaal ein kurzes Innehalten, ein letztes tiefes Durchatmen. Jetzt zählt jedes einzelne Wort.

Als David den Saal betritt, sieht er, wie sich Haase und Ledebour in die linke Saalecke zurückziehen. Sie unterhalten sich angeregt. Vom Parteivorstand sind Wels und Pfannkuch hinzugekommen. Sie wirken nachdenklich. Molkenbuhr spricht mit Fischer. Das ist ein gutes Zeichen.

Scheidemann flüstert etwas Unverständliches. David versteht nur so viel: Ebert ist noch nicht aus der Schweiz zurück. Ihn könnten sie jetzt gut gebrauchen. David nickt zustimmend. Ebert wäre eine große Hilfe.

Es erklingt die Glocke. Die Anwesenden werden gebeten, Platz zu nehmen. Haase eröffnet die Sitzung. Im Namen des Fraktionsvorstands begrüßt er die beiden Mitglieder vom Parteivorstand. Er dankt auch ihnen für ihr Erscheinen. Dann bittet er die Anwesenden, sich zu erheben, um dem ermordeten Jaurès zu gedenken.

Alle stehen auf. Das Ende der Schweigeminute markiert der Vorsitzende mit einem Räuspern. Haase beeilt sich, für seinen Standpunkt zu werben:

Mit dem Hinscheiden des großen Parteiführers haben nicht nur die französischen Genossen ihren besten Mann, sondern auch die deutschen Sozialdemokraten einen guten Freund und Mitkämpfer für das Recht und die Freiheit der Arbeiterklasse verloren. Nicht zuletzt dem Andenken Jaurès ist es die Partei schuldig, in dieser schwierigen Situation so besonnen wie nur irgend möglich zu reagieren. Nichts darf geschehen, was weiteres Öl ins Feuer der Kriegstreiber geben würde. Als Vorsitzender hat er die dringende Pflicht, an das Verantwortungsgefühl für die Wiederherstellung des Friedens zu appellieren.

David hat nichts anderes erwartet. Der Vorsitzende nutzt seine Position, um Stimmung zu machen. Leider gelingt ihm das nicht einmal schlecht. Was Haase vorschlägt, wissen ohnehin schon alle:

Der Fraktion ist zu empfehlen, gegen die Regierungsvorlagen zu stimmen. Und zwar geschlossen, wie es der Parteitradition entspricht. Es gibt nicht den geringsten Zweifel, dass die Fraktion morgen in diesem Sinne entscheiden wird.

Wenn Haase sich da mal nicht irrt! – David behält seine Gedanken für sich. Das ganze Gerede von der Tradition beeindruckt ihn nicht. Der Vorsitzende ist ein Träumer. Es wird morgen keine geschlossene Fraktion geben. Doch David muss aufpassen. Den Vorsitzenden darf man nicht unterschätzen. Der Mann ist noch für die eine oder andere Überraschungen gut, wie auch jetzt wieder, als Haase plötzlich etwas Unerwartetes sagt:

Ihm ist zu Ohren gekommen, dass einige Fraktionsmitglieder verabredet haben, selbst dann für die Bewilligung zu stimmen, wenn die Mehrheit dagegen ist. Vermutlich ist das nur ein Gerücht. Wenn aber daran etwas Wahres sein sollte, handelt es sich vermutlich um eine psychische Überreaktion. Die erhitzten Gemüter kommen ganz sicher wieder zur Vernunft, wenn sich die erste Aufregung gelegt hat. Die Fraktionsdisziplin ist in jedem Fall einzuhalten.

Haase blickt David direkt in die Augen. Der hält dem Blick stand. Der Vorsitzende glaubt wohl, er ließe sich einschüchtern. Da verrechnet er sich aber. Die Zeiten sind längst vorbei.

Haases Stimme klingt eindringlich: Er will das noch einmal klar und deutlich auf den Punkt bringen. Eine Bewilligung kommt nicht in Frage. Das würde Allem widersprechen, was die Partei bisher gesagt und gedacht hat. Die deutsche Sozialdemokratie steht in der moralischen Pflicht, und das nicht nur gegenüber dem internationalen Proletariat. Die Regierungen dürfen nicht unterstützt werden, die deutschen und französischen Arbeiter gegeneinander aufzuhetzen. Der militaristische Obrigkeitsstaat kriegt keinen Pfennig und keinen Blutstropfen für seine imperialistische Kriegspolitik.

David will das nicht mehr hören! Hoffentlich kommt der bald zum Ende! – Tatsächlich spricht Haase sein Schlussplädoyer: In diesem Sinne ist morgen im Namen der Fraktion eine Erklärung im Reichstag zu verlesen. Die Sozialdemokraten bleiben ihren Grundsätzen treu. Morgen stellt die Partei ihre Todfeindschaft zum bestehenden undemokratischen System unter Beweis.

Da sind sie wieder, die üblichen hohlen Phrasen! Am liebsten würde David dem Vorsitzenden direkt ins Gesicht schreien, doch er muss taktisch vorgehen. Das hat er Scheidemann versprochen.

Nach Hasse ergreift Ledebour das Wort. Er stärkt, wie nicht anders zu erwarten, den Standpunkt des Vorsitzenden: Die Partei darf ihre pazifistischen und internationalistischen Überzeugungen nicht über Bord werfen, nur weil die Kamarillaregierung ungenügend mit den Russen und Franzosen verhandelt. Serbien ist um alles in der Welt keinen Weltkrieg wert. Und wenn die Arbeiter jetzt diesem Unterdrückersystem ihr Blut opfern sollen, darf die Partei ihm nicht auch noch das Eisen dafür in die Hand geben. Niemals hat er gedacht, dass Sozialdemokraten ernsthaft eine militärische Zusammenarbeit mit diesen Imperialisten erwägen könnten. Die Forderung der Partei ist ein Volksheer! Der preußische Militarismus muss bekämpft werden!

Ledebour redet wie auf dem Parteitag. David kennt dessen pathetisches Gehabe zur Genüge. Auch diesmal verausgabt sich der Mann gründlich: Alles andere als ein Nein würde vor den Sozialisten der anderen Länder und vor der Geschichte wie Verrat aussehen. Auch eine Stimmenthaltung kommt nicht infrage, allenfalls vielleicht, wenn Müller in Paris mit den französischen Genossen eine gemeinsame Haltung finden sollte. Ein Nein ist schon aus Gründen der Glaubwürdigkeit vorzuziehen.

Jetzt reicht's! – David hat die Nase voll von dem theoretischen Geschwätz über Kapitalismus, Imperialismus und Militarismus. Sein ganzer Körper rebelliert gegen diesen Unverstand. Blut schießt ihm in den Kopf. Sein Hals schwillt, dass ihm beinahe der Kragen platzt. Er will endlich reden. Der Vorsitzende erteilt David das Wort.

Jetzt oder nie, denkt David. Er setzt alles auf eine Karte: Was die Herren vortragen, ist von den Ereignissen längst überholt. Deutschland wird in diesem Augenblick vom zaristischen Russland angegriffen. Die Menschen, die Frauen und Kinder nicht nur in den Ostprovinzen, bedürfen dringend Schutz. Die Partei kann sie unmöglich ihrem Schicksal und den Bestialitäten der zaristischen Kosaken überlassen.

David holt tief Luft. Mit Scheidemann war das nicht abgesprochen. Aber nun ist es raus: Nicht einmal eine Stimmenthaltung kommt infrage. Eine so große Partei wie die SPD kann sich bei einer Abstimmung von solch existenzieller Bedeutung nicht davonstehlen.

Ledebour reagiert unhöflich. Sein Gesicht ist puterrot. Er unterbricht David, ohne das Wort zu haben: Wieso nicht? Vor drei Tagen haben alle Vorstandsmitglieder in Partei und Fraktion darin eine Möglichkeit gesehen. Außerdem ist auch eine Stimmenthaltung eine politische Stellungnahme, die sich nach Außen erklären lässt.

David bleibt bei seiner Linie: Der Krieg ist zu einer unumstößlichen Wahrheit geworden. Die Feinde stehen bereit, um ins Land einzufallen. Deshalb lautet die Frage auch nicht ‚für oder gegen Krieg‘, sondern ‚wie das Land verteidigt werden kann‘. Den Millionen Volksgenossen, die ohne eigene Schuld in das Verhängnis hineingerissen werden, kann die Partei die Mittel zur Vaterlandsverteidigung nicht verwehren. Ein Sieg des russischen Despotismus darf niemals zugelassen werden. Andernfalls würde alles aufs Spiel gesetzt, wofür Sozialdemokraten immer gekämpft haben: die freiheitliche Zukunft des Volkes.

Scheidemann meldet sich. Auch er will offen reden: Was David sagt, steht nicht im Widerspruch zu den Grundsätzen der Internationale. Sie anerkennt jederzeit das Recht eines jeden Volkes auf nationale Selbstständigkeit und Selbstverteidigung. Natürlich ist jede Art von Eroberungsstreben zu verurteilen. Aber der Krieg wird so oder so stattfinden. Die große Masse der Bevölkerung würde es nicht verstehen, wenn wir dem Land in seiner größten Not keine Unterstützung gewähren. Die Stellung der Partei im gesamten Reich wäre ganz und gar unerträglich. All der Fortschritt, all das, was die Sozialdemokratie bisher erreicht hat, wäre auf einen Schlag vernichtet. Der politische Einfluss der Arbeiter wäre wieder bei null, die Partei zerrissen.

David spürt die Kraft, die von Scheidemanns Worten ausgeht. Fischer nickt bei jedem einzelnen Satz. Molkenbuhr scheint ebenfalls so gut wie gewonnen. Auch er will jetzt sprechen. Haase schaut ungläubig, als er ihm das Wort erteilt. Alle hören gebannt zu, als Molkenbuhr mit leiser Stimme zu sprechen beginnt:

Als er heute Morgen zur Sitzung kam, hat er nur an Ablehnung der Kredite oder Stimmenthaltung gedacht. Als er aber nach Gründen für diese Haltung suchte, fand er sie alle so schwach und gemacht, dass er sie nicht mehr zu vertreten wagt. Durch die Ereignisse der letzten Tage wurde sein Denken in die Richtung getrieben, die zur Bewilligung der Anleihen führt. Nicht aus Kriegsbegeisterung, denn der Krieg ist das größte Unglück, welches der Menschheit zustoßen kann. Doch jetzt, wo die Russen angreifen, lautet die Frage nur noch: Wie kann das Unglück in seinen Folgen gemildert werden? Als schlimmste der denkbaren Folgen droht die Herrschaft des Zarismus über Europa. Nun kommen ihm die Gedanken an 1876 und all die Reden in den Kopf, die die Partei gegen den blutdurstigen Zarismus gehalten hat. Wenn Bebel noch leben würde, würde auch er nicht verstehen, wenn die Partei ihre Zustimmung verweigert. Denn damit würde all denen Recht gegeben, die behaupten, die Sozialdemokraten lehnen die Militärforderungen nur ab, um das Vaterland hilflos zu machen und dem Ausland preiszugeben. Die Menschen im Lande würden das niemals verzeihen. Das wäre der Untergang der Sozialdemokratie.

Das sitzt! David fällt ein Stein vom Herzen. Jetzt ist alles gesagt! Er hat richtig vermutet: Einer musste den Anfang machen, dann machen auch die anderen mit.

Nach Molkenbuhr ist Wels an der Reihe. Mit fester Stimme erläutert er den Standpunkt der Gewerkschaften: Die Bewilligung der Mittel für die Vaterlandsverteidigung ist die eigentlich wahre Friedenspolitik. Sie bringt der Partei das Vertrauen des gesamten deutschen Volkes, weit über die Kreise und Schichten hinaus, die der Sozialdemokratie sonst Gefolgschaft leisten. Die Gewerkschaften haben das bereits erkannt, als sie heute Morgen ihre Vorständekonferenz abhielten. Die Mehrheit der Gewerkschaftsführer plädiert für eine Unterstützung der nationalen Kriegsanstrengungen. Der Regierung wollen sie bei der Vermittlung von Arbeitslosen zur zügigen Einbringung der Ernte helfen. Zudem leisten sie einen Beitrag zur Unterstützung der Kriegerfamilien. Das alles bringt hohe moralische Eroberungen in der Gesellschaft, die den materiellen Effekt bei weitem übertreffen. Die politischen Vertreter der Arbeiterschaft dürfen jetzt keine Dummheiten begehen. Das würde nur einen Streit zwischen Partei und Gewerkschaften vom Zaum brechen. Wels will dafür nicht die Verantwortung übernehmen.

In David wächst die Zuversicht. Neunundzwanzig Reichstagsabgeordnete sind zugleich Gewerkschaftsfunktionäre, und sieben davon Mitglieder der Generalkommission. Die werden nicht gegen den Beschluss der Vorständekonferenz stimmen. Die Mehrheit für die Bewilligung rückt in greifbare Nähe.

Fischer bittet ums Wort. David blickt zu Scheidemann. Auch ihm steht die Erleichterung ins Gesicht geschrieben. Wenn Fischer auf ihrer Seite steht, haben sie gewonnen.

Fischer ist sich sicher, dass die Partei alles getan hat, was in ihren Kräften steht, um den Krieg zu verhüten. Doch ihre Macht reicht nicht aus, jedenfalls jetzt noch nicht. Jetzt sehen sich die Arbeiter vor die entsetzliche Tatsache des Krieges gestellt. Was tun? Deutschland hat die Pflicht, sich gegen den Zarismus zu wehren. Das Land der am meisten entwickelten Sozialdemokratie muss vor der drohenden Knechtschaft durch Russland geschützt werden. Ein vom Zaren geknechtetes Deutschland würde die sozialistische Bewegung der ganzen Welt um Jahrzehnte zurückwerfen. Es stimmt wohl, dass Sozialdemokraten statt eines stehenden Heeres ein modernes Volksheer verlangen. Aber sollen wir in der Stunde der Not sagen, ja, das Vaterland wollen wir gegen das Knutenregiment des Zaren schützen, aber nur durch eine Miliz? Weil aber eine Miliz noch nicht da ist, lassen wir lieber die Kosaken ins Land!?

Nein, das würde draußen niemand verstehen! Das wäre politischer Selbstmord.

Haase und Ledebour sehen ihre Felle davonschwimmen. Der Vorsitzende kann das nicht glauben. Er zweifelt weiterhin an einer Mehrheit für die Bewilligung in der Fraktion. Die Mehrheitsmeinung im Vorstand spiegelt nicht die tatsächliche Mehrheit in der Fraktion wider. Er hoffe, morgen aus einem bösen Traum zu erwachen, nachdem die Fraktion die Ablehnung beschlossen hat.

David widerspricht ihm eilfertig. Die süddeutschen Genossen werden eine Verweigerung der Kredite niemals mittragen. Haase mag Recht haben: Alle in der Partei haben bisher gegen den Militarismus gestritten, das gilt auch für Eisner und Frank. Jetzt sind jedoch alle davon überzeugt, dass die vermeintlich ‚vaterlandlosen Gesellen' ihr Vaterland gegen die Reaktion erkämpfen müssen. In Süddeutschland gibt es keinen Mann, der ernsthaft daran zweifelt. Die Gründe für eine Bewilligung überwiegen die für eine Ablehnung, das muss der Vorsitzende doch zugeben.

Könnten Haases Blicke töten, wäre David jetzt tot. Der Vorsitzende spricht mit schneidender Stimme: Das, was er sich heute hat anhören müssen, veranlasst ihn zum Nachdenken. Er weiß nicht, ob er bisher die Haltung einiger Genossen richtig eingeschätzt hat. Bis heute hat er nicht geglaubt, dass der rechte Parteiflügel so weit gehen würde. Aber wie die Lage sich darstellt, stehen derzeit vier Bewilligungsbefürworter zwei Gegnern gegenüber. Er beugt sich der Mehrheit, so schwer es auch fällt.

Scheidemann versucht den aufgebrochenen Graben zu glätten: Es könnten doch beide Standpunkte im Wortlaut der im Reichstag abzugebenden Erklärung Niederschlag finden, gleichgültig wer die Mehrheit in der Fraktion bekommt. David soll den Standpunkt der Majorität und Haase den der Minorität begründen. Am Abend werden beide Erklärungen ausgetauscht und besprochen.

Ohne auf Scheidemanns Vorschlag einzugehen, räumt Haase die Unterlagen in seine Ledertasche. Als er den Saal verlässt, würdigt er David und Scheidemann keines Blickes. Nur Ledebour schaut vorwurfsvoll in die Runde: Das hat ein Nachspiel.

ERKLÄRUNG

In dieser Herrgottsfrühe ist die Bahn noch wenig gefüllt. David lächelt müde. Er kann kaum erwarten, in Zehlendorf anzukommen. Das Staunen in Göhres Gesicht kann er sich lebhaft ausmalen; aber auch die anderen werden es nicht glauben. Der Ausgang der Sitzung grenzt an ein Wunder.

David kennt Göhre schon lange. Der Mann vertritt vernünftige Überzeugungen. Er war Pfarrer, bevor er zur Partei kam. Die linken Ideologen verabscheut er nicht weniger als David. Politik für die Arbeiterschaft bedeutet nun mal in der Hauptsache innere Reformpolitik. Die Arbeiter bekommen den ihnen zustehenden Platz in der Gesellschaft nur durch Reformen. Dazu gehört auch, dass Sozialdemokraten auf Offiziersstellen aufrücken dürfen.

Lange Reihen von Wohnblöcken ziehen am Fenster vorbei. Endlich erreicht der Zug die Haltestelle. Göhres Haus ist vom Bahnsteig aus zu erkennen. Die Tür steht weit offen. Als David in den Salon tritt, blickt er in erwartungsvolle Gesichter. Schöpflin, Südekum und Göhre überfallen ihn mit Fragen: Wie ist es gelaufen? Wie haben sie entschieden? Was ist mit Fischer, was mit Molkenbuhr? Kommen die auch?

David bittet um Geduld, er muss erst ankommen. Ob er ein Glas Wasser haben könnte? Mit trockener Kehle lässt sich nicht gut berichten. Göhre nimmt den Krug vom Tisch und gießt Wasser in ein Glas. David dankt und leert es mit einem Zug. Beim Absetzen des Trinkgefäßes erklärt er: Alles wird gut! Der Vorstand hat die Bewilligung beschlossen.

Schöpflin, Südekum und Göhre schauen ungläubig. David muss nachlegen: Es sieht so aus, als könnten sie zusammen mit den süddeutschen Genossen und den Gewerkschaftern die Hälfte der Fraktionsmitglieder auf sich vereinigen. Wenn man noch den einen oder anderen Abgeordneten der Mitte gewinnen kann, ist die Abstimmung so gut wie gewonnen.

Es klopft an der Salontür. Molkenbuhr, Wels und Fischer treffen ein. Der ausbrechende Begrüßungsjubel ist laut und herzlich. Göhre und Südekum beglückwünschen Molkenbuhr und Fischer für ihre Standfestigkeit. Der Lauf der Geschichte wird die historische Bedeutung ihres Handelns erweisen. Sie werden als die Retter der Sozialdemokratie in die Annalen eingehen. Es wird nicht mehr lange dauern, dann wird diese Einsicht zur allgemeinen Gewissheit der gesamten Partei.

David mahnt, einen kühlen Kopf zu bewahren. Noch tanzt der Esel auf dem Eis. Noch sind die Linken nicht besiegt. Dazu müssen sie sich sehr anstrengen. Die Erklärung muss gut werden, wenn sie morgen die Mehrheit überzeugen wollen.

Göhre und Südekum haben bereits jeder für sich einen Entwurf ausgearbeitet. Göhre liest seinen zuerst vor. David weiß noch nicht, was er davon halten soll. Man merkt sofort, dass der Text der Feder eines Pfarrers und Sozialreformers entsprungen ist. Das Schriftstück weist zwar in die richtige Richtung, ist aber zu christlich und moralisch.

Südekums Entwurf gefällt schon besser. Die Mehrheit der Versammelten möchte den Text auch Davids Formulierungen vorziehen. David ist darum nicht böse. Immerhin besitzt Südekums Entwurf den doppelten Vorteil, sowohl Davids und Göhres Argumente in sich zu vereinigen, als auch anziehend auf Zentristen und gemäßigte Linke zu wirken.

Molkenbuhr gefällt der Entwurf auch deshalb, weil er klar und deutlich die Schuldigen am Krieg benennt. Für die Sozialdemokraten ist jedwede Verantwortung zurückzuweisen. Die Partei hat stets für den Frieden gekämpft, daran hält sie auch weiterhin grundsätzlich fest. Gleichwohl gibt es zwingende Gründe für eine Bewilligung, denen sich keiner mehr entziehen kann.

Fischer erinnert sich an eine Formulierung, die Haase selbst am Morgen gebracht hat. Die war nicht übel: Die Wünsche der Sozialdemokratie begleiten die zu den Fahnen gerufenen Brüder, ohne Unterschied der Partei. – Wenn sie das in die Erklärung einfügen, würde das vielleicht auch Haase versöhnen?! – Alle stimmen dafür.

Wels hat auch einen Vorschlag: Wie wäre es, auch die Mütter zu bedenken, die ihre Söhne hergeben, sowie die Frauen und Kinder zu erwähnen, die ihres Ernährers beraubt werden, und denen zu der Angst um ihre Lieben auch noch die Schrecken des Hungers drohen. Auf diese Weise kann die Partei ihr tiefes Mitgefühl für die am meisten Leidtragenden des Krieges zum Ausdruck bringen.

Auch dieser Vorschlag trifft auf ungeteilte Zustimmung. Südekum will den Passus nur ergänzen. Ehre gebührt auch den vielen Verwundeten und Kämpfern, die sich bald zu den Opfern gesellen werden. Ihnen allen beizustehen, ihr Schicksal zu erleichtern, die unermessliche Not zu lindern, das ist eine zwingende Pflicht, der sich die Partei nicht entziehen kann.

Schöpflin tippt das gemeinsame Werk in die Schreibmaschine. Die Stimmung ist gut. David spürt, dass sie etwas Bedeutendes leisten. Alle sind optimistisch, morgen die Mehrheit der Fraktion überzeugen zu können.

David und Fischer wollen gehen, um sich auszuruhen. Sie wollen am Abend frisch sein für die Verhandlung mit den Bewilligungsgegnern. Molkenbuhr und Wels verabschieden sich ebenfalls. Die Zurückbleibenden wünschen ihnen viel Glück. Vielleicht kommen Haase und Ledebour doch noch zur Besinnung und lenken ein. Aber wenn nicht, ist es auch egal. Dann sind sie ohnehin hoffnungslos verloren.

Als die vier in die Bahn in Richtung Unter den Linden steigen, nutzt David die Gelegenheit: Ob er die Herren noch etwas Vertrauliches fragen darf? Molkenbuhr und Wels schauen einander fragend an. Dann nicken beide wohlwollend in Davids Richtung. Selbstverständlich kann er sich ihnen anvertrauen. Das wisse er doch.

Dankend nimmt David die Worte zur Kenntnis. Er will direkt zum Punkt kommen: Wäre nicht zu überlegen, ob an Stelle des Parteivorsitzenden besser Scheidemann die Erklärung im Reichstag verliest? Dass Haase sie nicht verlesen will, ist mehr als wahrscheinlich. Für Scheidemann aber wäre es eine Rehabilitierung dafür, dass er anfangs geschwankt hat.

Molkenbuhrs Gesichtsausdruck wirkt überrascht, aber nicht abweisend. Darüber muss er erst nachdenken. Den Verlauf der morgigen Sitzung müssen sie noch abwarten. Dann werden alle klarer sehen.

Der Sekretär öffnet beide Flügeltüren zum Sitzungssaal. Als David eintritt, sieht er, wie einzelne Mitglieder aufgeregt von einer Ecke in die andere wimmeln. Er kann das gut verstehen. Auch die Vorstände haben Angst und suchen nach Antworten, die sie entlasten können. Sie fürchten den Krieg, aber auch die Verantwortung macht ihnen zu schaffen. Morgen müssen sie entscheiden. Dafür wurden sie gewählt.

Die untergehende Abendsonne verschafft dem großen Rundleuchter einen glänzenden Auftritt. Das warme Kunstlicht macht den Raum beinahe behaglich. David schaut in die Runde. Außer Ebert sind alle Vorstandsmitglieder anwesend. Vielen ist ihre Erschöpfung anzusehen.

Fischer begrüßt David. Ob er schon gehört hat? Die Verweigerer haben nur eine Skizze. Haase und Ledebour haben keinen fertigen Text hinbekommen. David findet das nicht verwunderlich. Deren Standpunkt lässt sich wohl kaum sinnvoll begründen.

David fixiert Haase, der die Sitzung eröffnet. Der Vorsitzende sieht müde aus. Seine Augen sind zu Schlitzen verengt. Die Eröffnung fällt kraftlos aus.

Die Befürworter sollen ihren Entwurf zuerst verlesen. Molkenbuhr erhält dazu das Wort.

Gut so! Molkenbuhr lässt sich nicht einschüchtern. David bewundert den einstigen Vorstandssekretär. Er hat die meiste Erfahrung; gehört er doch zu den Gründungsvätern der geeinten Sozialdemokratie. Seine sozialpolitischen Kenntnisse sind beispiellos. Jeder in der Fraktion schätzt seine konstruktive Art.

Mit fester Stimme verliest Molkenbuhr die Erklärung der Befürworter. David achtet auf jede einzelne Silbe. Am Ende spürt er selbst die Mängel am Text. Die vielen Köche haben noch nichts Einheitliches zustande gebracht.

Haase wittert seine Chance. Sofort stürzt er sich auf die heiklen Stellen: Wie bitte! Die Regierung trifft keine Schuld?! Das ist naiv! So einfach kann man den Kaiser und seine Kamarilla nicht aus der Verantwortung entlassen. Deren ganze imperialistische Politik trägt Schuld daran, wenn es jetzt zum großen Krieg kommt. Und so eindeutig, wie behauptet, ist auch die Haltung der Partei zur Kriegsfrage nie gewesen. Die Mehrheit hat stets die Meinung vertreten, dass wenn es zum Krieg kommt, diesem System jede Unterstützung verweigert werden muss. Erst kürzlich hat die Partei über die Möglichkeit eines Massenstreiks beraten. Den Kriegstreibern ist ihr blutiges Handwerk zu legen. Das kann die Fraktion jetzt nicht einfach über Bord werfen!

David empfindet nur noch Abscheu. Das ist typisch! Haase nimmt sich das Recht zu reden, ohne die Debatte zu eröffnen. Dabei muss Ledebour seine Skizze erst noch verlesen. Andererseits lässt sich darauf auch gut verzichten. Das revolutionäre Wortgeklingel der Verweigerer braucht kein Mensch. Aber David will sich nicht aufregen. Er muss sich für die Diskussion schonen.

Haase bittet Ledebour, den Text der Kriegsgegner vorzustellen. Eine Frechheit, findet David. Als wären die anderen für den Krieg. Eigentlich müsste er protestieren. Doch was würde es nützen. Die haben ohnehin jeden Verstand verloren. Soll Ledebour erst einmal seinen Sermon vortragen:

Der Krieg ist die logische Folge der imperialistischen Bestrebungen der kapitalistischen Staaten, die mit militärischen Mitteln ihre wirtschaftlichen Ziele zu verwirklichen suchen. Die reaktionären Regierungen nehmen die Arbeiter und Bauern in Geiselhaft und spannen sie vor den Karren ihrer Profitinteressen. Das klassenbewusste Proletariat lässt sich jedoch nicht einfach als Kanonenfutter verheizen. Es durchschaut die betrügerischen Diplomatenspiele der herrschenden Klassen und den verbrecherischen Charakter des Krieges. Die Fraktion lehnt jegliche Erscheinungen von Chauvinismus, Annexionssucht, Harmonieduselei sowie besinnungslose Solidarisierung mit den Todfeinden des Proletariats ab. Ein Krieg bringt millionenfaches Elend über die Menschen Europas. Eine Zustimmung würde den Namen Jaurès schänden. Nieder mit dem Krieg! Hoch die internationale Völkerverbrüderung!

David hat nichts anderes erwartet: Alles wird schwarz-weiß gemalt. Wenn Ledebour das wirklich im Reichstag und im ganzen Land als die Meinung der Partei verbreiten will, ist ihm nicht mehr zu helfen. Aber zum Schaden der Befürworter ist das nicht. So haben sie ein leichteres Spiel.

Molkenbuhr bittet, sich erneut äußern zu dürfen. Haase erteilt ihm ein weiteres Mal das Wort. Der Altvorsitzende möchte einen Vorschlag machen: Es ist zu bezweifeln, dass sie aus beiden Entwürfen eine gemeinsame Position filtern können. Das erscheint fast unmöglich. Deshalb sollen die Befürworter versuchen, ihren Entwurf zu verbessern.

Alle sind müde und erschöpft. Keiner hat eine Idee, wie man die Texte zusammenbringen könnte. Fischer stellt den Antrag, sich auf morgen Früh zu vertagen. Der Vorstand möge beschließen, sich morgen vor Beginn der Fraktionssitzung im Reichstag zu treffen. Dann wird die endgültige Fassung beschlossen. Alle Berechtigten stimmen dafür.

FRAKTIONSSITZUNG

David kann nicht schlafen. Es ist viel zu warm. Die Hitze der letzten Tage steckt tief im Gemäuer. Kein Lüftchen weit und breit, das Abkühlung verspricht. Auch der Kopf läuft allmählich heiß. Die Gedanken umkreisen stets die gleiche Frage: Warum fällt es so schwer, eine an sich richtige Sache zu begründen? Vermutlich hängt zu viel davon ab! Wenn morgen die Mehrheit nicht gewonnen wird, dann sind Partei und Land in größter Gefahr.

Die Uhr zeigt kurz vor fünf. David will positiv denken: Sie werden beweisen, dass sie bereit sind, Verantwortung für das Land zu übernehmen. Wenn der Krieg glimpflich ausgeht, sind die Zeiten der Ausgrenzung vorbei. Dann werden Regierung und Militär die Sozialdemokratie anerkennen. Kein Sozialdemokrat wird mehr als ‚vaterlandsloser Geselle' verunglimpft. Das Wohl Deutschlands kommt an ihnen nicht mehr vorbei. Sie repräsentieren die breite Masse des Volkes, sie sind die Zukunft.

David schiebt das Betttuch beiseite. Durch das geöffnete Fenster dringt ungleichmäßiges Rattern. Die ersten Bahnen beginnen ihr Tagwerk. Von der Haltestelle sind gedämpfte Stimmen zu hören. Die Arbeiter sind auf dem Weg in die Fabriken. – Das ist es! Nie hat David klarer gesehen als jetzt: Es geht allein um ihre Bedürfnisse! Nicht die Quadersteine der marxistischen Theorie, sondern die menschlichen und menschheitlichen Interessen der Werktätigen bilden den Existenzgrund der Sozialdemokratie.

Aber die Parteiorthodoxie wird das nie begreifen! Nicht nur Haase und Kautsky sind hoffnungslos der alten Zeit verhaftet. Selbst vernünftige Leute wie Scheidemann und Molkenbuhr schätzten anfangs die zukünftige Rolle der Partei nicht richtig ein. Ganz zu schweigen von Ledebour, Liebknecht und wie diese Revolutionäre alle heißen.

David muss sich konzentrieren. Er will nichts Schlechtes denken. Es gibt auch Lichtblicke: die süddeutschen Genossen. Sie begreifen den Ernst der

Lage. Auf die Mannheimer ist Verlass, ebenso auf die Münchner. Vielleicht liegt Deutschlands Zukunft im Süden verborgen und nicht im überkommenen Preußen. Das alte Herrschaftssystem lässt die Klassengegensätze immer noch scharf hervortreten. Die Reaktion darauf ist der eigentliche Grund für den dumpfen Radikalismus.

Viel braucht es nicht mehr, bis das Alte in sich zusammenbricht. Der Krieg wird die Kräfte für die notwendigen Reformen freisetzen. Die Regierung braucht die Sozialdemokratie, um den Krieg zu gewinnen. Wenn sie ihren Beitrag zur Vaterlandsverteidigung leistet, kann ihr niemand mehr das gemeine und gleiche Wahlrecht verweigern. Demokratische Wahlen in Preußen sind das A und O der inneren Politik. Darin liegt der wahre innere Fortschritt. Wenn das Volk frei entscheidet, wen es wählt, werden Sozialdemokraten nicht nur die Arbeiter, sondern bald auch das ganze Land führen.

David hat das schon oft mit Göhre besprochen. Es ist Zeit, der Basis reinen Wein einzuschenken. Das hohle Gerede der Radikalen muss einer realistischen Politik weichen. Die Macht wird nicht auf den Barrikaden errungen, sondern friedlich auf beständigem Wege durch die Parlamente. Es muss Schluss sein mit dem Verschweigen und Bemänteln dessen, was wirklich ist.

David wälzt sich im Halbschlaf. Ohne klares Bewusstsein schaut er zur Uhr. Ist es wirklich schon acht?! Wenn das stimmt, hat er doch noch in den Schlaf gefunden. Jetzt ist Zeit aufzustehen.

Fischer und Scheidemann sind bereits anwesend, als David im Reichstag eintrifft. Das bietet Gelegenheit, den Entwurf noch einmal ohne Haase zu besprechen. Das kleine Sprechzimmer hinter dem Lesesaal ist dafür der geeignete Ort. Scheidemann will die Schuldfrage deutlicher beantwortet wissen. Die Verantwortung der Gegner, vor allem Russlands, muss nachdrücklich herausgestellt werden.

Man merkt Scheidemann an, wie sehr er die Russen verachtet. David soll's Recht sein. Der vom Untergang bedrohte Zarismus hat doch den Krieg vom Zaun gebrochen. Die Brutalität, mit der der Zar Arbeiter niedermacht, ist allgemein bekannt. Die Mehrheit der Fraktion wird das genauso sehen.

Fischers Anliegen zielt in die entgegengesetzte Richtung. Er sorgt sich um die Stimmenmehrheit. Den gemäßigten Linken ist eine Brücke zu bauen. Dazu möchte er den Satz einfügen, dass die Träger der alten imperialistischen und militaristischen Politik eine gehörige Portion Mitschuld am Krieg tragen.

David kann nichts Falsches daran erkennen, wenn die Fraktion erklärt, dass das unsägliche Wettrüsten die Gegensätze zwischen den Völkern verschärft. Den einen oder anderen Zentristen könnte das sogar beeindrucken.

Auch Scheidemann ist einverstanden. Der will wissen, ob David von der Dokumentensammlung gehört habe. David schüttelt den Kopf. Man möge ihn bitte aufklären. Scheidemann macht das gern:

Ein Referent des Reichskanzlers hat Aktenstücke zum Kriegsausbruch zusammengestellt. Einige in der Fraktion haben das Dossier bereits gelesen. Es enthält klare Beweise, dass die Russen den Krieg verantworten. Bis gestern kursierten Telegramme zwischen den Hauptstädten. Der Kaiser hat bis zuletzt versucht, mit Hilfe Englands eine friedliche Lösung herbeizuführen. Aber der Zar hat alle Vorschläge abgelehnt. Er hat einfach heimlich weiter mobilisiert und das nicht nur gegen Österreich, sondern auch gegen die deutschen Ostgebiete.

Das wundert David nicht. Der Zarismus ist eine Bedrohung nicht nur für die russischen Arbeiter, sondern für jedes Land. Man muss dem Zaren um jeden Preis Einhalt gebieten.

Es gibt noch andere Telegramme! – Scheidemann klingt einen Hauch zu selbstgefällig, findet David. Aber soll er ruhig mit sich zufrieden sein. Hauptsache er überzeugt die noch schwankenden Genossen.

Die Dokumente zeigen, dass England und Frankreich nicht die geringste Anstrengung unternommen haben, um den slawischen Berserkern in den Arm zu fallen. Scheidemann lächelt zufrieden. Das kann selbst Haase nicht leugnen. Der bezeichnet die Tripleentente doch selbst als ein Weltverteilungssyndikat und eine auf Länderraub im größten Maßstab angelegte Unternehmung. Sämtliche Papiere zeigen eindrücklich, dass Deutschland Opfer der Einkreisungspolitik der Entente ist. Den Deutschen bleibt keine andere Wahl, außer sich gegen die Invasoren zu verteidigen.

David will Scheidemanns Enthusiasmus nicht ausbremsen, allerdings müssen sie jetzt zu Fraktion. Zu Davids Überraschung sind im Fraktionssaal noch jede Menge Stühle unbesetzt. Der Delegierte aus Spandau erklärt, die Abgeordneten aus den weit entfernten Wahlkreisen sind noch auf der Anreise. Die anlaufenden Maßnahmen zur Mobilmachung halten den Verkehr auf. Die Eisenbahnen sind überlastet. Vor der Umstellung auf die Kriegsfahrpläne müssen die Bahnen noch die Urlauber zurückholen.

Haase will dennoch pünktlich anfangen. David kann darüber nur den Kopf schütteln. Er glaubt wohl, sich und den anderen Doktrinären damit einen Vorteil zu verschaffen. Die entscheidende Frage der Kriegsanleihen will Haase allerdings auf den Nachmittag verschieben, wenn alle eingetroffen sind. – Dagegen wäre im Prinzip nichts einzuwenden, wenn der Mann nicht schon jetzt Stimmung gegen die Regierungsvorlagen zu machen versucht. Das pathetische Gerede des Vorsitzenden widert David nur noch an:

Nicht weniger als das Überleben der Partei steht auf dem Spiel. Auf den Schultern eines jeden einzelnen, egal ob vom linken oder rechten Flügel, lastet eine immense Verantwortung für die Partei und ihr internationales Ansehen. Daran muss jeder denken, bevor er sich entscheidet. Und wer unsicher ist, soll in sich kehren und überlegen, ob es nicht ein Stückweit die reißerischen Tagesmeldungen in der Presse sind, die einem die Emotionen hoch gehen lassen und den kühlen Kopf ausschalten, der heute dringender von Nöten ist als jemals zuvor.

David sieht jetzt vollkommen klar: Dem Vorsitzenden fehlt nicht nur jegliches patriotische Gefühl, er gesteht es auch keinem anderen zu. Wenn der noch länger redet, werden sie aus Protest den Saal verlassen. Scheidemann und Göhre sind kurz davor aufzustehen. Doch der Vorsitzende wechselt von sich aus das Thema.

Haase und Braun waren zu Gesprächen bei der Regierung. Die Reichsleitung hat versichert, den Frieden zu wollen. Sie hat über Schritte informiert, die der Kaiser in Abstimmung mit dem Außenamt für die Erhaltung des Friedens unternommen hat. Selbst die sozialdemokratischen Friedenskundgebungen hat der Kanzler anfangs begrüßt. Nun hoffe die Regierung, dass die Partei der Mobilmachung keine Steine in den Weg legt. Bethmann Hollweg hat versprochen, die Parteiorganisationen nicht anzutasten, wenn diese die Maßnahmen der Regierung nicht bekämpfen.

David empfindet Genugtuung. Jeder der will, kann erkennen, dass die Regierung mit ihnen zusammenarbeiten will. Doch der Vorsitzende begreift noch immer nicht. Seine Schlussfolgerungen sind absurd. Er meint, daran ablesen zu können, dass die Partei nichts Schlimmes zu befürchten habe, wenn sie die Kredite ablehnt. Der Regierung genüge, dass die Sozialdemokratie nichts gegen sie unternimmt. Auf der anderen Seite gibt es keinen Anlass, dem langjährigen Unterdrücker und politischen Gegner aktiv die Kriegspolitik zu unterstützen.

Unmöglich, findet David, wie der Vorsitzende erneut Stimmung zu machen versucht. Die süddeutschen Genossen sind noch nicht vollzählig, aber Haase verbreitet seinen Standpunkt. Doch dieses Mal kommt er damit nicht durch. Die Fraktion wird sich das nicht gefallen lassen, dafür werden sie schon sorgen.

Bevor jemand widersprechen kann, unterbricht Haase die Sitzung von sich aus. Angeblich aus wichtigem Grund. Der Reichskanzler habe zur Parteiführerbesprechung am Mittag geladen. Auch Scheidemann soll mit. Es geht um Verfahrensfragen für die Reichstagssitzung. Die Regierung wünscht eine zügige Bearbeitung der Tagesordnung. Da die Fraktion momentan ohnehin nicht vollzählig ist, wird die Sitzung auf den Nachmittag verschoben.

Gegen Mittag trudeln die Abgeordneten aus den entfernten Kreisen ein. David begrüßt jeden einzeln. Die vielen Gespräche bestätigen, was er ohnehin schon wusste: Die Mehrheit will die Bewilligung. Je mehr Genossen aus den südlichen und ländlichen Gebieten eintreffen, umso größer ist die Zustimmung. Die Dörfer Bayerns, Badens und Hessens haben ihre Gesandten ermahnt, dem Vaterland beizustehen. Abgeordnete aus Ostpreußen berichten, sie wären nicht lebend aus ihren Wahlkreisen herausgekommen, hätten sie nicht versprochen, den Krediten in jedem Fall zuzustimmen. Überall sind Menschen mit dem Verlangen auf die Abgeordneten eingestürmt, für die Vaterlandsverteidigung zu stimmen. Im Zug nach Berlin haben viele Delegierten die Meinung im Volke kennengelernt. Wenn sie die Vorlagen nicht annehmen, würden sie vor dem Brandenburger Tor zu Tode getrampelt. Die Partei wäre erledigt, stellte sie sich nicht auf die Seite des Volkes.

David kann förmlich spüren, wie ihm neue Kräfte wachsen. Auch Göhre ist in Hochstimmung: Immer mehr Abgeordnete bekennen offen, für die Kredite zu stimmen. Eine Mehrheit ist zum Greifen nah. Selbst extreme Linke wie Grenz und Stadthagen sind dafür! Liebknecht, Lensch und Ledebour sind isoliert. Die Radikalen haben keine Chance. Sie sind die Verlierer der Geschichte.

Haase und Scheidemann sind zurück im Saal. David glaubt, Triumph in Scheidemanns Augen zu erkennen. Der Mann lächelt noch selbstgefälliger als am Morgen. Haase erklärt in ungewohnt zurückhaltendem Ton, Scheidemann würde jetzt die Fraktionssitzung leiten. Als Vorsitzender will er aber erst berichten, was die Parteiführerbesprechung verhandelt hat:

Die Regierung wünscht eine beschleunigte Prozedur der Wiedereröffnung des Reichstags. Des Weiteren will sie die Annahme der Regierungsvorlagen in einer einzigen Lesung. Dafür ist von der Geschäftsordnung abzuweichen, weshalb die Zustimmung der Fraktionen benötigt wird. Er und Scheidemann haben nicht sofort zugesagt. Die Führer der anderen Parteien haben sich jedoch benommen, als sei die einstimmige Annahme bereits sicher.

Gemeinsam mit Scheidemann hat er den anderen Parteivertretern erklärt, dass die Fraktion noch nicht entschieden hat. Außerdem wurde dem Vorschlag widersprochen, dass morgen niemand anderes sprechen soll außer dem Kanzler und dem Reichstagspräsidenten. Denn gleichviel wie die heutige Abstimmung auch ausfallen wird, so oder so muss die Fraktion ihre Entscheidung vor der Öffentlichkeit begründen.

Bethmann Hollweg wünscht bis heute Abend 21 Uhr den Wortlaut der Erklärung mitgeteilt zu bekommen. Es geht dabei um die Möglichkeit, gegebenenfalls Gegenerklärungen formulieren zu können. Scheidemann hat zugesichert, keine andere Partei anzugreifen. Der Fraktion geht es allein um die Verantwortung für die Politik, die zum Krieg geführt hat.

Schließlich wurde noch die Frage des Kaiserhochs angesprochen. Die Regierung wünscht eine möglichst einheitliche Wirkung des Reichstags nach außen. Sie schlägt vor, dass sich die Abgeordneten einschließlich der Sozialdemokraten beim Hoch auf den Kaiser erheben. Dem habe Haase selbstredend widersprochen. Schließlich gibt es einen Beschluss der Fraktion, beim Kaiserhoch geschlossen sitzen zu bleiben. Es gab ein langes Hin und Her, bis ein Kompromiss gefunden wurde. Das war Scheidemanns Vorschlag: Das Hoch auf den Kaiser ist mit einem Hoch auf Volk und Vaterland zu verbinden. Der Innenminister hat sich das zu Eigen gemacht. Am Ende wurde vereinbart, in ein solches Hoch mit einzustimmen.

David weiß jetzt den Grund für Scheidemanns Triumphgefühle. Haase musste nachgeben. Vor zwei Monaten hat er noch unter heftigsten Entladungen den Beschluss durchgedrückt, beim Kaiserhoch geschlossen sitzen zu bleiben. Nun hat der Lauf der Weltgeschichte auch diesen Unsinn korrigiert. Der Starrsinn der Radikalen erweist sich als das, was es schon immer war: eine Schrulle.

Selbst den Vorsitzenden hat der Mut verlassen, der Regierung die revolutionären Phrasen der Linken vorzutragen. Welch erbärmliche Erscheinung. In der Fraktion große Reden schwingen und vor Bethmann Hollweg kuschen. Das verlogene Getue muss endlich aufhören! Der Vorsitzende soll zurücktreten, wenn er keine Mehrheit mehr hinter sich hat. Scheidemann kann das machen, oder Ebert.

Die Fraktionssitzung wird fortgesetzt. Scheidemann bittet um Wortmeldungen. Erneut will Haase sprechen. Der wird immer dreister: Die Ablehnung der Regierungsvorlagen soll Grundlage der Diskussion sein. Das ist unerhört, findet David. Er und Ledebour vertreten im Vorstand nur die Minderheitsmeinung. Glücklicherweise lässt sich die Fraktion nicht mehr einschüchtern. Der Antrag wird mit großer Mehrheit abgeschmettert. Die Radikalen gucken dumm aus der Wäsche. Ledebour, Lensch und Liebknecht versuchen hastig einen Text zusammenzuschustern. Eine Erklärung, mit der sie die Verweigerung begründen wollen.

Nach kurzer Diskussion erhalten die Befürworter das Wort zugesprochen. David empfindet tiefe Dankbarkeit. Sie haben ihn zum Wortführer der Mehrheitsmeinung bestimmt. Die Verantwortung übernimmt er gern. Gleichwohl kann er jeden verstehen, der noch zweifelt. Die Sozialdemokratie steht heute vor einer Entscheidung von welthistorischem Ausmaß. Das Wohl der Partei und des Landes hängen davon ab. Die heutige Welt ist dabei, sich grundlegend zu wandeln. So wie bisher kann die Sozialdemokratie nicht weitermachen. Vorbei sind die Zeiten, in denen man sich hinter einem fundamentalen Nein verstecken konnte. Sie müssen sich der Verantwortung für das Land und die Menschen stellen. Die außerordentliche Lage des Augenblicks gebietet, überkommene Vorstellungen zu überwinden. Überhaupt wird die Partei in dieser Zeit noch in vielen Dingen umlernen müssen.

David weiß um die Wirkung seiner Worte. Die Menschen verstehen sie, weil sie wahr sind. Der Zeitpunkt ist gekommen. Im Namen der Mehrheit des Vorstandes stellt er den Antrag auf Bewilligung der Kredite. Im Reichstag ist eine Erklärung abzugeben, die sich jedweder Polemik enthält. Vielmehr erklärt sich die Fraktion ohne jegliche Vorbehalte ausnahmslos mit der Regierung und den bürgerlichen Parteien solidarisch. Es ist ihre Pflicht, in dieser schweren Stunde dem bedrohten Vaterland beizustehen. Niemals kann sie dem Land in einer solchen Situation die Mittel zur Verteidigung verweigern. Im Osten und Westen melden sie bereits Übergriffe der Feinde, die zur Invasion bereitstehen. Keiner wird sich ernsthaft dem Joch des Zaren unterwerfen wollen. Frankreich ist zurzeit nicht besser als Russland. Die hinterhältige Ermordung Jaurès beweist den Hitzegrad der französischen Kriegsstimmung. Der Krieg wird die Franzosen von dem unsäglichen Bündnis mit dem Zaren befreien. Die russische Niederlage bringt den Sturz des Zarismus. In einem solchen Moment darf sich die deutsche Sozialdemokratie nicht ausschalten lassen. Ihre Organisationen wären vernichtet, zertrümmert, wenn sie die Kredite verweigern. Ein Ja wird hingegen die Stellung der Partei gewaltig stärken. Die Regierung ist nicht mehr in der Lage, die Partei als außerhalb der Gesetze stehend zu behandeln. Nach dem Krieg, vielleicht schon zu Weihnachten, wird eine starke demokratische Welle das ganze Land überziehen.

David spürt seinen Puls rasen. Er zittert am ganzen Körper. Es ist, als würde alles aus ihm herausbrechen, was er in den letzten Tagen an Gedanken angesammelt hat. Die Linken schauen ihn hasserfüllt an. Selbst mancher Freund mäkelt, die Rede würde an mancher Stelle den Kriegervereinsreden kaum nachstehen. Doch das ist jetzt nicht wichtig. Entscheidend ist allein, dass er Recht hat. Vielen hat er aus dem Herzen gesprochen. Sie klopfen mit den Fingerknöcheln auf die Tische.

Haase will dagegenhalten. Aber sein Versuch scheitert kläglich. Was er sagt, klingt abgehoben und unwirklich: Eine Zustimmung ist nicht notwendig, da die Regierung so oder so ihren Krieg führen wird. Zudem würde eine Bewilligung dem widersprechen, was die Partei bisher gesagt hat. Stets hieß es, wenn es zum Krieg zwischen den imperialistischen Mächten kommt, werden sie dafür keinen einzigen Pfennig und keinen einzigen Blutstropfen opfern. Sollen sich die Militaristen aller Länder ruhig gegenseitig abschlachten; wenn sie danach am Boden liegen, wird die Partei auf deren Trümmern eine neue Gesellschaft errichten. Warum sollen sich Arbeiter für ein System opfern, das sie überwinden wollen? Das macht keinen Sinn. Der Kampf gegen den Militarismus darf keine Minute unterbrochen werden, wenn sie ernstlich auf einen Sieg der gerechten Sache rechnen.

Jetzt bekunden die Linken ihre Zustimmung mit Klopfen. Aber sie sind nur wenige. Ledebour verliest die Erklärung. Wie nicht anders zu erwarten, eine gehässige. Er wettert gegen die kapitalistischen und imperialistischen Kriegshetzer. Die wollen in Koalition mit den preußischen Junkern die Völker Europas für ihre Profitinteressen auf die Schlachtbank führen. Die herrschenden Klassen, die das Volk im Frieden knebeln, verachten und ausnutzen, wollen die Arbeiter als Kanonenfutter missbrauchen. Die Partei hat in keiner Weise die Pflicht, sich mit ihren Henkern zu solidarisieren. Vielmehr muss sie die Arbeiter immer stärker organisieren und durch ihre Macht jede kriegerische Freveltat der militaristischen Parteien bekämpfen.

Die üblichen Phrasen! David überrascht kein Wort. Doch dann wird Ledebour beleidigend: Statt für den Frieden zu kämpfen, wollen die Rechten diesen gewissenlosen Chauvinisten hilfreich zur Seite stehen. Nur um den miserablen Preis, ein bisschen mehr Anerkennung von der Regierung zu erheischen. Dabei weiß keiner, welches Spiel der Kaiser und seine Kamarilla in Wirklichkeit spielen. Vielleicht wollen sie den Krieg?! Die Generäle suchen schon seit langem nach einem Vorwand, endlich beweisen zu können, was in ihnen steckt. Seit Jahren rüsten sie sich für den großen Krieg.

Alles nur Unterstellungen! Solche Behauptungen ärgern David. Dafür gibt es keine Beweise. Die Fraktionsmitglieder scheinen das ähnlich zu sehen. Sie lassen sich davon nicht beeindrucken. Das spürt selbst Ledebour, der seinen letzten Trumpf auszuspielen versucht: Er appelliert an das soziale Gewissen. Doch auch das kennt David schon. Scheinheilig rechnet Ledebour Schulen, Spitäler und Krankenheime gegen die Rüstungsmilliarden auf. Er wisse von Arbeitern, die sich und ihre Frau und Kinder hungern lassen müssen wegen Arbeitslosigkeit, Tausende und Tausende Mütter, die keine Milch haben für ihre neugeborenen armen Geschöpfe, Greise, die ihr Leben lang schwer gearbeitet haben und betteln müssen, Millionen Menschen, Männer, Frauen, Kinder und Großväter, die im Winter keine Kleider haben, keine Kohlen, um sich zu erwärmen, kein Licht, um die langen Winternächte zu verkürzen, aber für Mordwaffen, für Kanonen, Gewehre, Säbel, Pulver sollen morgen Milliardenbeträge ausgeben werden.

Das Manöver ist leicht zu durchschauen. David würde gern direkt antworten. Aber Molkenbuhr steht vor ihm auf der Rednerliste. Wenn einer die richtige Antwort findet, dann er. Der Mann ist ein begnadeter Redner. Das gilt auch heute:

Gewiss will keiner in der Fraktion, dass arme Menschen ihr nacktes Leben und ihre Söhne opfern. Und natürlich hoffen auch die Befürworter, dass sich die Arbeiter der verschiedenen Länder, die sich persönlich nicht kennen und sich auch nie etwas zuleide getan haben, nicht gegenseitig umbringen. Wenn es allein nach der Partei ginge, würden weiterhin alle Seiten in Frieden miteinander leben. Aber in einer solchen Welt leben sie nicht. Was sollen die einfachen Menschen machen, wenn plötzlich der Feind mit der Waffe vor ihnen steht? Sollen sie sich opfern für die hohen Ideale des Internationalismus?! Das ist nicht weniger absurd als diese aberwitzigen Rüstungsausgaben!

David bewundert Molkenbuhr. Der Mann ist ehrlich und seine Argumente sind wahrhaftig: Die Menschen bedürfen Schutz, die Partei kann sich nicht gegen die Vaterlandsverteidigung stellen. Auch er hat anfangs geglaubt, gegen eine Bewilligung stimmen zu müssen. Jetzt ist vollkommen klar, es gibt nur eine Möglichkeit. Bebel hat es immer gesagt: Wenn es gegen den Feind aller Kultur und aller Unterdrückten geht, werden sie bis zum letzten Mann und selbst die Ältesten unter ihnen die Flinte schultern, um den deutschen Boden zu verteidigen.

Im Saal kommt Unruhe auf. Ledebour wirkt wie elektrisiert. Er hüpft auf seinem Stuhl hin und her. Wild gestikulierend läuft er zu seinen Freunden. Er hat neue Nachrichten: Müller ist aus Paris zurückgekehrt und wird in Kürze der Fraktion Bericht erstatten.

David versteht den Grund der Aufregung: Die Radikalen hoffen noch immer, die Franzosen würden die Kredite ablehnen, oder sich der Stimme enthalten. Ihren Gesichtern ist anzusehen, wie sehr sie sich an diese Aussicht klammern – wie Ertrinkende an ein Stück Treibholz.

Als Müller den Fraktionssaal betritt, sieht er allerdings nicht aus, wie der Erlöser, auf den die Linken so dringend warten. Scheidemann bittet ihn, neben sich Platz zu nehmen. Wenn er sich bereit fühlt, hat er das Wort. Die Fraktion wartet schon gespannt auf seinen Bericht. Müller dankt freundlich. Seine Stimme klingt jedoch nicht wirklich hoffnungsfroh:

Mit Huysman ist er zusammen von Brüssel nach Paris gereist. Hendrik de Man ist als Übersetzer mitgekommen. Ihnen hat er erklärt, dass sowohl Bethmann Hollweg als auch der deutsche Kaiser ernsthaft für die Aufrechterhaltung des Friedens sind. Die Franzosen meinten zwar, dass man in der Ära des Imperialismus, wo Kriege allgemeinere Ursachen als politische Angriffshandlungen haben, kaum mehr deutlich zwischen Angreifer und Verteidiger unterscheiden kann. Im Falle des russischen Angriffs auf Deutschland ist das Reich aber eindeutig der Angegriffene.

Leider sehen das die Franzosen vollkommen anders. Die halten allein Deutschland für schuldig am Krieg. Überall im Land gibt es heftige Ausbrüche gegen das Reich. Die französische Presse stellt die Deutschen als verlogene, derbe und grausame Barbaren hin. Einige Blätter erklären das Barbarentum zum deutschen Rassemerkmal. Selbst unter Sozialisten ist die starke antideutsche Stimmung verbreitet. Marxisten und Blanquisten sind längst für die Bewilligung. Auch Sembat hält die Möglichkeit eines gemeinsamen Vorgehens für sehr schwierig. Alles in allem stehen die Chancen nicht besonders gut.

Müller musste den französischen Genossen versprechen, dass die deutschen Sozialdemokraten sich der Stimme enthalten werden. Das muss man verstehen. Als er seine Reise antrat, haben alle eine Zustimmung für undenkbar gehalten. Die gemeinsame Stimmenthaltung sollte die Einheit der Internationale und die Aufrechterhaltung ihres pazifistischen Ideals zum Ausdruck bringen. Für die SPD kommt eine Unterstützung der bürgerlichen Parteien auch wegen ihres Programms nicht infrage. Müller hat den Franzosen deshalb gesagt, die Nichtbewilligung ist für die deutschen Sozialisten eine Prinzipienfrage.

Den Kriegsausbruch hat er sich allerdings anders vorgestellt, als er nun tatsächlich eingetroffen ist. Er hat wie die meisten geglaubt, es wird zu einem russisch-österreichischen Krieg kommen, in den Deutschland und Frankreich mit hineingezogen würden. Dass es wegen der Mobilmachung Russlands zum Krieg kommen könnte, hat sich hier keiner vorstellen können. Jetzt stellt sich die politische Situation grundlegend anders dar. Eine Enthaltung kommt nicht mehr in Frage, jetzt wo Deutschland von den Russen angriffen wird.

Das war's dann wohl! David frohlockt. Die linken Hoffnungen zerstieben in tausend Splitter. Ledebour sackt in sich zusammen wie ein nasses Handtuch. Lensch bekommt den Mund nicht mehr zu, sein Gesichtsausdruck ähnelt dem eines Irren. Liebknecht schaut verstört in sein Notizbuch. Noch nie hat David den allseits gefürchteten Revolutionär in einem derart elenden Zustand erlebt. Allmählich begreifen selbst die Radikalsten, dass das Stemmen gegen den Lauf der Geschichte und die notwendigen Veränderungen sinnlos ist. Jetzt liegt klar vor Augen, was sich seit Langem abzeichnet. Die Zeiten besinnungsloser Fundamentalopposition sind vorbei. Ab heute wird sich die Partei aktiv in den Staat einbringen und ganz allmählich durch Reformen ihre Macht weiter ausbauen.

Obgleich die Sache entschieden ist, wollen Lensch, Liebknecht und Herzfeld noch reden. Die Versuche sind reine Zeitverschwendung. Kraft- und sinnlos wiederholen sie die immer gleichen polemischen Anschuldigungen gegen das abstrakte Kapital und die Imperialisten. In der Fraktion will das keiner mehr hören. Beinahe könnte David Mitleid mit den Radikalen bekommen. Sie wollen einfach nicht begreifen.

Ganz anders hingegen die Rede Franks. Sie trifft den Nerv fast aller Abgeordneten. Es ist ihre heilige Pflicht, das Vaterland gegen den Zarismus zu verteidigen. Ein Nein zu den Krediten würde nicht nur die Gefahr einer deutschen Niederlage heraufbeschwören, die gleichbedeutend wäre mit der Herrschaft des Zarismus über Europa und dem Zusammenbruch des Sozialismus.

Auch die Unterdrückung der sozialdemokratischen Organisationen würde ihnen drohen. Ein Ja hingegen wird die Stellung der Sozialdemokratie gewaltig stärken. Die Gleichberechtigung kann ihnen niemand mehr verweigern.

Alles ist gesagt. Längst könnte die Fraktion zur Abstimmung übergehen, wäre da nicht der selbsternannte Cheftheoretiker des revolutionären Sozialismus. Kautsky will unbedingt noch reden. Vermutlich fürchtet er, die Geschichtsbücher würden ihn andernfalls vergessen. Aber soll er ruhig predigen. Ändern wird das ohnehin nichts mehr.

Kautsky dankt Scheidemann für das Wort. Eine Sache muss er unbedingt klarstellen: Der Krieg gegen Russland ist in der gegebenen Konstellation nicht mit dem von Marx und Engels geforderten Krieg gegen den Zarismus zu verwechseln. Bebel und der alte Liebknecht haben sich während des deutsch-französischen Krieges von 1870/71 bewusst der Stimme enthalten. Dennoch trete auch er heute im Unterschied zu seiner gestrigen Meinung für die Bewilligung ein …

Durch die Fraktion geht ein Raunen. Linke und Rechte sind gleichermaßen verblüfft. Auch David kann kaum glauben, was er hört. Ist der Mann doch lernfähig!?

Kautsky bittet, das genauer erklären zu dürfen. Er hat eine Idee. Die Regierung soll sich für die Zustimmung auf bestimmte Bedingungen einlassen. Deutschland darf keine Gebietseroberungen machen und für den Fall deutscher Erfolge ist der Krieg rasch zu beenden. Sollte sich die Regierung nicht darauf einlassen, darf die Fraktion ihr morgen nicht die Kredite bewilligen.

Ungläubiges Kopfschütteln auf allen Seiten. Selbst Liebknecht hält das für eine Schrulle und vollkommen unpraktikabel. Die Regierung würde vorerst alles versprechen und hinterher nichts halten. Wenn Deutschland angegriffen wird, kann der Krieg nicht nur auf deutschem Boden stattfinden. Die Gegner würden sich die Hände reiben.

Auf der Rednerliste stehen noch fünfzehn Namen. Nur einer will gegen die Bewilligung sprechen. David stellt den Antrag auf Schluss der Debatte. Alle wissen, dass kein neuer Gedanke zu erwarten ist. Die Linken wollen sich dennoch darüber aufregen. Scheidemann weist darauf hin, dass die Erklärung heute Abend fertig werden muss. Schließlich hat Haase sie den anderen Parteien zur Voransicht versprochen. Der Antrag ist gestellt, mit der Abstimmung zu beginnen.

Die Linken geben auf. Sie lassen Scheidemann gewähren. Der bittet diejenigen, die für die Bewillig sind, sich zu erheben. Das Ergebnis ist überwältigend: Fast alle 93 Fraktionsmitglieder stehen. Nur vierzehn bleiben sitzen. Einer enthält sich: Stadthagen! David kann das nicht verstehen – aber was soll's. Es ist vollbracht!

Scheidemann erklärt, eine Kommission einzusetzen. Ihr sollen Frank, Hoch, Kautsky, Wels und David angehören. Die endgültige Fassung der Erklärung muss um 21 Uhr fertig sein. Treffpunkt ist die Lobby im Excelsior. Des Weiteren erinnere er an den Fraktionszwang. Den hat die Partei stets gehandhabt, zumeist auf Wunsch der Linken. Diesmal ist es anders herum. Linke und Zentristen haben sich dem Mehrheitswillen zu beugen.

BEWILLIGUNG

Am Himmel braut sich etwas zusammen. Dunkle Wolkenberge türmen sich über der Kuppel. Böen fegen in Windeseile die Schwüle hinfort. Auf das Glasgewölbe trommelt Regen, der ein Übriges tut. Schallende Donnerschläge unterbrechen hier und da das heftige Prasseln. Das Plenum verfinstert sich schlagartig. Der Präsident unterbricht die Sitzung für eine kurze Pause.

Liebknecht glaubt nicht an Schicksaal. Doch das Bild könnte nicht treffender sein: Die Naturgewalten künden vom Kampf entfesselter Mächte. Es ist wie in der Offenbarung, nur andersherum. Getreu wollen sie sein, die Patrioten, bis in den Tod, um des Kaisers vermeintliche Anerkennung zu erheischen. Dabei ist das der Beginn der Schreckensherrschaft in Gestalt furchterregender Tiere. Die widergöttlichen Mächte triumphieren in dem Glauben, sie zu überwinden. Der Erlöser erscheint ihnen in der Gestalt eines Kriegsgottes, der die Spuren der Gewalttat in sich trägt. Sie hoffen Platz nehmen zu dürfen unter dem Thron ihres geliebten Kaisers.

Ihr Ansporn ist der Untergang der Hure des Zarismus. Sie flehen einen Engel herniederfahren vom Himmel, der große Macht hat, und die Erde mit seinem Glanz erleuchten soll. Sie rufen mit mächtiger Stimme: Er soll fallen, er soll fallen, der russische Zar, der Große, er ist eine Behausung der Teufel und ein Gefängnis aller unreinen Geister.

Sie wollen mit aller Kraft daran glauben, an die Vision eines neuen Himmels und einer neuen Erde, in denen es eine ungetrübte Gemeinschaft aller geben wird.

Liebknecht weiß, wer die Verantwortung für den Irrsinn trägt. Niemals hat er damit gerechnet, dass so etwas passieren könnte. Wenn ihm jemand vor einer Woche gesagt hätte, die Fraktion würde geschlossen für den Krieg stimmen, hätte er ihn für verrückt erklärt. Die Patrioten hätten früher gestoppt werden müssen. Jetzt ist jede Chance vertan, die Kriegsfurie irgendwie aufzuhalten.

Wie nur können sie die Hände erheben, um dem verhassten Regime der Kriegshetzer, den Todfeinden des Proletariats von gestern und morgen die Mittel für ihren schmutzigen Krieg zu bewilligen? Muss man sich wirklich dem Schicksal ergeben, nur weil der Patriotismus ihnen den Verstand raubt?

Vor wenigen Tagen wiegten sich noch alle sicher in dem Wahne, dass die Ablehnung der Kriegskredite selbstverständlich und zweifellos sei. Den Irrtum hätte man erkennen müssen. Schon Ende Juli verkündeten vereinzelte Parteizeitungen, dass die Sozialdemokraten zwar gegen den Krieg protestieren, wenn er aber kommt, sie dem geliebten Vaterland die Hilfe nicht versagen können.

Jetzt sind sie hervorgekommen aus den finsteren Hinterzimmern der Öffentlichkeit ihre feuchtwarme Vaterlandsliebe zu beweisen. Ihren Coup haben sie gründlich vorbereitet. Südekum hat mit dem Reichskanzler geschachert. Selbst Haase hat sich einlullen lassen. Es ist befremdlich, wie schnell sie sich bereitfanden, den fadenscheinigen Auskünften der Regierung zu trauen, obgleich der Kaiser und seine Regierung die Sozialdemokraten schon mehrfach hinters Licht geführt haben.

Perfekt spielen sie das Spiel „Wer hat Angst vorm bösen Russen?" Das bringt sie um den Verstand! Sie glauben jeder Tartarennachricht, die in der Zeitung steht, ist sie auch noch so abstrus. Die Presse überschlägt sich mit Meldungen von Invasionen aus Ost und West und ersten Grenzgeplänkeln und sogleich schreit die Mehrheit „Krieg!" Einen Krieg gegen den Zarismus meinen sie zu führen. Und da sie der eigenen patriotischen Gesinnung nicht so recht trauen, zitieren sie immerfort Bebels längst zum Abziehbild verkommene Flintenrede.

Statt den Krieg als das zu begreifen, was er tatsächlich ist, verkaufen die Revisionisten ihn als einen Akt der Befreiung aus babylonischer Knechtschaft. Mancher Schacherpatriot ist drauf und dran, sich freiwillig als Kanonenfutter zu melden. Gefühlsselig trachten sie danach, die Echtheit ihrer Vaterlandsliebe unter Beweis zu stellen. Und alles in der guten Hoffnung, aus ihrer Artigkeit und gutem, waschechten Patriotismus angemessenes politisches Trinkgeld zu ziehen: Ein gleiches Wahlrecht für Preußen, das ist die erhoffte Belohnung.

Wenn er es nicht besser wüsste, würde Liebknecht jetzt denken, dass es die Internationale niemals gegeben hätte. In alle Welt haben die Vaterlandsfreunde ihren Bewilligungsbeschluss hinaus telegrafiert. Jeder, der sich dafür interessiert, weiß nun vom totalen Zusammenbruch des radikalen Flügels, vor dem sich Rechte und Zentristen immer gefürchtet haben. Wo nur waren sie, die angeblich so zahlreichen Revolutionäre, als es zum Schwur kam? Wo waren die Aufrichtigen mit Prinzipien, die den Krieg als das begreifen, was er ist: ein Mittel zur Demoralisierung und Zertrümmerung der Arbeiterklasse.

Die Sitzung wird fortgesetzt. Haase betritt das Rednerpodest. Im Saal kehrt Ruhe ein. Die Befürworter sind an ihrem heiß begehrten Ziel angekommen. Der Vorsitzende liest vom Blatt, das sie ihm gegeben haben. Sein Tonfall ist frei von jeglichem Pathos:

Sie stehen vor einer Schicksalsstunde. Die Folgen der imperialistischen Politik, durch die eine Ära des Wettrüstens herbeigeführt wurde und die Gegensätze zwischen den Völkern sich verschärfen, sind wie eine Sturmflut über Europa hereingebrochen. Die Verantwortung hierfür fällt den Trägern dieser Politik zu; wir lehnen sie ab. Die Sozialdemokraten haben diese verhängnisvolle Entwicklung mit allen Kräften bekämpft, und noch bis in die letzten Stunden hinein haben sie durch machtvolle Kundgebungen in allen Ländern, namentlich im innigen Einvernehmen mit den französischen Brüdern, für die Aufrechterhaltung des Friedens gewirkt. Ihre Anstrengungen sind vergeblich gewesen.

Jetzt steht das Land vor der ehernen Tatsache des Krieges. Es drohen die Schrecknisse feindlicher Invasionen. Nicht für oder gegen den Krieg haben sie jetzt zu entscheiden, sondern über die Frage der für die Verteidigung des Landes erforderlichen Mittel. Nun haben sie zu denken an die Millionen Volksgenossen, die ohne ihre Schuld in dieses Verhängnis hineingezogen worden sind und die von den Verheerungen des Krieges am schwersten getroffen sind.

Heiße Wünsche der Partei begleiten die zu den Fahnen gerufenen Brüder ohne Unterschied der Partei. Die Fraktion denkt an die Mütter, die ihre Söhne hergeben müssen, an die Frauen und Kinder, die ihrer Ernährer beraubt werden. Zu den drohenden Schrecken des Hungers werden noch Zehntausende verwundeter und verstümmelter Kämpfer kommen. Ihnen allen beizustehen und ihr Schicksal zu erleichtern, diese ungeheuren Schrecken zu lindern, erachtet die Fraktion als eine zwingende Pflicht.

Für das Volk und seine freiheitliche Zukunft steht bei einem Sieg des russischen Despotismus, der sich mit dem Blut des eigenen Volkes befleckt hat, viel, wenn nicht alles auf dem Spiel. Es gilt, diese Gefahr abzuwehren, die Kultur und Unabhängigkeit unseres eigenen Landes sicherzustellen. Da machen wir wahr, was wir immer betont haben: Wir lassen in der Stunde der Gefahr das eigene Vaterland nicht im Stich.

Die Sozialdemokraten fühlen im Einvernehmen mit der Internationale, die das Recht jedes Volkes auf nationale Selbständigkeit und Selbstverteidigung jederzeit anerkennt, wenn sie in Übereinstimmung mit ihr jeden Eroberungskrieg verurteilen. Die Fraktion fordert, dass dem Kriege, wenn das Ziel der Sicherung erreicht ist und die Gegner zum Frieden geneigt sind, ein Ende gemacht wird. Ein Ende, das die Freundschaft mit den Nachbarvölkern ermöglicht. Das fordert die sozialdemokratische Partei nicht nur im Interesse des deutschen Volkes.

Die Fraktion hofft, dass die grausamen Stunden der Kriegsleiden in Millionen den Abscheu vor dem Kriege wecken und sie für das Ideal des Völkerfriedens und des Sozialismus gewinnen werden. Von diesem Grundsatz geleitet, bewilligt sie die geforderten Kredite.

HANDELNDE PERSONEN

In der Reihenfolge ihres Auftretens

Eduard David (* 11. Juni 1863; † 24. Dezember 1930) Sozialdemokratischer Reichstagsabgeordneter für den Wahlkreis Mainz-Oppenheim, Steuer und Agrarexperte der SPD, Mitglied des Fraktionsvorstandes.

Sonja David (* ca. 1896; † ?), Tochter von Eduard und Gertrud David, geb. Swiderski.

Karl Johann Kautsky (* 16. Oktober 1854; † 17. Oktober 1938), Publizist und führender Theoretiker der deutschen und internationalen Sozialdemokratie.

Ferdinand August Bebel (* 22. Februar 1840; † 13. August 1913), Begründer der organisierten sozial-demokratischen Arbeiterbewegung in Deutschland und Vorgänger von Haase im SPD-Vorsitz.

Karl Liebknecht (* 13. August 1871; † 15. Januar 1919), prominenter internationalistischer Sozialist und Antimilitarist, sozialdemokratischer Abgeordneter des Preußischen Abgeordnetenhauses und des Reichstags.

Gustav Hoch (* 10. Januar 1862 – † 4. Oktober 1942), Kaufmann und Publizist, sozialdemokratischer Reichstagsabgeordneter.

Hugo Haase (* 29. September 1863; † 7. November 1919), Jurist, Politiker und Pazifist, Vorsitzender der SPD.

Philipp Heinrich Scheidemann (* 26. Juli 1865; † 29. November 1939), deutscher sozialdemokratischer Politiker und Publizist, seit 1913 zusammen mit Hugo Haase Vorsitzender der SPD-Fraktion.

Matthias Erzberger (* 20. September 1875; † 26. August 1921) Schriftsteller und Politiker, Reichstagsabgeordneter der Zentrumspartei.

Erich von Falkenhayn (* 11. September 1861; † 8. April 1922), deutscher General, osmanischer Marschall und seit 1913 preußischer Kriegsminister.

Paul Göhre (* 18. April 1864; † 6. Juni 1928), evangelischer Theologe und Politiker, sozialdemokratischer Reichstagsabgeordneter.

Theobald Theodor Friedrich Alfred von Bethmann Hollweg (* 29. November 1856; † 2. Januar 1921) deutscher Verwaltungsbeamter und Politiker, seit 1909 Reichskanzler.

Friedrich v. Mantey, Adjutant des Generaloberst von Moltke.

Helmuth Johannes Ludwig von Moltke, genannt Moltke der Jüngere (d. J.) (* 25. Mai 1848; † 18. Juni 1916) preußischer Generaloberst und seit 1906 Chef des Großen Generalstabes.

Clemens Gottlieb Ernst Delbrück (* 19. Januar 1856; † 17. Dezember 1921), deutscher Politiker, seit 1909 Staatssekretär des Reichsamtes des Innern und Stellvertreter des Reichskanzlers.

Gottlieb von Jagow (* 22. Juni 1863; † 11. Januar 1935), deutscher Diplomat und Politiker, seit 1913 Staatssekretär und Leiter des Auswärtigen Amtes.

Kaiser Wilhelm II., mit vollem Namen Friedrich Wilhelm Viktor Albert von Preußen, (* 27. Januar 1859; † 4. Juni 1941), Sohn Kaiser Friedrichs III., Dynastie der Hohenzollern, von 1888 bis 1918 Deutscher Kaiser und König von Preußen.

Erich Friedrich Wilhelm Ludendorff (* 9. April 1865; † 20. Dezember 1937), deutscher Generalmajor und Kommandeur der 85sten Infanteriebrigade in Straßburg.

Otto Viktor Karl Liman, seit 1913 Liman von Sanders (* 17. Februar 1855; † 22. August 1929), preußischer General der Kavallerie und osmanischer Marschall. Sanders hatte den Auftrag, die im schlechten Zustand befindliche osmanische Armee neu zu organisieren.

Arthur Zimmermann (* 5. Oktober 1864; † 6. Juni 1940), deutscher Diplomat und Politiker, seit 1913 Unterstaatssekretär im Auswärtigen Amt.

Wilhelm von Stumm (* 25. Januar 1869; † 30. März 1935), Leiter der Politischen Abteilung des Auswärtigen Amtes im Rang eines Unterstaatssekretärs.

Heinrich Leonhard von Tschirschky und Bögendorff (* 15. Juli 1858; † 15. November 1916), deutscher Diplomat, Botschafter in Österreich.

Franz Ferdinand von Österreich-Este (* 18. Dezember 1863; † 28. Juni 1914), österreich-ungarischer Erzherzog und Thronfolger.

Dietrich von Bethmann Hollweg (* 1877; † 1933), deutscher Diplomat in Wien.

Alfred Peter Friedrich Tirpitz, ab 1900 von Tirpitz (* 19. März 1849; † 6. März 1930), deutscher Großadmiral und Begründer der deutschen Hochseeflotte.

Admiral Georg Alexander von Müller (* 1854; † 1940), Leiter des Marinekabinetts vom April 1908 bis November 1918.

Franz Joseph I. (* 18. August 1830; † 21. November 1916), seit 1848 Kaiser von Österreich sowie seit 1867 Apostolischer König von Ungarn.

Nikolaus II. (* 6. Mai (jul.), 18. Mai 1868 (greg.); † 17. Juli 1918), seit 1894 Zar des Russischen Reiches.

Hugo Markus Ganz (* 24. April 1862; † 2. Januar 1922) deutscher Publizist und Journalist für die Frankfurter Zeitung and die Neue Zürcher Zeitung.

Ladislaus de Szögyény-Marich von Magyar-Szögyen und Szolgaegyháza (* 12. November 1841; † 1916), österreichisch-ungarischer Diplomat, seit 1892 Botschafter in Berlin.

István (Stephan) Tisza von Borosjenő et Szeged (* 22. April 1861; † 31. Oktober 1918) Ministerpräsident Ungarns 1903 bis 1905 und 1913 bis 1917 und führender Politiker Österreich-Ungarns.

Transleithanien (lat. „Land jenseits der Leitha") war nach dem Österreichisch-Ungarischen Ausgleich von 1867 eine inoffizielle Bezeichnung für die Länder der heiligen ungarischen Krone.

Heinrich Ströbel (* 7. Juni 1869; † 11. Januar 1944), sozialistischer deutscher Publizist und Politiker, seit 1908 Mitglied des preußischen Landtags und seit 1910 Redakteur des sozialdemokratischen Parteiblatts Vorwärts.

Kurt Riezler (* 11. Februar 1882; † 6. September 1955), deutscher Politiker und Vertrauter des Reichskanzlers Theobald von Bethmann Hollweg.

Hugo Stinnes (* 12. Februar 1870 in Mülheim an der Ruhr; † 10. April 1924 in Berlin), deutscher Industrieller und Politiker. Der von ihm ab 1893 und insbesondere nach dem Ersten Weltkrieg geschaffene Montan-, Industrie- und Handelskonzern gehörte zu den größten unternehmerischen Konglomeraten Deutschlands.

Albert Oskar Wilhelm Südekum (* 25. Januar 1871; † 18. Februar 1944), deutscher Journalist und SPD-Politiker.

Wilhelm Arnold Drews (* 11. Februar 1870; † 17. Februar 1938), genannt Bill Drews, deutscher Jurist und Unterstaatssekretär im Innenministerium des Königreichs Preußen.

Friedrich Ebert (* 4. Februar 1871; † 28. Februar 1925), deutscher Sozialdemokrat und Politiker, seit 1913 Vorsitzender der SPD.

Otto Braun (* 28. Januar 1872; † 15. Dezember 1955), sozialdemokratischer deutscher Politiker.

Franz Conrad von Hötzendorf, seit 1910 Freiherr, ab 1918 Graf (* 11. November 1852; † 25. August 1925), Chef des Generalstabs für die gesamte bewaffnete Macht Österreich-Ungarns.

Leopold Graf Berchtold (*18. April 1863; † 21. November 1942), österreichisch-ungarischer Politiker, von 1906 bis 1911 österreichischer Botschafter in St. Petersburg, seit 1912 k.u.k. Minister des Äußeren.

Karl Max Fürst von Lichnowsky (* 8. März 1860; † 27. Februar 1928), deutscher Diplomat und seit 1912 deutscher Botschafter in Großbritannien.

Rudolf von Valentini (* 1. Oktober 1855; † 18. Dezember 1925), deutscher Politiker, seit 1908 Chef des Geheimen Zivilkabinetts Kaiser Wilhelms II.

Sergei Dmitrijewitsch Sasonow (* 29. Juli (jul.)/10. August 1860 (greg.); †
25. Dezember 1927) russischer Diplomat und seit 1910 Außenminister.

Sir Edward Grey (* 25. April 1862; † 7. September 1933), liberaler britischer Politiker, von 1905 bis 1916 britischer Außenminister.

Friedrich Graf Szápáry, österreichischer Diplomat, seit 1913 Botschafter
in St. Petersburg.

Pierre Paul Cambon (* 20. Januar 1843; † 29. Mai 1924), französischer
Diplomat. Seit 1898 französischer Botschafter in Großbritannien.

Erich Georg Sebastian Anton von Falkenhayn (* 11. Sept. 1861; † 8. April
1922), preußischer General und Kriegsminister.

Raymond Poincaré (* 20. August 1860; † 15. Oktober 1934), französischer Politiker und Ministerpräsident Frankreichs.

Rudolf Hilferding (* 10. August 1877; † 11. Februar 1941), österreichisch-
deutscher Politiker und Publizist der Sozialdemokratie.

Sir William Edward Goschen (* 18. Juli 1847; † 20. Mai 1924), britischer
Botschafter in Berlin mit deutscher Abstammung.

Albert Ballin (* 15. August 1857; † 9. November 1918), Hamburger Ree-
der und eine der bedeutendsten jüdischen Personen des deutschen Kaiserrei-
ches. Er versuchte vor dem Ersten Weltkrieg, durch seine Kontakte das
Wettrüsten auf See einzudämmen und einen deutsch-englischen Ausgleich
zu erreichen.

Bernhard Adelung (* 30. November 1876; † 24. Februar 1943) sozialdemokratischer Politiker und Landtagsabgeordneter des Großherzogtum Hes-
sen-Darmstadt, der gelernte Buchdrucker und Setzer war seit 1902 Redakteur
der Mainzer Volkszeitung.

Victor Adler (auch Viktor; * 24. Juni 1852; † 11. November 1918 in Wien),
österreichischer Politiker und Begründer der Sozialdemokratischen Arbeiter-
partei.

Jean Jaurès (* 3. September 1859; † 31. Juli 1914), französischer sozialis-
tischer Politiker und Historiker. Er war einer der bekanntesten Vertreter des
Reformsozialismus am Ende des 19. und Anfang des 20. Jahrhunderts in
Frankreich.

Robert Wengels (* 22. September 1852; † 15. August 1930) seit 1895 Ex-
pedient des Vorwärts, seit 1905 Beisitzer im SPD-Vorstand.

Friedrich Stampfer (* 8. September 1874; † 1. Dezember 1957), sozialdemokratischer Journalist und Politiker, seit 1902 Mitarbeiter des Vorwärts.

Gustav Adolf Joachim Rüdiger Graf von der Goltz (* 8. Dezember 1865;
† 4. November 1946), deutscher Generalleutnant.

Sergei Nikolajewitsch Swerbejew (* 13. April jul./25. April 1857 greg.; †
4. April 1922), Botschafter des Russischen Reichs in Berlin.

Maximilian Joseph von Chelius (* 26. Juni 1897; † 14. September 1917,
Generalbevollmächtigter des Kaisers am Hof des russischen Zaren.

Hermann Molkenbuhr (* 11. September 1851; † 22. Dezember 1927), deutscher SPD-Politiker und Reichstagsabgeordneter.

Wilhelm Pfannkuch (* 28. November 1841; † 14. September 1923), deutscher Politiker (SPD) und Gewerkschafter.

Luise Catharina Amalie Zietz, geborene Körner, (* 25. März 1865; † 27. Januar 1922) dt. SPD-Politikerin, Reichstagsabgeordnete und Mitglied des SPD-Parteivorstands.

Eduard Bernstein (* 6. Januar 1850; † 18. Dezember 1932), sozialdemokratischer Theoretiker und Politiker in der SPD, gilt als Begründer des theoretischen Revisionismus innerhalb der SPD.

Georg Johann Schöpflin (* 5. April 1869; † 24. November 1954), deutscher SPD-Politiker.

Wolfgang Heine (* 3. Mai 1861; † 9. Mai 1944), deutscher Jurist, SPD-Politiker, langjähriges Mitglied des Reichstages.

Robert Schmidt (* 15. Mai 1864; † 16. September 1943), deutscher SPD-Politiker.

Arthur Stadthagen (* 23. Mai 1857; † 5. Dezember 1917), sozialdemokratischer Politiker und Schrift-steller. Berliner Reichstagsabgeordneter der SPD.

Ludwig Frank (* 23. Mai 1874; † 3. September 1914) Rechtsanwalt und führender badischer SPD-Politiker, Mitglied der SPD-Reichstagsfraktion.

In der Schlacht von Leuthen in Schlesien schlug am 5. Dezember 1757 während des Siebenjährigen Krieges der preußische König Friedrich II. das österreichische Heer unter der Führung des Prinzen von Lothringen.

Kurt Eisner (* 14. Mai 1867; † 21. Februar 1919), sozialdemokratischer Politiker und Publizist.

Der Kyffhäuserbund ging im Jahr 1900 aus dem Deutschen Kriegerbund hervor und wurde als Dachverband deutscher Kriegervereine gegründet.

Ernst August Grenz (* 9. März 1855; † 20. März 1921) Formermeister, SPD-Reichstagsabgeordneter und Gewerkschaftsfunktionär.

Paul Lensch (* 31. März 1873; † 18. Nov. 1926), Journalist, Hochschullehrer und SPD-Reichstagsabgeordneter.

Camille Huysmans (* 26. Mai 1871; † 25. Feb. 1968), sozialistischer belgischer Politiker, Sekretär der 2. Sozialistischen Internationale.

Dr. Hendrik de Man (* 17. Nov. 1885; † 20. Juni 1953), belgischer Sozialpsychologe, Journalist, Theoretiker des Sozialismus und Politiker.

Dr. Marcel Étienne Sembat (* 19. Okt. 1862; † 5. Sept. 1922), sozialistischer Politiker und Minister in der Dritten Französischen Republik.

Dr. Joseph Herzfeld (* 18. Dez. 1853; † 27. Juli 1939), Rechtsanwalt und SPD-Reichstagsabgeordneter.

ÜBER DEN AUTOR

Der Autor ist Universitätslehrer für Didaktik der Geschichte.
Seine Vorliebe gilt historischen Begebenheiten, die er auf Basis ausgiebiger Quellenrecherchen erzählt. Wahre Geschichte findet er häufig spannender als viele Krimis. Warum also nicht die weitgehend gesicherten Erkenntnisse historischer Forschung in eine für ein breites Publikum spannende literarische Erzählform gießen?! Die Leser werden nicht nur gut unterhalten, sondern auch noch historisch informiert.